맛

좋은

삶

맛

좋은 삶

맛있는 음식이 삶의 재미를 더하고
삶의 재미가 음식의 맛을 낸다

왕증기 지음 | 윤지영 옮김

슈몽
shumong

|차|례|

입맛

입맛이라는 것은
입이 맛을 따라가다
즉 아주 좋아한다는 뜻이다
맛있는 음식은 모두가 좋아한다

다섯 가지 맛。

    산서山西 사람들은 정말 식초를 잘 먹는다. 북경北京의 식당에 산서 사람 서너 명이 들어 오면 자리에 앉자마자 탁자에 놓여 있는 식초부터 각자 세 숟가락씩 먹는다. 옆자리 손님들의 눈은 그 즉시 튀어나올 듯 휘둥그레진다. 어느 해인가 설 즈음에 태원太原에 갔는데 동네 가게마다 '노진초老陳醋 식초 판매, 한 집에 한 근씩'이라고 써 놓은 것을 보았다. 다른 지역이라면 식초가 아니라 좋은 술을 판매한다고 써 놓았을 것이다. 식초는 산서 사람들에게 무척 중요하다.

    산서 사람들은 신김치도 좋아한다. 안북雁北 지역이 특히 더하다. 이곳에서는 뭐든지 김치로 담가버린다. 무나 배추뿐만 아니라 백양나무 잎사귀나 느릅나무 씨앗까지 김치로 담가 먹는다. 안북에서는 매파가 선 자리를 들고 왔을 때 신부 집의 어머니가 가장 먼저 묻는 것이 신랑 집의 김치 항아리 수라고 한다. 김치 항아리의 수가 많다는 것은 그 집안이 뼈대 있는 가문임을 보여주는 것이기 때문이다.

요녕遼寧 사람들은 돼지고기김치휘궈를 좋아한다.

북경 사람들은 양고기김치찌개에다가 녹두국수를 넣어 먹는다.

복건福建 사람들과 광서廣西 사람들은 죽순김치를 좋아한다. 내가 가평요價平凹와 남녕南寧에 있을 때 초대소에서 주는 밥이 먹기 싫어서 밖에 나가 되는대로 사 먹고 다녔다. 평요는 식당 문을 열고 들어가자마자 바로 '옛친구 국수!'라고 소리쳐 주문하곤 했다. 옛친구 국수는 죽순김치와 돼지고기를 썰어 넣고 끓인 국물국수다. 그런데 왜 '옛 친구'라는 이름을 붙였는지는 모르겠다.

태족傣族 사람들도 신 것을 잘 먹는다. 태족의 죽순김치닭찜이 유명하다.

연경延慶의 산속에서는 여름이면 장수漿水밥을 즐겨 먹는다. 멀쩡하게 좋은 밥을 더운 곳에 두어서 시큼하게 만든 다음, 차가운 우물물에 말아서 후루룩후루룩 세 그릇을 뚝딱 해치운다.

흔히 소주蘇州 음식이 달다고들 하는데 사실 소주 음식은 자극적이지 않은 순한 맛일 뿐이다. 진정한 단맛은 무석無錫에 있다. 무석의 장어볶음은 설탕을 얼마나 많이 넣는지! 호빵 속에 넣는 고기소에도 설탕을 얼마나 많이 쏟아붓는지 나는 도저히 먹을 수가 없다.

사천四川의 팥돼지고기찜이나 광서의 토란돼지고기찜도 맛이 아주 달다. 비계가 많은 돼지고기 가운데에 고운 팥소나 으깬 토란을 끼워 넣고 쪄낸 것이다. 아주 맛있는 음식이지만 나는 두 조각 먹으면 최고로 많이 먹은 것이다.

광동廣東 사람들은 단 음식을 좋아한다. 곤명昆明의 금벽로金碧路에 가면 광동 사람이 운영하는 제과점이 있다. 깨죽, 녹두빙수 같은 것을 파는데 광동이 고향인 친구들은 그곳으로 우르르 몰려간다. '고구마 꿀차'라고 하는 것은 그저 고구마를 썰어 넣고 끓인 단물인데 이게 뭐가 그렇게 맛있다는 말인가? 광동 친구들은 모두 "맛있다니까!"라고 말하지만 말이다.

예전에 우리 집에서 일하던 가정부는 돈을 벌러 북경으로 올라온 정정正定 촌사람이었는데 예순 살 정도 되었다. 한번은 그녀에게 고향에 다녀오라고 휴가를 주었는데 출발하기 전에 보니 집의 설탕을 두 근이나 챙겨서 가방에 담아 놓았다. 그녀는 정정 사람인 팔순의 시어머니가 북경 사람들과는 달리 설탕물을 즐겨 드신다고 변명했지만 북경 사람이라고 해서 단 것을 좋아하지 않는 것이 아니고 그때에는 설탕을 구하기가 어려워서 아껴먹은 것뿐이다.

북경 사람들은 새로운 것에 대해서 아주 보수적이다. 그래서 여주가 뭔지도 모르는 사람이 많았는데 요즘에는 여주를 먹을 줄 아는 사람도 생기고, 북경의 농가에서 재배를 하기도 하는 것 같다.

시장에 가면 좋은 여주를 팔기는 하는데 구하기 어려운 '희귀 채소'에 속해서 가격이 하늘 높은 줄 모른다. 북경 사람들은 예전에 공심채나 목이채도 먹지 않았지만 요즘에는 이런 채소를 좋아하는 사람들까지 생겼다.

북경 사람들의 보수적인 입맛이 개방된 것이다!

이로써 배추만 먹는 것인 줄 알고 배추만 고수했던 과거 북경 사람들의 '배추주의'도 타도 대상이 될 수 있음을 알 수 있다.

북경 사람들은 초봄에 사데풀을 먹는다. 사데풀는 단 맛과 쓴 맛의 두 종류로 나뉘는데 쓴 맛이 나는 사데풀은 상당히 쓰다.

우리 극단에 있는 귀주貴州 출신의 여자 연습생에게 소포가 한 보따리 도착했다. 고향에 계신 어머니가 보낸 것인데 '택이근擇耳根' 혹은 '칙이근則尔根'이라고도 부르는 어성초 뿌리였다. 그녀가 나에게도 맛보라고 조금 가져왔는데, 이건 도대체 무엇이란 말인가? 쓰다. 아니, 쓴 맛은 오히려 괜찮았다. 풀뿌리에서 나는 비린내, 그 강렬한 생선 비린내를 정말 당해낼 수가 없었다.

우리 극단에는 고추의 달인도 있었다. 자막도 쓰고 여러 가지 잡무를 보던 직원이었는데 매일 점심을 먹을 때 다른 반찬은 먹지 않고 고추 하나로 밥을 다 먹는다. 전국 각지에서 나는 특산품 고추, 소수민족들이 먹는 고추, 좌우지간 그는 각종 고추를 가져다가 온갖 방법으로 만들어 먹는다. 한번은 상해上海에 공연을 하러 갔는데 고추의 달인이 단원들의 식사 준비를 돕게 되었다. 좋았어! 이제 고추를 실컷 먹을 수 있겠군! 그는 상해에 도착해서 차에서 내린 지 이틀 만에 각종 고추를 파는 가게를 찾아냈다. 원래 상해에서는 고추 사기가 쉽지 않은 줄 알았는데, 매운 음식을 먹을 줄 아는 상해 사람도 있는 모양이었다.

내가 매운 음식을 잘 먹게 된 것은 곤명에 있었을 때부터인 것 같다. 귀주 출신의 친구들과 청고추를 구워서 소금물에 찍어 먹으며 술을 마셨다. 세상에 무슨 고추가 그렇게나 많은지, 조천초朝天椒고추니, 야산초野山椒고추니, 헤아릴 수 없을 만큼 많은 고추를 그때 먹어 보았다. 하지만 내가 먹어본 고추들 중에 가장 매운 것은 바로 베트남에서 먹은 고추였다. 1947년 베트남을 거쳐 상해로 들어올 때 해방가海防街 입구에서 소고기쌀국수를 먹었다. 소고기도 부드럽고, 국물이 아주 시원했는데, 국물 속에 들어 있는 고추가 아주 매웠다. 쌀국수 한 그릇에 서너 개 넣었을 뿐인데도 정말 못 견딜 정도로 매웠다. 이 주황색 고추는 사천의 천북川北 지역에서도 그냥 먹지 못하고 국물 낼 때나 쓴다고 한다. 실에 매어서 부뚜막 위에 걸어 놓았다가 국물이 다 되면 실에 매달린 고추를 국물 속에 몇 번 담갔다가 뺀다. 이렇게만 해도 국물이 지독하게 매워진다. 운남雲南 카와족佤佤族이 먹는 고추 중에 '휘휘 젓는 고추'라고 부르는 고추가 있는데 아마도 '휘휘 젓는 고추'라면 천북 지역의 부뚜막 위에 매달려 있는 주황색 고추와 막상막하일 것이다.

"중국에서 가장 매운 음식을 잘 먹는 지역은 사천이다"라는 말은 틀린 말이다. 왜냐하면 사천 음식에는 고추의 매운 맛 하나만 있는 것이 아니라, 대량의 산초에서 나는, 입술을 마비시키는 듯한 저린 맛도 있기 때문이다. 사천 있는 작은 분식집에 가면 한 쪽 벽면에 '마비될 마麻', '매울 랄辣', '데울 탕燙'이라는 세 글자를 대문짝만하게 검은색으로 써 놓은 것을 볼 수 있다. 마파두부, 소고기채볶음, 빵빵 닭냉채 등 사천 음식에는 모두 저린 맛의 산초가 들어간다. 그것도 반드시 사천 지역의 산초를 가져다가 넣는데 곱게 빻아서 넣고 요리가 다 만들어진 후에 한 번 더 넣는다.

주작인周作人은 자신의 고향에서 일년 내내 짜디짠 짠지에다가 짜디짠 생선 자반만 먹는다고 말한 바 있다. 확실히 절동浙東 지역 사람들이 짜게 먹는다. 태주台州가 고향인 친구 녀석을 보면 식당에 가서 호빵을 먹을 때에도 호빵을 두 쪽으로 나눈 다음 안에다 간장을 부어서 먹는다. 입맛이 짜거나 싱거운 것은 지역과 연관되어 있다. 북경 사람들이 하는 말들 중에 '남쪽은 달고 북쪽은 짜며, 동쪽은 맵고 서쪽은 시다'라는 말이 있는데 대체적으로 틀리지 않다. 하북河北이나 동북東北 사람들의 입맛은 강하고 자극적인데 반해 복건 지역의 음식들은 대부분 순하고 자극적이지 않다. 하지만 입맛은 개인의 취향이나 습관하고도 연관되어 있다. 호북湖北 사람인 문일다聞一多 선생님은 운남의 몽자蒙自음식이 너무 싱겁다고 싫어하신다. 호북도 결코 음식을 짜게 먹는 지역이 아닌데 말이다.

예전의 중국 사람들은 소금을 아주 중시했다. 도화桃花소금이니 수정水晶소금이니 오염승설吳鹽勝雪소금이니 하면서 소금에 대해서 아주 까다로웠지만 지금은 전국 어디서든 정제염을 사먹는다. 사천 사람들만 김치를 담글 때 아직도 자공自貢에서 생산된 정염井鹽소금을 고집한다.

맛 좋은 삶

중국 사람들처럼 이렇게 썩은 내 나는 음식을 좋아하는 사람들이 세상 또 어디에 있을까?

예전에는 상해, 남경南京, 한구漢口에서 모두 취두부건臭豆腐乾튀김을 팔았다. 장사長沙에 있는 화궁전火宮殿의 취두부는 중국에서 아주 유명하신 분*이 젊었을 때 자주 와서 먹었기에 유명해졌다. 그분이 매우 유명해진 후에도 화궁전에 찾아 와서 취두부를 먹었는데 이런 말을 남겼다고 한다. "화궁전의 취두부가 역시 맛있어!"

내 동료 하나는 남경으로 출장을 가게 되었는데 남경 사람인 그의 아내가 취두부건을 좀 사오라고 했다. 아내의 분부를 받들어 백방으로 수소문 끝에 취두부건을 사서 기차에 올라탔는데, 기차에 타자마자 같은 칸에 타고 있던 다른 승객들의 격렬한 항의 때문에 혼쭐이 났다고 한다.

취두부건 외에도 면근** 빵, 백엽*** 두부 같은 것들도 모두 고약한 냄새가 난다. 줄기상추, 동과冬瓜, 동부콩 콩깍지 같은 채소도 모두 고약한 냄새가 난다. 겨울 죽순의 밑동 부분은 질겨서 씹을 수가 없으니, 고린내항아리 속에 넣어 삭힌 다음 고약한 냄새를 만들어 먹는다(우리 고향에서는 대부분 집집마다 '삭힌 간수'로 가득 찬 고린내항아리를 갖고 있다. '삭힌 간수'란 갓을 소금에 절여서 켜켜이 쌓은 다음 그 밑으로 나오는 물을 받아 며칠 바깥에 그대로 두면 만들어지는 것이다.). 고린내가 나도록

---

* 　모택동(毛澤東)을 말한다.

** 　면근(麵筋). 소맥면과 밀기울을 물에 담가 점성이 있는 단백질(글루텐)을 추출하여 만든 빵.

*** 　백엽(百頁). 베 보자기 위에 얇게 콩물을 부어 압착시켜 만든 두부. 우리나라에서 포두부, 건두부 등으로 부른다.

삭힌 음식 중에 가장 특이한 것은 삭힌 비름나물이다. 너무 많이 자라 줄기가 엄지손가락만하게 굵어지고, 길이도 서너 자尺 정도 되는 비름나물을 두 치寸 정도 되는 길이로 잘라서 고린내항아리의 속에 넣는다. 다 삭혀진 후에 꺼내 보면 바깥 쪽은 질기지만 속심은 젤리처럼 된다. 입에 물고 쪽 빨면 속에 있는 젤리 같은 심이 입 안으로 들어온다. 죽과 함께 곁들여 먹으면 참으로 절묘한 맛이 난다. 우리 고향에서는 '비름나물 대'라고 부르는 것을 호남湖南 사람들은 '비름나물 쪽'이라고 한다. 입으로 빨아 당길 때 '쪽' 하는 소리가 나기 때문이다.

북경 사람들은 취두부를 가리켜 취두부유臭豆腐乳라고 한다. 예전에는 두부 장수들이 골목마다 소리를 지르며 팔고 다녔다.

"취두부 있어요, 장두부* 있어요. 왕치화王致和의 취두부요."

취두부에는 구운 옥수수빵이 안성맞춤이다! 건새우배추국을 한 솥 끓여서 같이 먹으면 정말 훌륭한 한 끼가 된다. 요새 왕치화의 취두부는 아주 큰 유리병에 담아 파는데 한 병에 백 조각이나 들어 있다. 오랫동안 두고 먹어야 하니 불편하고 값도 너무 비싸서 사치품이 되어 버렸다. 포장 방법을 좀 더 개선해서 한 병에 다섯 조각만 넣어주면 좋겠다.

미국에 있을 때 냄새가 가장 지독하다는 '치즈'를 먹어 보았다. 서양 사람들도 킁킁대며 코를 감싸 쥔다고 하는, 지독한 치즈 냄새

---

* 취두부(臭豆腐)의 다른 이름으로 취두부유(臭豆腐乳), 두부유(豆腐乳), 장두부(醬豆腐), 장두부유(醬豆腐乳) 등이 있다.

였지만 사실 나에게는 별것도 아니었다. 치즈 냄새가 취두부 냄새를 따라가려면, 단언컨대, 멀어도 한참 멀었다.

　중국 사람들의 잡스러운 입맛은 세계에서 일등이다.

입맛。

　입맛이라는 것은 '입이 맛을 따라가다', 즉 아주 좋아한다는 뜻이다. 맛있는 음식은 모두가 좋아한다. 잔칫상에 올린 대하 요리(아주 신선한 새우로 요리한 것을 말한다.)는 손님들이 상에 남기는 법이 없는 맛있는 음식이지만 누구나 새우를 좋아하는 것은 아니다. 양고기도 아주 맛있는 음식이다. '양대위미羊大爲美'란 말처럼 양은 살지고 클수록 맛이 좋다. 중국 사람들은 이 땅의 사람들이 살아온 역사만큼이나 오래전부터 양고기를 먹기 시작했고, 양고기 요리법은 너무 많아서 일일이 나열할 수조차 없지만, 나에게 세상에서 제일 맛있는 양고기 요리는 '양고기 통수육'이다. 위구르족維吾爾族이나 카자흐족哈薩克族이 먹는 양고기수육도 있지만, 나는 내몽고의 양고기통수육이 가장 맛있는 것 같다. 내몽고의 유목민들은 모두 자신들의 지역의 양은 태어나기 전부터 들판의 야생 파를 먹고 자랐기 때문에 양고기에서 누린내가 나지 않는다고 한다. 물론 누린내가 나지 않으면 더 좋겠지만 사실 누린내가 난다고 해도 상관없다. 예전에 다마오達茂旗에서 양패자羊貝子*수육을 먹어 보았다. 양패자수육은 양 한 마리를 통째로 삶은 것이다. 양 한 마리를 솥에다 넣고 45분 동안 삶아서(45분은 먼 곳에서 온 한족漢族 손님을 위해 양패자수육을 삶을 때 소요되는 시간이다. 자신들이 먹을 때는 반 시간 정도 삶아서 요리한다.) 손님이 직접 칼을 들고 좋아하는 부위를 잘라 양념장에 찍어 먹는다. 고기가 덜 익은 부분도 있어서 칼을 대고 자르면 피가 배어 나오기도 하는데 이렇게 덜 익은 고기는 정말 부드럽고 연하다. 몽고 사람들의 말에 따르면, 양고기는 오래 삶으면 질겨지고 반쯤 삶아야 소화도 잘되고 많이 먹을 수 있다고 한다. 나는 몇 번이나 내몽고에 가서 양고기를 실컷 먹었다. 그런데 같이 간 여자 동료 하나는 양고기를 전혀 먹지 못했다. 양고기 냄새조차 맡지 못해서 식당에 들어갔을 때 양고기 냄새가 나면 바로 토할 것 같다고 했다. 그녀는 짠지 반찬 하나에다 더운 물에 만 밥으로만 매 끼니를 먹었고, 아주 고생을 했다. 중국에도 양고기를 먹지 못하는 사람들이 생각보다 많다.

---

* 양패자(羊貝子). 양패자는 청대에 종친이나 몽고 등 외번(外藩)에 수여하는 작위의 이름이다. 양패자수육은 전통적으로 공신을 위한 연회나 혼인 등 중요한 연회에는 꼭 있어야 하는 요리였다.

양고기는 감칠맛이 난다. 동료들 중에 획록현獲鹿縣이 고향인 사람이 하나 있었는데, 그는 회족回族이라 돼지고기는 먹지 않았지만 양고기는 먹었다. 하지만 그는 도무지 이 '감칠맛'이 어떤 맛인지 모르겠다고 했다. 남경 사람인 그의 아내는 툭하면 "이 요리는 감칠맛이 난다"라고 말했는데, 그는 그때마다 "도대체 그 '감칠맛'이라는 게 어떤 맛이오? '고소하다'라는 것도 아니고"라고 되물었다. '감칠맛'이란 무엇인가? 맛을 말로 설명하려니 어렵기는 하다. 우리 고향에서 감칠맛이 나는 대표적인 음식이라면 새우알 죽순나물볶음, 새우알 두부찜 같이 새우알을 넣어 만든 요리가 있다. 하지만 새우알을 너무 많이 넣으면 '감칠맛에 놀라 눈썹이 쏙 빠져버릴 수도 있다'*. 내 손녀는 내가 만든 국물국수를 아주 잘 먹었는데, 한번은 탕국물에 새우알을 넣었더니 맛을 한 입 보고는 "뭔가 다른 맛이 난다"라고 하며 먹지 않았다.

중국에는 고추의 매운 맛을 좋아하는 사람이 많다. 운남, 귀주, 사천, 호남, 강서江西 지역의 사람들이 고추를 즐겨 먹고 연변延邊의 조선족朝鮮族 역시 매운 음식을 잘 먹는다. 고추는 열증熱症을 일으키는 음식이라고 흔히 말한다. 정강산井岡山 사람들은 "고추는 먹어서 좋을 것이 없다. 먹으면 두 번 괴로운 게 고추다"라고 한다. 하지만 내가 아는 사람들 중에는 고추를 하루라도 먹지 않으면 바로 변비가 오는 배우도 있고, 구내 식당에서 밥을 먹을 때 다른 반찬

---

* '감칠맛에 놀라 눈썹이 빠지다'. 남방 지역의 방언으로 '맛'과 '눈썹'의 발음이 비슷하다. 감칠맛이 너무 진해서 '눈썹' 즉 본연의 '맛'이 빠져서 없어졌다는 뜻이다.

은 먹지 않고 끼니마다 자신이 싸 가지고 온 고추 튀김 하나로 밥을 먹는 직원도 있다. 이 사람은 전국 각지에 있는 고추를 어떻게 구해 오는지, 좌우지간 모든 고추를 구해다가 먹는 진정한 고추의 달인이다. 그의 고추 품평에 따르면 토가족土家族 고추가 가장 좋다고 한다. 한번은 그가 자신이 싸 온 도시락을 내밀면서 맛 좀 보라고 하였는데, 정말 고추가 맛있게 매워서 반찬으로 아주 좋았다. 하지만 고추를 먹지 않는 사람들도 있다. 내가 극단을 따라 중경에 갔을 때 보니, 매운 고추를 먹지 못하는 사람들은 사천 지역에서 고생을 아주 많이 한다. 사천 지역에서 고추가 들어가지 않은 음식을 찾는다는 것은 정말 어려운 일이기 때문이다. 한번은 우리 극단의 젊은 배우들이 찹쌀단자탕*을 먹으러 갔는데 늙은 아낙네 역을 하던 젊은 여배우가 식당에 들어서자 마자 습관적으로 "고추는 빼 주세요" 하고 앙앙 소리를 질렀다. 그러자 식당 주인이 여배우 얼굴을 빤히 노려 보면서 이렇게 말했다고 한다. "세상에 고추를 넣은 찹쌀단자탕도 있소?"

북방 지역의 사람들은 생파와 생마늘을 좋아한다. 산동山東 사람들은 특히 생파를 좋아해서 전병을 먹거나 솥뚜껑빵**을 먹을 때 파가 없으면 안 된다. 이에 대한 우스운 이야기도 있다. 옛날에 시어머니와 며느리가 싸우다가 며느리가 분을 이기지 못하고 우물

---

* 찹쌀단자탕(탕원湯圓). 찹쌀가루를 동그랗게 반죽하여 검은깨, 돼지기름, 설탕으로 소를 만들어 넣는다. 중국의 정월 대보름 절기 음식이다.

** 솥뚜껑빵(과회鍋盔). 가마솥 뚜껑만한 크기로 구워서 만든 밀가루 빵이다. 여러 조각으로 잘라서 양념을 찍어 먹거나 다른 반찬을 곁들여 주식으로 먹는다.

에 뛰어 들었다. 아들이 돌아오자 시어머니가 "애야, 큰일났구나. 며늘아기가 우물 속으로 뛰어들었지 뭐냐."라고 말하자 아들은 아무렇지도 않게 "괜찮아요." 하고는 파 한 뿌리를 가지고 나가서 우물가를 한 바퀴 돌았다. 그러자 며느리가 우물 밖으로 튀어 나왔다는 이야기다. 산동 대파가 정말 맛있기는 하다. 흰 줄기 부분이 반자 정도로 길고 단 맛이 난다. 강절江浙 지역 사람들은 생파와 생마늘을 먹지 않는다. 생선이나 육류를 요리할 때 '향총香葱'을 넣는다. 향총은 실파를 말하는데 북방 지역에서는 '소총小葱'이라고 부른다. 실파 몇 뿌리를 넣는 대신에 '총결과葱結果'라고 부르는 알뿌리가 굵은 쪽파 한 뿌리를 넣기도 한다. '호총鬍葱'이라고 부르는 대파는 음식을 만들 때 많이 쓰지 않는다. 매우 유명한 여배우인데 파를 먹지 않아서 함께 지방에 갔을 때 식사 때마다 그녀가 먹을 음식만 따로 만들어야 했던 적도 있었다. 하지만 북방 지역 사람들은 자장면*을 먹을 때 반드시 마늘 몇 쪽이 있어야 한다. 오랫동안 영화 촬영을 할 때인데, 하루는 내가 늦게 일어났다. 다른 사람들은 이미 아침밥을 먹었고 다 치워버려서, 나 혼자 식당 주방에 가서 몇몇 식당 직원과 함께 밥을 먹었다. 아침으로 유조튀김빵**을 먹었는데 그들이 마늘을 곁들여 먹는 것을 보았다. 내가 "유조튀김빵을 생마늘에다가 먹는 법이 어디 있느냐?"라고 하자 하남河南에서 왔다는 직

---

* 자장면(炸醬麵). 밀가루를 발효시킨 첨면장(甛麵醬)이나 콩을 발효시킨 황장(黃醬)을 기름에 볶은 후 면과 여러 가지 야채를 섞어 비벼먹는 차가운 면 요리를 말한다.

** 유조튀김빵(유조油條). 발효시킨 밀가루 반죽을 길쭉한 모양으로 튀겨낸 것. 주로 콩물과 함께 아침으로 먹는다.

맛 좋은 삶

원 하나가 "아이참, 한번 드셔보시기나 하세요" 한다. 과연! 예전에는 미처 몰랐던 맛이 있었다. 몇 년 전 고향에 갔을 때 연일 닭, 오리, 생선, 새우를 계속해서 먹고 나니 느끼한 음식에 질려버렸다. 가족들에게 "양춘면 국수*나 한 그릇 주세요. 생파하고 생마늘도 한 접시 곁들여서!"라고 했더니 모두들 내가 국수에다 생파와 생마늘을 먹는다는 것을 알고 깜짝 놀랐다.

원래 먹지 않던 음식도 계속해서 먹다 보면 먹게 된다. 나는 뭐든지 다 먹는다고 허풍을 떨다가 톡톡히 망신을 당한 적이 두 번 있다. 한 번은 고향에서 있었던 일이다. 나는 고수를 먹지 않았다. 고수 맛이 벌레를 씹은 것처럼 고약하게 느껴졌기 때문이다. 우리 집은 고향에서 한약방을 했는데, 한번은 약왕보살藥王菩薩의 탄신일이라면서 국수를 먹으러 오라고 했다. 한약방 소사가 커다란 그릇으로 가득 고수무침을 담아 내오면서 "너는 뭐든지 다 먹는다고 하지 않았어?"라고 하기에 이를 악물고 고수를 먹었다. 그런데 그 후로는 고수를 먹을 수 있게 되었다. 요즘에는 북방 지역에 가서 양고기훠궈를 먹을 때마다 양념장에다 고수를 쏟아 부어서 먹는다. 나는 여주도 먹지 않았다. 사실 먹어본 적이 없었다고 해야 맞다. 우리 고향에서는 여주를 라포도癩葡萄라고 부르는데 이것은 먹는 것이 아니라 관상용으로 도자기 그릇에 올려 놓고 그저 보는 것이었다. 곤명에 있을 때 시를 쓰는 친구 하나가 여주 요리를 사주었다.

---

* 양춘면(陽春麵). 돼지기름, 생강, 마늘을 넣은 맑은 장국에 소면을 말아낸 것. 고우, 상해, 소주, 양주 등 지역의 양춘면이 유명하다.

그는 여주무침, 여주볶음, 여주국, 이렇게 세 가지 여주 요리를 주문하면서 "너는 뭐든지 다 먹는다고 하지 않았어?"라고 말했고 나는 또 이렇게 해서 여주도 먹게 되었다. 북경 사람들도 원래 여주를 먹지 않았지만 요즘에는 여주를 먹는다. 하지만 먼저 찬물에 담가 두었다가 무려 세 번씩이나 물을 갈아서 쓴 맛을 다 빼고 먹는다. 도대체 무슨 맛으로 여주를 먹는 것인지 모르겠다.

어떤 음식에 대해서 자신이 먹지 않는다고 다른 사람이 먹는 것까지 뭐라 하면 안 된다. 하지만 '어떻게 저런 음식을 먹을 수 있나' 하는 생각이 들 때도 있다. 예를 들면 광동 사람들이 먹는 뱀이나 물방개, 태족傣族 사람들이 먹는 똥곱창 같은 음식들 말이다. 똥곱창은 소의 창자 속에 남아 있는 소화가 덜 된 묽은 똥물을 고기에 찍어서 먹는 것이다. 이런 음식들은 광동 사람이나 태족의 입장에서는 이상한 음식이 아니다. 그들이 맛있어서 먹는다는데 누가 먹지 말라고 할 수 있단 말인가? 하지만 나도 구더기조림 같은 이런 음식들은 먹지 않는 것이 더 좋다고 생각한다.

입맛을 조금 더 폭넓게, 조금 더 잡스럽게 만들 필요가 있다. 폭넓고 잡스러운 입맛이 있어야 '남쪽은 달고 북쪽은 짜며, 동쪽은 맵고 서쪽은 시다'라고 하는 모든 음식과 문화를 맛볼 수 있다.

두 번째.

나물과 채소

대숲 밖으로 복사꽃이 두세 가지
따뜻한 봄 강물은 오리가 먼저 아네
루호 뒤덮인 들판에 갈대순이 돋아나니
바야흐로 복어가 강 위로 올라오는 때로구나
〈소동파蘇東坡, 혜숭춘강만경惠崇春江晩景〉

루호를 먹으면
강가에 앉아 강물 위로 차오르는
봄의 냄새를 맡는 것 같은 기분이 든다

루호, 구기자, 냉이 그리고 쇠비름나물。

봄이 되어 물이 따뜻해지면, 모래섬 위로 '루호'가 솟아 오른다. 넓은 들판은 회녹색의 '루호'와 자홍색의 갈대순으로 가득 차고 금세 짙푸른 물결이 넘실거린다.

'루호'는 물가에서 자라는 들풀이다. 붓대 정도의 굵기에 마디가 있고 잎은 좁고 긴 모양이다. 두 치 정도 길이로 자라는 새순을 '루호 대자'라고 부르는데 고기와 같이 볶으면 아주 향긋하다

〈왕증기, 대요기사 大淖記事〉

나는 어릴 적에 루호의 '루蔞' 자를 쓸 줄 몰랐다. 후에 우연히 무

슨 책을 보다가 알게 되었는데 '뤼'라고 발음하는 글자였다. 소학교 때 우리 반에 성이 려呂 씨인 아이가 있었는데 그 아이의 성과 똑같은 발음이었다. 그 후로 그 아이의 별명은 '루호대자'가 되었다(루호대자의 집은 작은 구멍가게를 운영했다. 소학교 졸업을 끝으로 더는 공부를 하지 않고 구멍가게 안에 앉아 작은 사장님 노릇을 하는 루호대자를 보면 아주 우스꽝스러웠다.).

사전을 몇 권 더 찾아보니 루호의 '뤼'의 발음이 '로우'로 되어 있었다. 어쩌다가 '로우'라는 발음이 '뤼'로 바뀌었는지 얼떨떨한 기분이었다. 우리 고향 사람들은 루호의 '루蔞'뿐만이 아니라 '여러, 루屢', '실, 루縷', '남루할, 루褸' 자도 모두 '뤼'로 발음했다. 사실 '로우'로 읽든 '뤼'로 읽든 발음은 본디 중요한 것이 아니다. 중요한 것은 사전에서 모두 루호를 쑥의 일종인 흰쑥이라고 설명하고 있다는 것이다. 나는 딱히 그렇다고는 생각하지 않는다. 내 소설 속의 루호는 쑥과는 아무 상관이 없다. 소동파蘇東坡의 시, 〈혜숭춘강만경〉에도 루호가 나온다.

대숲 밖으로 복사꽃이 두세 가지
따뜻한 봄 강물은 오리가 먼저 아네,
루호 뒤덮인 들판에 갈대순이 돋아나니
바야흐로 복어가 강 위로 올라오는 때로구나

〈소동파, 혜숭춘강만경惠崇春江晚景〉

맛 좋은 삶

시에 나오는 것처럼 루호는 물가에서 자라는 것이고 그 옆에는 갈대순이 같이 자란다. 분명한 것은 우리 고향 사람들이 먹었던 것은 루호*이지 흰쑥이 아니었다는 것이다. 혹 흰쑥이라고 부르는 루호의 또 다른 종류일 수도 있지만 아직 모르겠다. 시를 알고, 식물학을 알고, 먹는 것에도 박학다식한 현자가 있다면 제발 좀 나타나서 고상하게 알려 주면 좋겠다.

내가 소설에서 '루호를 고기와 같이 볶으면 아주 향긋하다'라고 설명해 놓았지만, 사실 '아주 향긋하다'라는 말이 구체적이지 않다. 후각과 미각은 비유하기가 참 어려워서 구체적으로 말할 수가 없다. 옛날 사람들이 여지 맛을 두고 고욤 맛과 비슷하다고 말하는 것도 사실은 아무 상관없는 말인 것처럼 말이다. 내가 말하는 '향긋하다'라는 말은 바로 루호를 먹으면, 강가에 앉아 강물 위로 차오르는 봄의 냄새를 맡는 것 같은 기분이 든다는 것이다. 정말 그런 기분이 든다. 결코 억지로 지어낸 말이 아니다.

구기자는 어디든 있다. 구기자 꽃이 지고 나면 작고 길쭉한 타원형의 장과漿果가 열리는데 생긴 것이 영락없이 개젖 같아서 우리는 구기자를 '개젖'이라고 불렀다. 우리 고향에서도 구기자를 생산하지만, 영하寧夏에서 생산하는 구기자만큼 좋지 않기 때문에 약으로 쓰이는 것 같지는 않다. 구기자는 다년생 식물이다. 봄에 연한 구기자순이 올라오면 쉽게 딸 수 있다. 가끔 가까운 촌에 사

---

* 루호(蔞蒿). 습지나 냇가에서 자라는 물쑥을 말하며 흰쑥과는 다른 종류다. 흰쑥은 백호(白蒿)라고 하며 들이나 모래땅에서 자란다.

는 계집아이들이 구기자순을 따서 대나무 바구니에 담아 가지고 "구기자순이 왔어요!" 하고 외치며 팔러 다니는 것이 보인다. 구기자순은 기름을 두르고 소금 간을 해서 볶아 먹는다. 혹은 물에 데쳐서 잘게 썬 다음 참기름, 간장, 식초를 넣고 무쳐 먹는다. 그 맛도 역시 '향긋하다'라고 밖에 형용할 수 없다. 봄에 먹는 구기자순에는 북방 사람들이 먹는 사데풀처럼 몸의 열을 내리는 효능이 있다고 한다.

'음력 삼월 초사흗날에는 모란꽃보다 냉이꽃이 이쁘다'라는 말이 있다. 삼짇날에 냉이꽃을 부뚜막 위에 올려 놓으면 개미가 올라오지 않는다고 한다.

북경에서도 가끔 냉이를 팔 때가 있다. 시장에 나오는 것은 밭에서 길러 줄기가 희고 잎이 크다. 들에서 캔 냉이에 비하면 색깔도 옅고 향이 없다. 농무시장*에 가면 남방 지역의 할머니들이 들에서 캐왔다며 파는 것도 있는데, 줄기가 가늘어서 한 뭉텅이로 얼크러져 있는데다 삶아 놓으면 더 질겨지고 거친 맛이 난다. 아무래도 남방의 들판에서 캔 냉이나물 맛이 아니다.

냉이로 춘권이나 혼돈餛飩만두를 만들면 아주 맛있다. 강남江南 사람들은 춘권이나 혼돈만두를 만들 때 냉이를 많이 쓴다. 우리 고향에서는 냉이로 춘권은 만들지만 혼돈만두는 만들지 않는다. 냉이는 보통 나물로 무쳐 먹는다. 냉이를 끓는 물에 데쳐서 잘게 썬

---

* 농무시장(農貿市場). 사회주의 체제하의 농민들이 자영지(自營地)에서 생산한 잉여 농산물을 직거래하는 교역시장.

맛 좋은 삶

다음, 작게 깍둑깍둑 썬 계수차건*과 말린 새우살을 넣고 무친다. 이렇게 만든 냉이 나물은 잔칫상에 올리는 음식이 된다. 잔칫상에 올리는 냉이무침은 손으로 뾰족한 탑처럼 모양을 만들어 접시에 담고, 먹기 직전에 나물 탑을 쓰러뜨려 먹는다.

쇠비름은 요즘에는 먹는 사람이 드물지만 옛날에는 꽤 중요한 채소였다. 비름은 인현人莧비름과 마현馬莧비름으로 나뉘는데, 인현비름은 참비름을 말하고 마현비름은 쇠비름을 말한다. 우리 할머니는 여름이면 제철을 맞아 연하고 맛이 좋은 쇠비름을 뜯어 말렸다가 설날에 쇠비름을 넣은 호빵을 만드셨다. 불교 신자였던 할머니는 오랫동안 소식素食을 하셨는데 고기 없이 쇠비름만 넣어서 만든 호빵은 할머니 혼자만 드셨다. 가끔 할머니 접시에 있는 걸 하나 집어서 참기름에 찍어 먹어 보면, 참기름 맛은 고소했고 쇠비름은 옅은 신맛이 났다.

쇠비름 꽃은 꽃잎이 꼭 작은 주머니같이 생겼다. 어릴 적에 놀다가 가끔 벙어리 매미를 잡을 때가 있다. 매미라면 응당 맴맴 우는 재미가 있어야 하는데 벙어리 매미라니, 이 얼마나 김샐 노릇인가! 바로 쇠비름 꽃잎 두 장을 떼어 벙어리 매미의 양쪽 눈알에 씌워서 날린다(쇠비름 꽃잎은 매미 눈알에 딱 맞는다.). 매미는 놓아주기가 무섭게 죽을 힘을 다해 하늘로 높이높이 날아서 사라져 버린다.

---

* 계수차건(界首茶乾). 계수현(界首縣)의 특산품인 두부건(豆腐乾)이다. 두부건은 두부를 압착시켜 수분의 함량을 낮추고, 한약재와 간장 등으로 조미한 두부를 말하는데 차건(茶乾) 또는 향건(香乾)이라고 부른다.

삼년 자연재해[*]가 있었던 때 장가구張家口 사령자沙嶺子에서도 쇠비름나물을 많이 먹었다. 그때는 쇠비름나물이 보물이었다.

* 삼년자연재해(三年自然災害). 1959~1961년. 모택동의 대약진운동과 기근으로 수천 만 명의 아사자가 발생한 시기. 삼년곤난시기(三年顆難時期)라고도 한다.

무。

버들개지무는 북경의 적환무를 말한다. 버드나무 꽃이 피고 꽃가루가 날릴 때쯤 시장에 나오기 때문에 우리 고향에서는 '버들개지무'라고 불렀다. 정말 계절감이 풍부한 이름이다. 우리 집에서 멀지 않은 길가에 차도 팔고 밥도 해 주는 작은 식당이 있었는데 그 식당의 처마 밑에 아이들 간식거리를 파는 좌판도 하나 있었다. 버들개지무가 나올 때가 되면 좌판에 무가 올라온다. 무를 하나하나 쌓아 올려 놓고 가끔씩 수숫대솔*로 물을 뿌려서 무의 빨간색

* 수숫대솔(취추炊帚). 수숫대로 만든 부엌용 작은 빗자루. 밀가루 반죽을 할 때 밀가루를 쓸거나 솥을 닦을 때 쓴다.

이 싱싱하게 보이도록 한다. 동전 한 닢을 건네주면 과도로 무 서너 개를 잘라 주는데, 무가 정말 아삭아삭하고, 달고, 수분이 많았다. 고향을 떠나온 후로 나는 그때 먹은 무처럼 맛있는 무를 먹어본 적이 없다(아니, 어른이 되고 나서 그때처럼 무를 맛있게 먹어본 적이 없다고 말하는 것이 맞을지도 모르겠다.). 무엇이든 어릴 때 먹었던 것이 제일 맛있다.

버들개지무는 생으로 아삭아삭 씹어 먹는 것 외에, 무채무침을 만들 수도 있다. 무를 어슷하게 얇게 썰어서 다시 채를 썬다. 간장, 식초, 참기름을 넣고 무친 다음 풋마늘을 잘게 썰어서 뿌리면 정말 입맛을 당기는 반찬이 된다. 아이들이 지어 부르는 순구류*에 이런 노래가 있다.

응.애.하.고.태.어.나.서.

코.를.훌.쩍.들.이.키.고.

기.름.넣.고.밥.볶.으.면.

무.우.무.쳐.무.우.무.쳐. (우리 고향에서는 '무'를 '무우'라고 발음한다.)

촌에서는 파를 송송 썰어 넣은 볶음밥이 아주 맛있는 음식인데, 거기에다가 무채무침까지 한 접시 곁들이면 최고로 맛있는 음식이 된다.

* 순구류(順口溜). 중국의 민간예술. 즉흥적인 문구에 장단을 맞추어 가락을 넣어 부르는 노래를 말한다.

우리 고향에서는 무채와 잘게 썬 해파리를 함께 무쳐서 잔칫상의 양채*로 올린다. 해파리 무채무침 외에 다른 양채로는 향건香乾, 냉이무침, 새우숙회, 송화단이 있다.

북경의 적환무무침도 설탕을 조금 넣어서 무치면 아주 맛있다.

북경 사람들은 양고기에다가 적환무를 편으로 썰어 넣고 양고기뭇국을 끓이는데 국물 맛이 담백하면서도 시원하다.

적환무조림은 북경에 와서 처음으로 먹어봤는데 굉장히 맛있었다(우리 고향에서는 버들개지무를 익혀 먹지 않는다.). 한 번은 대만臺灣의 여성 작가 한 분이 북경에 와서 우리 집에서 밥 한 끼를 대접하게 되었다. 내가 그녀에게 만들어준 요리 몇 가지 중에 적환무조림이 있었는데 그녀는 적환무조림을 먹고는 입에 침이 마르도록 칭찬했다. 사실 그때 내가 만든 적환무조림은 맛이 없을 수가 없었다. 제철이라 무가 바람도 들지 않고 아주 연해서, 적환무가 제일 맛있을 때였기 때문이다. 더구나 내가 말린 패주를 넣고 조렸으니 더 맛이 있었을 것이다. 그녀 말로는 대만에는 적환무가 없다고 한다.

우리 고향에는 천심홍穿心紅무라는 빨간 무가 있는데 술잔처럼 배가 불룩한 모양에, 길이가 서너 치 정도 되는 무다. 껍질은 짙은 자홍색이고 속에 있는 하얀 무에는 방사형으로 뻗어 나오는 자홍색 무늬가 있다. 무를 가로로 잘라보면(무는 살 때 잘라 봐야 한다.), 흰

---

* 양채(凉菜). 중국 음식의 상차림은 보통 차가운 요리인 양채, 뜨거운 요리인 열채(熱菜), 국물 요리인 탕(湯), 만두, 국수, 밥 종류의 주식(主食) 혹은 점심(點心), 후식으로 첨품(甛品)으로 구성되며 양채부터 순서대로 상에 올린다.

색과 붉은색 무늬가 교차하는 모양이 마치 한약재로 쓰이는 빈랑편檳榔片의 모양과 같고 짙은 붉은 선 하나가 속심을 관통한다. 그래서 '천심홍穿心紅'이라고 부른다. 천심홍무는 장수들이 멜대를 어깨에 메고 다니면서 파는데 보통 고구마도 같이 판다. 고구마도 두꺼운 편으로 썰어서 생으로 먹는다.

자색 무는 크지 않다. 외투 단추만한 크기로 둥글넓적하게 생겼는데 껍질이 짙은 자주색이다. 자색 무는 오배자로 물들인 것이라는 말이 있는데, 정말 본연의 색이 아닌 것은 맞는 것 같다. 먹다 보면 무에서 색이 빠져서 입술이며 잇몸이 모두 시커멓게 자주색으로 물들어 버린다. 연한 속살은 오히려 흰색이다. 자색 무는 모두 태주泰州에서 생산한 것을 들여와서 판다. 매년 늦가을이 되면 태주 사람들이 와서 자색 무를 파는데, 여자들이 큰 바구니를 하나씩 팔에 걸고 골목마다 "자색-무!"하고 소리치고 다니면서 무를 판다.

속청무는 회안淮安에 있을 때 처음으로 먹어 보았다. 회안중학교에서 한 학기 동안 공부를 하고 있을 때, 일요일이 되면 속청무를 일고여덟 개 정도 산다. 땅콩도 한 무더기 사서 반 친구들하고 속청무와 땅콩을 실컷 먹는다. 나중에 내가 천진天津에 가서 속청무를 먹었을 때, 회안 속청무가 천진 속청무보다 더 맛있다고 생각했다. 대체로 보면 무엇이든 처음 먹을 때의 맛이 최고인 것 같다.

천진에서 무를 먹는 것은 일종의 문화다. 50년대 초, 내가 천진에 있을 때 동창의 아버지가 천화경天華景에서 하는 곡예*공연을 보여주신 적이 있었다. 좌석 앞에 일렬로 기다란 탁자가 있었는데, 그 위에는 찻주전자와 찻잔, 땅콩과 해바라기씨가 담긴 접시들이 빈틈 없이 올려져 있었다. 그리고 아주 큰 접시에 얇은 편으로 썰어 놓은 속청무가 있었다. 이렇게 공연을 보면서 무를 먹는 문화는 다른 지역에서 볼 수 없다. 또한 차를 마시면서 무를 먹는 것도 다른 지역에는 없는 문화다. 천진에는 "무 먹고 차 마시면, 성난 의원들이 거리로 쏟아져 나온다"**라는 속담이 있다.

심리미心里美무는 북경의 특산물이다. 1948년 겨울, 북경에 와서 골목마다 울려 퍼지는 무 장수 소리를 들었다. "무요, 무-, 배보다 더 단, 무-, 매우면 바꿔주는 무--" 무장수 소리는 멀리 멀리, 높고도 청량하게 울러 퍼진다. 가만 보면 북경의 골목에서 장사를 하려면 목청이 좋아야 할 것 같다. '배보다 더 단, 무'를 파는 무 장수는 무를 하나하나 일일이 손가락으로 한 번씩 튕겨 보고는 '통통' 소리가 나는 무를 골라, 칼로 쓱쓱 썰어 준다.

내가 장가구 사령자에서 일할 때 심리미무를 수확하러 간 적이 있었다. 장가구의 토질은 무 재배에 적합해서 모든 심리미무의 크기가 엄청 크다. 무를 수확할 때는 일을 하면서 뽑은 무를 먹어도 누가 뭐라 하지 않는다. 무밭의 일꾼들이 무를 서리하는 방법은 다음과 같다. 무를 뽑는다. 한 번 본다. 별것 아니다. 수확한 무 더미

---

* 곡예(曲藝). 민간에 유행되는 지방색이 농후한 각종 설창문예(說唱文藝)의 총칭.
** 차와 함께 무를 먹으면 환자가 없어 화가 난 의원들이 환자를 찾아 밖으로 나온다. 즉 몸이 건강해진다는 뜻이다.

속으로 던진다. 무를 뽑는다. 딱 보니 좋다. 땅바닥에 던진다. 무가 쩍 하고 몇 조각으로 갈라진다. "좋아!"라고 말한다. 각자 한 조각씩 들고 베어 먹는다. 달고, 아삭아삭하고, 물이 뚝뚝 떨어지는 무 맛. 뭐라 형언할 수 없다. 무밭의 일꾼들이 알려준 무를 제대로 먹는 법은 바로 '무를 땅바닥에 패대기 쳐서 먹는 것'이다.

장가구의 백무는 크다. 장가구에서 지역농업박람회를 개최할 때 나는 무 전시를 담당했었는데, 전시용품으로 들어온 백무를 모면 모두 굉장히 컸다. 백무의 종류로는 상아백 백무*와 노팔분 백무**가 있다. 노팔분 백무는 무의 8할 정도가 땅 위로 솟아 올라 있다는 뜻인데, 땅 위로 드러난 부분의 껍질이 옅은 녹색이다.

우리 고향에서는 그렇게 큰 백무가 없다. 굵다고 해봐야 아이 팔뚝만한 것이다. 우리 고향에서는 백무를 간장조림으로 해서 많이 먹는다. 간혹 무만 양념구이로 해서 먹거나, 돼지 앞다리살을 넣고 같이 조려서 먹기도 한다.

강남 사람들은 곰탕을 끓일 때 백무를 꼭 넣는다. 보통은 돼지갈비 부위와 백무를 넣고 푹 끓인다. 백무는 한참을 끓여야 비로소 국물이 우러난다. 홍합을 넣으면 맛이 더 진하고 깊어진다. 사정沙汀의 소설 《도금기淘金記》를 보면, 요초초幺吵吵가 매일 돼지 턱뼈에다 백무를 넣고 곰탕을 끓여서 온 식구가 얼굴에 기름기가 번들번들해질 때까지 먹었다는 이야기가 나온다. 매일매일 먹는 거야 힘들

---

* 상아백(象牙白) 백무. 우리나라에서는 남지무, 왜무, 일본무, 단무지무 등으로 부른다.
** 노팔분(露八分) 백무. 우리나라에서는 조선무, 월동무 등으로 부른다.

맛 좋은 삶

겠지만 며칠에 한 번씩 먹는다면 괜찮을 것 같다.

사천 사람들은 소고기곰탕에 백무를 넣는다. 백무는 소고기곰탕에 잘 어울리는 재료이다.

양주揚州 사람들과 광동 사람들은 호떡에다가 무채를 넣는데 아주 절묘한 맛이 난다. 북경의 동화먼대가東華門大街에 무채 호떡을 만들어 파는 외지인이 있었다. 아주 장사가 잘 되었는데, 나중에는 가게가 없어져 버렸다.

북경 사람들은 무말랭이를 볶아서 밥반찬으로 먹는다. 간장을 넣어 볶기도 한다. 하지만 남방 사람들은 무말랭이에 간장을 넣어 볶는 걸 좋아하지 않는다.

백무는 소화를 돕고 기의 흐름을 원활하게 해 준다. 한번은 호남에 지역생활 체험을 하러 갔는데 같이 간 팀장 하나가 5일째 변비로 고생을 했다. 별의별 약을 다 먹어 보아도 효과가 없고 변을 못 봐서 무척 힘들어 하던 중에 큰 무 서너 개를 생으로 먹고 바로 시원하게 뻥 뚫린 적이 있다. 무의 효능은 정말 신기했다. 직접 보지 않았다면 나도 믿기 어려웠을 것이다.

무는 짠지를 만드는 데 중요한 재료다. 우리 고향에서는 모두 집에서 무말랭이짠지를 만든다. 무말랭이짠지는 껍질이 빨간 둥근 무로 만든다. 무말랭이 무를 썰 때는 온 가족이 다 출동한다. 아이들도 무를 썰다가 무가 달 것 같으면 끄트머리를 잘라 한 입 먹어 보고, 달면 한쪽에 챙겨 두었다가 자기가 먹는다. 아이들은 하루 동안 무 썰기를 하면서 각자 뱃속에 적지 않은 무를 챙긴다. 무말랭이는 소금물에 절인 다음에 반드시 돗자리를 깔고 그 위에 널어 말려야 한다. 물기가 다 마르면 항아리에 넣고 꾹 눌러서 단단히 봉해 놓았다가 한두 달 지나면 꺼내서 먹기 시작한다. 우리 고향에서는 '남의 가게에 들어가 장사를 배우려면, 무말랭이밥을 3년 동안 먹어야 한다'라는 말을 한다. 이는 무말랭이가 기름기 없는 반찬임을 일컫는 말이다. 일을 배우러 막 들어와서 3년이 채 안 되었을 때에는 한동안 가게 주인의 마음에 들게 일을 하지 못할 것이고, 그러니 밥을 먹을 때에도 젓가락을 감히 고기 반찬 쪽으로 뻗을 수 없기 때문이다.

양주 일대의 전통 장아찌 제조 농가에서는 첨면장恬麵醬에 절인 무꼬랑이장아찌를 파는데 식감이 아주 좋다. 아이들이 좋아하는데 아마도 절반 이상이 재미있는 모양 때문에 좋아할 것이다. 동글동글하고 비둘기 알보다 약간 크게 생겼는데 북방 지역에는 없다. 천원天源, 육필거六必居 같은 식품 전문 회사의 장아찌 상품들 중에서도 무꼬랑이장아찌를 보지 못했다.

북경의 소장小醬무장아찌는 죽에 곁들여 먹기에 딱 좋다. 하지만 대엄大腌 무짠지는 쓴 맛이 날 정도로 짜게 절인 것이라 맛이 없다.

사천에서는 빨간 무, 하얀 무, 그 어떤 무라도 전부 김치로 담글 수 있다. 우리 집 근처에 있는 무김치 좌판에서는 무를 큼직큼직하게 썰어서 아가리가 큰 유리병 안에 담아 두고 판다. 동전 한 닢을 내고 무김치를 한 조각 사서 걸어가면서 먹는다. 아미산峨嵋山에 올라가는 길에도 무김치를 파는 곳이 있는데, 그곳에서는 무김치의 한쪽 면에 묽은 양념장을 발라준다.

　무의 원산지는 중국이다. 그래서 중국 무가 가장 맛있다. 봄에도 무가 있고, 가을에도 무가 있고, 사시사철 무가 있다. 한 해가 넘어가는 겨울에도 무가 있다. 이 무를 생으로도 먹고, 익혀서도 먹고, 절여서도 먹는다. 무가 중국 사람들에게 베푼 은혜는 실로 대단한 것이다. 미국의 빨간 무는, 크기가 정월대보름에 먹는 찹쌀 단자만 하고, 껍질 색이 새빨간 것이 아주 귀엽게 생겼는데, 먹어 보면 밍밍하기만 하고 아무런 맛이 없다. 하지만 외국에 이런 무라도 있으니 없는 것보다는 낫다. 소련의 작가 에렌부르크Erenburg의 소설에서 몇몇 예술가가 무에 버터를 발라 먹고, 보드카를 마시는 장면이 나오는데, 아마도 이런 종류의 빨간 무일지도 모르겠다. 나는 미국 아이오와IOWA 주에 있는 한국인 채소 가게 창고에서 심리미 무가 쌓여 있는 것을 보았다. 반가운 마음에 집에 사가지고 와서 먹어 보니 생긴 것은 비슷했지만 맛이 완전히 다른 무였다. 일본 사람들도 무를 좋아하는데, 아마도 익혀서 간장에 찍어 먹는 것 같다.

버섯。

남방 지역에는 표고버섯을 향심香蕈이라 부르는 곳이 많다. 장강
長江에서부터 북쪽으로는 표고버섯이 나지 않는다.

어릴 적에 할머니를 따라 절에 자주 갔었다. 할머니는 불교 신자
로 오랫동안 소식을 하셨는데, 살생일*이 되면 그것을 피해 절에
가 계셨다. 절에서 차려 주는 밥상에는 표고버섯 소스에 담가 먹는
만두튀김이 있었다. 표고버섯 소스를 먼저 큰 그릇에 담아 상 위에
올려 놓고, 기름에 바삭하게 튀긴 채소만두를 버섯 소스 그릇 속에

---

* 살생일(殺生日). 제사의 제물인 소, 양, 돼지를 도살하는 날.

맛 좋은 삶

넣으면 치지직 소리가 나면서 표고버섯의 향이 사방으로 퍼진다. 뭔가 색다른 그 맛이 싫지 않았다. 이런 요리법은 구마버섯*누룽지 탕과 비슷하다. 하지만 구마버섯누룽지탕은 고기 육수로 만든다 는 차이점이 있다. 표고버섯 소스도 고기 육수로 만든다면 당연히 더 진한 맛이 나겠지만, 만두 튀김의 만두소는 죽순 같이 표고버섯 보다 향이 강하지 않은 채소로 만들어야만 소스의 표고버섯 향이 살아난다.

표고버섯은 찬물에 불려야 버섯 향이 살아난다. 뜨거운 물에 불 리면 맛이 떨어진다.

표고버섯은 보통 말려서 운송을 한다. 말리지 않은 생표고버섯 을 먹어본 사람은 많지 않은데 나는 정강산井岡山에서 먹어 보았다. 대정大井에 사는 생활보호 대상자인 아주머니 한 분이 당국의 허락 을 받고 피나무 한 그루를 잘라 표고버섯을 재배했다. 표고버섯은 나고 또 나고 한다. 집주인 추鄒 씨가 2~3일에 한 번씩 가서 두 광 주리씩 사다 주었다. 표고버섯을 유차나무씨 기름에다 볶으면 연 하고도 기름진 맛이 나는데, 그 맛을 뭐라고 표현할 수는 없지만, 아주 맛있다. 거기에다 납육臘肉을 조금 썰어 넣어서 볶는다면 훨 씬 더 맛있어진다. 생표고버섯 요리에다가 청채青菜 국, 매운 두부 유**한 접시를 상에다 올리면 홍미밥 세 그릇이 순식간에 뱃속으로

---

* 구마버섯(구마□蘑). 몽골의 초원에서 자라는 야생버섯. 구마버섯 같은 몽골 특산품은 대부분 몽골 화물의 집산지인 장가구(張家口)를 통해서 내지로 들어오기 때문에 구마버섯이라고 부른다.

** 두부유(豆腐乳). 삭힌 두부다. 하얀색의 백(白)두부유, 홍국(紅麴)을 넣은 붉은색의 홍(紅)두부유, 파르스름한 색이 나는 청(青)두부유의 세 종류가 있다. 청두부유는 '취두부'라고도 부른다.

다 들어간다. 그런데도 자꾸만 더 먹고 싶은 기분이 든다.

　나는 곤명에서 7년을 살았다. 그곳을 떠난 지 40년이 되었는데도, 아직도 곤명의 버섯이 잊히지가 않는다.

　장마철이 되면 버섯들이 여기저기에서 올라오고 공기에서도 버섯 향이 느껴진다. 빈부에 상관없이 누구나 버섯을 먹을 수 있는 계절이 온 것이다.

　흔히 볼 수 있는 것은 소간버섯과 기와버섯이다. 소간버섯은 갓 모양과 색깔이 마치 소의 간肝처럼 생겼다. 갓 뒤쪽에 주름살이 없고 평평한데 작은 구멍이 셀 수 없이 많다. 또 육질이 두툼해서 편으로 썰어 볶는 것이 좋다. 매끄럽고 부드러워서 아주 맛있지만 소간버섯볶음에는 얇게 저민 마늘을 많이 넣어야 한다. 그렇게 하지 않으면 먹고 나서 머리가 어지러울 수 있다. 소간버섯을 볶아 놓으면 훅 끼쳐 들어오는 버섯 향과 마늘 향 때문에 바로 입에 침이 고인다. 소간버섯은 가격이 무척 싼데, 기와버섯은 조금 비싸다. 기와버섯은 갓 색깔이 청록색이고 주름살은 순백색이다. 두루치기를 하거나 볶아서 먹는다. 간장으로 간을 하면 색이 보기에 좋지 않기 때문에 소금 간으로 한다. 기와버섯은 고급 버섯으로 대접받지만, 기와버섯을 즐겨 먹는 사람들 중에는 꼭 고급이라서가 아니라 그 강렬한 맛이 좋아서 기와버섯을 찾는 사람들도 있다.

　진짜 고급은 계종*버섯이다. 계종버섯은 그 이름부터 특이하다.

---

*　계종버섯(계종鷄樅). 우리나라에서는 '흰개미버섯'이라고도 부른다.

'종㯶'은 흔히 보기 어려운 한자다. 왜 계종이라는 이름으로 부르는지에 대해서는 사람들마다 하는 말이 다르다. 요 녀석은 자라는 장소도 아주 특이하다. 들판에 있는 흰개미 집의 위에서 자란다. 왜 그런지는 전문가들도 명쾌하게 설명해 주지 못한다. 계종버섯은 갓이 작고 줄기가 굵고 길다. 주로 닭다리 같이 생긴 줄기 부분을 먹는다. 계종버섯은 버섯의 왕이라 할 수 있다. 맛이 어떠냐는 질문에는, 정말 비유하기가 어렵지만, 식물성 닭고기의 맛이라고 말할 수 있겠다. 정말이지 살찐 씨암탉 같은 맛이 난다. 하지만 고기 결이 거친 닭고기 살과는 달리 부드럽고 매끄러우며, 독특한 버섯의 향기가 있는 것이 다르다. 곤명의 용도가甬到街에는 작지만 계종버섯 요리가 유명한 운남식당이 하나 있다.

버섯 중에서 맛이 가장 심오한 것은(이렇게 이상한 표현을 쓴 것을 너그러이 봐주시기 바란다.) 생긴 것이 가장 못생긴 간파乾巴버섯이다. 요 녀석은 한 번 밟혀서 찌그러진 벌집처럼 생겼다. 색깔도 반쯤 마른 소똥 같고 아주 너저분하게 생긴 데다가, 솔잎이며 풀대 같은 것들이 막 섞여 있어서 골라내기도 여간 힘든 게 아니다. 힘들게 골라내어도 큰 것이 없고, 그저 게살처럼 가느다란 것뿐이다. 간파버섯은 깨끗이 씻은 후에 돼지고기 삼겹살과 청고추를 넣고 볶는다. 입에 넣고 천천히 자근자근 씹으면 그 맛에 한참 동안 말문이 막힌다. 간파버섯은 버섯이지만, 오랜 전통의 선위햄* 맛도 나고, 영파寧波에

---

* 선위(宣威) 햄. 운남 선위 현의 지역 특산물로서, 돼지 뒷다리로 만든 햄을 말한다.

서 먹는 재강굴비*찜 맛도 나고, 소주의 풍계風鷄 닭수육 맛도 날 뿐만 아니라 남경의 오리똥집절임이나 오리간절임의 맛까지 다 합한 맛이 난다. 거기에다 청량한 솔잎 향기까지 난다. 간파버섯을 말릴 때 고추와 소금에 절여서 말리면 오랫동안 저장해도 맛이 변하지 않는다.

모양이 가장 예쁜 버섯은 꾀꼬리버섯이다. 동그랗고 동전만한 크기인데 연노란색이다. 보통 맛이 없다고들 한다. 간파버섯과 꾀꼬리버섯을 비교하자면, 하나는 먹을 만한데 볼 만하지가 않고, 다른 하나는 볼 만한데 먹을 만하지가 않다.

'양송이버섯'의 인공재배 기술이 없었던 때에는 북경의 시장에서 가끔 야생에서 자란 주름버섯을 팔았다. 하지만 시장에 있는 버섯은 대부분 검은비늘버섯이었다. 주름버섯두루치기는 계절 음식이다. 오방재五芳齋(예전에 북경의 동안시장東安市場 안에 있던 식당)에서는 주름버섯두루치기를 흙비린내 없이 정갈하게 잘 만들었다. 하지만 검은비늘버섯은 신선하기는 했지만 먹을 만하지 않았다.

구마버섯은 표고버섯처럼 인공재배를 할 수 없다. 아직도 구마버섯의 생장 비밀은 밝혀지지 않은 것 같다. 구마버섯은 초원에서 자라는데 버섯 군락지 안에서만 자란다. 초원에 이따금 보이는 상당히 큰 원형으로 장초들의 색깔이 검은색으로 보일 정도로 짙은 녹색을 띠고 있는 부분, 이런 곳이 바로 구마버섯 군락지다. 9월쯤

---

* 재강굴비(조백어상糟白魚鯗). 굴비를 재강(술지게미)에 넣어 발효시킨 것이다.

맛 좋은 삶

비가 내린 후 아주 습할 때, 바로 이때가 버섯이 나오는 때인데 멀리서 보면 원래 있었던 자리에 또 구마버섯 군락지가 형성되어 있다. 올해 이곳에서 버섯이 났으면 내년에도 이곳에서 버섯이 난다. 구마버섯의 군락지가 어떻게 해서 생겨났는지는 누구도 명확하게 설명하지 못한다. 이곳을 지나던 몽고인들이 먹다 남은 양고기 뼈다귀나 탕국물을 그들의 파오* 주위에 버리고 갔기 때문에 이 부근의 흙이 더욱 비옥해졌을 뿐만 아니라, 풀 색깔도 더 짙어지고 버섯도 자랄 수 있다는 말이 있다. 이 설명은 상당히 그럴 듯하다. 하지만 실제로 구마버섯 군락지의 흙을 파서 실내에서 구마버섯의 균사를 심는 방법으로 구마버섯의 인공재배를 시도한 사람은 성공하지 못했다고 한다.

구마버섯의 종류는 아주 많다. 내가 예전에 장가구 사령자 농업과학연구소에서《구마버섯 도감》의 제작을 위한 그림을 그린 적이 있었는데 모두 실물을 탁자 위에다 놓고 그 앞에서 모사했다(버섯의 색깔은 모두 회백색으로 서로 크게 다르지 않고 단지 생김에서 차이가 나기 때문에 펜에다가 검은색 인쇄용 잉크를 묻혀서 모사할 뿐 색을 칠할 필요가 없었다. 색칠을 하지 않는 것은 인쇄를 편하게 하려는 목적도 있다.). 나는 스스로 구마버섯에 관한 한 어느 정도 알고 있다고 자신하고 있다. 구마버섯의 주요 품종은 다음과 같다.

흑마黑蘑버섯. 주름살과 줄기가 검은색이고 제일 흔히 볼 수 있

---

* 파오(包包). 몽고인의 이동식 천막집을 말한다.

는 놈이다. 버섯업계에서는 '흑편마黑片蘑'라고 부르며 싸게 판다. 그래도 구마버섯의 맛이 그대로 진하게 난다. 북경의 양고기훠궈 냄비 속이나, 순두부 위에 얹어 먹는 양고기버섯양념장 속, 그리고 '채소완자탕'의 구리 냄비 속에 들어가는 것은 모두 흑편마버섯이다. 채소완자탕에는 구마버섯을 다져서 넣는다.

백마白蘑버섯. 백마버섯은 크기가 작은 편이고(흑마버섯은 밥공기 아가리만큼 큰 것도 있다.) 버섯 갓과 주름살이 모두 하얀색이다. 백마버섯이 가장 맛있다. 내가 고원에서 직접 딴 백마버섯 하나로 버섯국을 딱 한 그릇 만들어서 온 식구가 먹은 적이 있다. 식구들이 닭고기 국물보다도 더 맛있다고 했다. 그때는 3년자연재해 시절이었으니 그렇지 만약 지금 같은 때였다면 아마도 그렇게 맛있지는 않았을 것이다.

먹물버섯은 버섯 줄기가 굵고 길다. 뿌리 부분으로 갈수록 더 통통하게 굵어져서 닭다리처럼 생겼다.

흰우단버섯은 먹물 버섯과 비슷하게 생겼지만 약간 푸르스름하다. 말리면 회백색이 되는데 먹물버섯과 차이가 없는 것들도 있다. 먹물버섯과 흰우단버섯은 흔하지 않다. 장가구에 있는 구마버섯 가게에서도 사기가 쉽지 않다.

이외에도 '묘자행廟自行'이나 '마고정蘑菇丁' 같은 버섯이 있는데, 이런 버섯들은 장사꾼들이 팔아먹으려고 만든 것이지 사실 별로 특이한 품종이 아니다.

구마버섯은 따자마자 반드시 실에 꿰어 말려야 한다. 그렇지 않으면 금방 벌레가 생긴다. 구마버섯은 말린 후에야 비로소 향미가 있다. 내가 구마버섯을 따서 생으로 한 번 먹어 보았더니 버섯 향이 조금도 느껴지질 않았다. 참 희한하게도 말이다. 구마버섯은 뜨거운 물에 불리는데 적어도 하룻밤 정도 담가 놓는다. 구마버섯을 불릴 때 사용한 물은 걸러 내어 구마버섯국을 끓인다. 구마버섯은 주름살 속에 모래가 있어서 손으로 비벼 씻으면 안 된다. 손으로 비벼서 씻으면 절대로 깨끗하게 씻을 수가 없어서 결국 먹을 때 모래를 씹게 된다. 구마버섯을 씻는 방법은 큰 그릇에다가 깨끗한 물을 가득 담아서 이미 불려 놓은 구마버섯을 넣고 젓가락으로 계란 푸는 것처럼 계속 반복해서 휘젓는 방법밖에 없다. 모래가 밑바닥에 가라앉으면 물을 바꿔서 다시 휘젓는다. 서너 번쯤 물을 바꾸면서 휘젓기를 천만 번쯤 계속 반복하면 그릇 안에 모래가 더는 나오지 않는다. 그때 손가락으로 후벼서 안에 붙어 있는 진흙도 파낸다.

구마버섯은 기름기가 많은 고기 요리에 어울린다(두부잡채에는 보통 표고버섯을 쓰며 구마버섯을 쓰는 사람은 드물다.).《노잔유기 老殘遊記》를 보면 구마버섯오리찜이 고급 요리인 것을 당연시한다. 내가 고원에서 먹어 본 귀리국수는 양고기버섯양념장에 구마버섯을 넣었는데 양고기, 구마버섯, 귀리국수 이 세 가지 재료가 서로 잘 어울려 정말 맛이 있었다. 고원의 귀리국수는, 내가 먹을 복이 있어 맛볼 수 있었던, 평생 잊지 못하는 맛있는 음식 중의 하나다. 후허하오터 呼和浩特의 한 식당에서 먹었던 구마버섯볶음은 윤기가 흐르고 기름이 모두 버섯 속으로 배어들어 있었다. 뚜껑을 덮고 약한 불에 볶아낸 것인데, 말이 볶음이지 실은 기름을 넣고 푹 조린 것이라 할 수 있다. 구마버섯남두부南豆腐 찜도 고기 육수를 써야 맛이 난다.

호남 지역에서는 버섯기름을 정말 많이 쓴다. 가을이 되어 날씨가 선선해지면 장사에는 버섯기름두부, 버섯기름국수를 파는 식당이 많아진다. 맛이 무척 좋은데 어떤 종류의 버섯으로 만드는지 알 수가 없다.

중국에서 서양의 버섯을 들여와 인공재배를 시작한 역사는 길지 않다. 가장 먼저 들어온 것이 바로 양송이버섯이다. 양송이버섯을 심는 것은 아주 간단하지만, 그 전에 해야 할 '기초 작업'에 뭉텅이 돈이 들어간다. 말똥과 작두로 잘게 썬 볏짚을 골고루 뒤섞어 배양토를 만들고 뚜껑이 없는 나무 궤짝에 넣는다. 균사를 뿌리고 나무 궤짝을 하나씩 선반 위에 올려 층층이 쌓는다. 이렇게 해 놓으면 며칠 되지 않아서 버섯이 올라오기 시작한다. 양송이버섯은 실내에서 배양한다. 노지에서는 자랄 수가 없다. 실내의 온도와 습도는 반드시 일정하게 유지되어야 한다. 양송이버섯은 생장 기간이 짧다. 내가 사령자 농업과학연구소에서 버섯도감을 만들기 위해 구마버섯 그림을 그릴 때, 버섯 재배장 바깥쪽에 있는 작은 사무실을 사용했었다. 나는 밖에서 버섯을 그리고, 버섯은 안에서 자란다. 버섯 그림 한 장을 완성하고 나서 들어가보면 나무 궤짝 안에서 모두 희끗희끗하게 버섯이 한 층 올라와 있다. 한 송이를 따면 밑동에서 또 한 송이가 올라오기 때문에 버섯은 매일 딸 수 있다.

설이 되면 양송이버섯 요리를 만들어서 실컷 먹는다. 갓이 아직

피지 않은 새로 난 양송이버섯을 얇게 편으로 썰어서 마늘 싹을 많이 넣고 돼지고기 살코기와 함께 볶아 큰 접시에 담는다. 양송이버섯과 마늘 싹을 같이 볶는 방법은 어떤 요리책에도 나와 있지 않지만 이 둘의 배합이 아주 좋다. 양송이는 바로 딴 것으로 요리를 해야지 통조림버섯으로 하면 맛이 없다.

요즘 들어 북경 시장에 가보면 양송이버섯은 별로 없고 느타리버섯만 많이 보인다. 지금은 북경 사람들이 양송이버섯을 봐도 처음 나왔을 때처럼 신기하게 생각하지 않아서 잘 안 팔리는 것 같다. 게다가 북경의 교외 지역에서 인공재배한 양송이버섯의 생산량도 넘치니 더 그런 것 같다.

부추꽃。

오대五代 시대의 서예가 양응식楊擬式은 당대唐代에서 송대宋代
로 넘어가는 시대에 살았던 인물이다. 나는 양응식의 서체를 좋아
한다. 그중에서도 〈구화첩韭花帖〉이 좋다. 서체도 좋지만 문장 역시
풍취가 있다. 문장이 길지 않아 아래에 적어 본다.

낮잠에서 깨어나 마침 배가 고플 때에
고맙게도 자네가 보낸 편지와 먹을 것을 받았네.
떨어지는 낙엽 한 잎이 가을이 시작되었음을 알리니
지금이 바로 부추꽃이 제 맛을 뽐낼 때인데

맛 좋은 삶

기름진 양고기의 맛을 돋우어 참으로 그 맛이 진수였다네.

배불리 먹고 감사한 마음을 이렇게 서신으로 표하고자 하니

내 감사한 마음을 받아주게나.

〈양응식, 구화첩韭花帖〉

내가 구화첩을 좋아하는 이유는 다음과 같다.

첫째, 부추꽃이 서첩에 처음으로 등장했다는 점 때문이다. 이 서첩은 부추꽃을 제목으로 붙였을 뿐만 아니라, 부추꽃이라는 주제로 글 전체가 완성된다. 처음부터 끝까지 잘 읽히고 요즘 사람들의 말처럼 읽혀져 친근하게 느껴진다. 내가 읽은 책이 많지는 않지만, 부추꽃이 등장한 최초의 문학 작품은 바로 구화첩이 아닐까 생각한다. 부추꽃양념장과 같이 평범하지만 아주 맛있는 음식이라면 문학 작품 속에 응당 등장해야 한다.

둘째, 양응식은 양梁, 당唐, 진晉, 한漢, 주周나라의 원로였고, 태자를 지도·보좌하는 태보太保의 관직까지 오른 인물이다(양응식은 초서草書를 많이 썼는데 〈구화첩〉은 행해체行諧體다. 일찍이 황산곡黃山谷은 "미치광이 양가가 단숨에 오사란을 넘을 줄 누가 알았겠는가?*"라고 말한 바 있다.). 요즘 말로 '고급 간부'인데 친구가 부추꽃양념장을 조금 보낸 것을 받고, 크게 감동하여, 정식으로 편지까지 쓴 것을 보면 태보 대감

---

* 황정견(黃庭堅, 호는 산곡)이 양응식의 구화첩을 보고 그 서체에 감탄하여 한 말이다. 모두가 왕희지의 난정서를 보고 행서체를 배우고자 했으나 방법을 몰라 애쓰고 있을 때, 양응식은 이미 행서체의 경지에 도달했음을 오사란(글씨를 쓰는 종이의 검은 줄)을 넘었다고 표현한 것이다.

나리의 입맛도 보통 백성들과 크게 다르지 않다는 것을 알 수 있다. 그때 당시에는 친척이나 친구들 사이에 부추꽃양념장 같은 것을 선물로 보낼 수 있었으나 본데 오늘날에는 부추꽃양념장을 선물로 보내기가 어렵지 않나 싶다.

셋째, 여기서 등장하는 부추꽃양념장이 어떻게 만들어진 것인지 알 수 없지만, 기름에 볶아서 만든 것이든, 한 번 소금에 절여서 만든 것이든, 부추꽃양념장을 양고기에 곁들여 먹은 것으로 보인다. '기름진 양고기의 맛을 돋우어(조기비저助其肥羜)'라는 구절에 나오는 양고기의 한자 '저羜'는 태어난 지 5개월 정도 되는 새끼 양을 뜻하는데, 이는 《시경詩經》에 나오는 '기름진 양고기가 있었다(기유비저旣有肥羜)'에서 따온 것 같다. 좌우지간 부추꽃양념장을 양고기와 함께 먹은 것은 거의 확실하다고 볼 수 있다. 오늘날 북경에서 양고기훠궈를 먹을 때 결코 빠질 수 없는 부추꽃양념장은 원래 중국 오대 시대부터 이미 있었던 것으로 아마도 몽고나 서역西域의 회족으로부터 온 것이 아닐까? 양응식은 섬서陝西 사람이었고 이 것은 양고기를 부추꽃양념장에 찍어 먹는 방법이 중국의 서북 지역에서부터 퍼졌다는 것을 의미한다.

북경의 부추꽃양념장은 소금에 절인 다음 갈아서 만든 것으로 물기가 있다. 이는 양고기훠궈를 먹을 때 결코 빠질 수 없는 양념장이지만 그 자체를 짠지 반찬으로 먹기도 한다. 부추꽃양념장은 아주 싼 반찬이다. 지금은 모두 유리병에 포장된 상품으로 만들어서 비싸게 팔지만 예전에는 동네 기름 가게에 밥공기를 가지고 가면

점원이 철국자로 퍼 주었다. 건새우와 배추를 함께 넣고 끓인 국에다가 부추꽃양념장이나 취두부, 혹은 새우젓을 곁들여 움집 찐빵*이나 구운 옥수수빵을 먹는 것은 북경의 서민들에게 훌륭한 한 끼 식사이다. 예전에 과반**에서 연극을 배울 때, 밥은 주는데 반찬이 없었다. 아니, 반찬이라고 나오는 것이 있기는 했다. 커다란 나무통 안에다 끓인 물을 넣고 부추꽃양념장, 청고추양념장, 간장을 섞은 것이 반찬이었다.

예전에 돈 있는 집에서는 직접 부추꽃양념장을 담근다. 부추꽃과 능금 사과, 경백京白 배를 함께 갈아서 전통적인 방식으로 만든다.

운남의 부추꽃양념장은 북방 지역의 것과 다르다. 운남 지역 내에서도 곤명과 곡정曲靖의 것이 다르다. 곤명의 부추꽃양념장은 간장으로 담고 매운 양념을 많이 첨가해서 만든다. 곡정의 부추꽃양념장은 하얀색이다. 곱게 간 부추꽃에다 무말랭이도 같이 넣어서 담가 향도 좋고, 아주 짜지도 않고, 뭐라고 말로 표현하기 어려운 은근한 단맛이 있다. 곡정의 부추꽃양념장은 차통 같이 생긴 옅은 하얀색 도자기 단지 안에 담아서 판다. 곡정에 오는 사람들은 모두 부추꽃양념장 단지 몇 개를 선물용으로 사간다. 나는 늘 곡정의 부추꽃양념장이 중국의 짠지들 중에서 '신품'***이라고 생각해 왔다.

---

* 움집 찐빵(와두窩頭). 옥수수, 수수 등 잡곡 가루를 반죽하여 원추형의 움집 모양으로 빚어서 쪄낸 찐빵.

** 과반(科班). 중국의 전통극 배우 양성소.

*** 신품(神品). 당대의 장회관(張懷瓘)이 제시한 중국 회화 비평 기준인 삼품(三品) 중 하나로 가장 높은 수준의 작품을 말한다. 삼품에는 신품(神品), 묘품(妙品), 능품(能品)이 있다

우리 고향에서는 부추꽃을 소금에 절여 먹을 줄 모른다. 부추에 아직 꽃이 피지 않은 꽃봉오리가 달려 있을 때, 줄기째로 꺾어서 적당한 길이로 잘라 넣고 돼지고기 살코기와 함께 볶아 먹는다. 그래서 우리 고향에서는 부추꽃이 '계절 음식'이다. 며칠이 지나고 부추 줄기가 쇠어 버리면 먹을 수 없기 때문이다. 센 불에서 바삭하게 볶아낸 부추 꽃봉오리를 접시에다 깔고 그 위에 새우 완자전을 올려서 먹기도 한다. 이것 또한 믿을 수 없을 정도로 맛있다.

맛 좋은 삶

소태나물 짠지국。

눈이 내리는 날이면 우리 집은 짠지국을 만들어 먹는다. 어쩌다 그렇게 되었는지는 모르지만, 아마도 눈이 내리면 밖에 나가 신선한 채소를 살 수 없어서가 아니었을까 싶다. 하지만 큰 눈이 사흘 밤낮으로 계속 내린다면 모를까, 보통 채소 장수들은 눈이 와도 시장에 나와 장사를 할 테니 꼭 그렇다고 말할 수도 없다. 그저 언제부터인가 시작되어 습관으로 굳어진 것이라고 할 수 있을 것이다. 아침 일찍부터 눈발이 흩날리는 것을 보면 나는 벌써 '오늘 점심은 짠지국!'이라는 걸 알았다.

우리 집 짠지는 청채를 소금에 절인 것이다. 우리 고향에서는 원래 배추 농사를 짓지 않았다. 가끔 시장에 배추가 나오기는 했지만 우리가 '노란 잎 채소'라고 부르는 이 채소는 외지에 내다 파는 것이라서 값이 비쌌다. 노란 잎 채소는 보통 고기를 넣고 함께 볶아서 먹는데 고급 반찬에 속한다. 그래서 평소에 먹는 채소는 그저 청채뿐이었다. 청채는 청경채와 같은 종류로 비슷하게 생겼지만 키가 더 큰 채소다. 청채 짠지는 입추에 담근다. 입추는 청채가 최고로 맛이 드는 때다. 단으로 묶어진 청채를 사다가 깨끗이 씻어 물기를 뺀 다음 항아리에 담는다. 먼저 청채를 한 층으로 깔고, 그 위를 소금으로 한 층 덮어서 차곡차곡 층층이 쌓으면 된다. 짠지는 이렇게 한 번에 담가두고 먹을 때 마다 꺼내어 먹는데 이듬해 봄까지 먹을 수 있다.

담근 지 사오 일 정도 된 짠지는 정말 맛있다. 짜지도 않고, 연하고, 아삭아삭하고, 달짝지근한, 그 맛은 비할 데가 없다.

짠지국은 짠지를 잘게 썰어 넣고 끓인다. 눈이 내릴 즈음이면 짠지는 이미 소금에 담근 지 오래되어 아주 짜고, 시큼하게 발효된다. 국으로 끓여 놓으면 색깔이 검푸르죽죽한 것이 먹던 사람이 아니면 당최 먹고 싶은 생각이 들지 않게 생겼다.

짠지국을 끓일 때 소태나물*을 썰어 넣으면 소태나물짠지국이 된다. 짠지소태나물국이라고 부르기도 한다. 이래도 좋고 저래도 좋다.

---

* 소태나물. 택사(澤瀉)를 말한다. 감자 같은 덩이줄기 채소로 논이나 도랑의 습지에서 자란다.

맛 좋은 삶

나는 어릴 적에 소태나물을 그리 좋아하지 않았다. 쓴 맛이 나기 때문이다. 중화민국 20년 시절 우리 고향에 큰 물난리가 난 적이 있었다. 각종 농작물의 작황이 좋지 않아 생산량이 감소했는데 소태나물은 오히려 풍작이었다. 그 한 해 동안 소태나물을 입에 달고 살았다. 소태나물은 정말 맛이 없다.

　나는 열아홉 되던 해에 고향을 떠나서, 여기저기 돌아다니며 사느라 삼사십 년 동안이나 소태나물을 먹지 못했다. 그래도 소태나물은 전혀 먹고 싶지 않다.

　몇 해 전에 설 지나고 며칠 안 되어서 심종문沈從文 선생님 댁에 새해 인사를 드리러 갔다. 선생님께서 밥을 먹고 가라고 하셔서 함께 밥을 먹는데, 장조화張兆和 사모님께서 소태나물에 고기를 넣고 한 접시 볶아 주셨다. 심종문 선생님이 소태나물을 두 점 드시고는 "이거 좋군! 감자보다 격이 더 높아"라고 하셨다. 옳은 말씀이다. 먹는 채소에도 높고 낮은 품격을 말하는 것, 이런 언어가 바로 심 선생님의 언어다. 심 선생님은 모든 사물에 대해 그 '격格'을 말씀하시는 분이다. 소태나물과 감자에 대해서도 말이다.

　몇 해 전 설날 즈음에 북경에 있는 시장에서 소태나물을 보았다. 오랜만에 보니 소태나물도 반가웠다. 내 눈에 띈 소태나물을 조금이라도 사지 않을 수가 없었다. 집에 와서 고기를 넣고 볶았는데 식구들이 잘 먹지 않아서 결국 나 혼자서 전부 '싹쓸이'해서 먹어 치웠다.

　북방 사람들은 소태나물을 잘 모른다. 내가 소태나물을 사면 "그게 뭐예요?"라고 묻는 사람이 꼭 있다. "소태나물이에요."하고 말해 주면, "소태나물이 뭔데요?" 라고 또 묻는다. 이러면 정말 뭐라고 답을 해줘야 할지 모르겠다. 북경에서는 소태나물을 아주 비싸게 판다. 비닐 하우스에서 재배한 토마토, 호부추* 값과 비슷하다.

짠지 소태나물국 생각이 간절하다.

내 고향의 눈이 그리운 모양이다.

---

* 호부추(야계발野鷄脖). 보통 흰색 줄기가 부추보다 길고 두툼하다. 우리나라에서는 '중국 부추'라고도 부른다.

짠지, 장아찌 그리고 김치 。

짠지는 일종의 중국 문화라고 할 수 있다. 서양에는 아마도 짠지가 없는 것 같다. '서양의 김치'라고 해서 먹어 보면 중국의 짠지와 같은 종류라고 할 수 없는 것이었다. 일본에도 짠지가 있는데 중국처럼 이렇게 성행했는지는 모르겠다.

짠지는 중국에서 지극히 일상적인 음식이다. 중국에서 짠지가 없는 지역은 거의 없다. 전국 각지의 짠지는 각각의 특색이 있으면서도 상호 보완하여 비슷한 점도 있다. 북경에는 수흘탑水疙瘩 무짠지, 천진에는 진동채津冬菜 배추짠지, 보정保定에는 춘불로春不老 갓짠지가 있다.

춘불로 갓짠지는 쇠구슬, 면장*과 함께 보정의 3대 보물이다. 나는 소주의 춘불로 갓짠지를 먹어 보았다. 작은 뿌리가 달려 있는 갓으로 담갔는데 한 치 정도 되는 갓 잎이 염장을 했는데도 여전히 푸른색이었다. 연하고 살짝 단맛이 도는 것이 그야말로 '춘불로'라는 이름값을 제대로 하는, 아주 맛있는 갓짠지였다. 보정의 춘불로 갓짠지도, 내가 먹어 보지는 않았지만, 이와 비슷할 것 같다. 주작인은 자신의 고향에서 짜디짠 생선 자반에 짜디짠 짠지만 먹는다는 이야기를 했다. 노신魯迅의 소설《풍파風波》를 보면 시커먼 갓시래기찜이 아주 먹음직스럽게 나오는데, 갓짠지도 중국의 어디에든 있다. 상해 사람들은 돼지고기짠지볶음면과 죽순짠지국을 좋아한다. 운남 곡정의 부추꽃양념장은 풍미가 최고다. 곡정의 부추꽃양념장은 잘게 썰어서 말린 무말랭이를 주재료로 만든 짠지로 북경에서 양고기휘궈를 먹을 때 양념장으로 찍어 먹는 부추꽃양념장과는 이름이 같지만 다른 음식이다. 귀주에는 갓에다가 감주, 고추 등을 넣어 담근 갓 물김치가 있다. 사천의 짠지와 김치의 종류는 아주 많은데, 천연 우물에서 생산된 굵은 소금으로만 담그기 때문에 최고의 맛이 나는 것이라 한다. 자채**짠지는 중국 전역에서 팔리는 것은 물론, 멀리는 해외(화교들이 있는 지역)에서도 팔리고 있으니 가히 짠지의 왕이라 부를만 하다. 조선족도 짠지나 김치를 담근다. 북

---

* 면장(麵醬). 콩이 아닌 밀가루를 발효시킨 것으로 각종 볶음요리에 양념으로 쓰이거나 밀전병 쌈에 바르는 소스 등 다양하게 쓰인다.
** 자채(榨菜). 갓의 뿌리 줄기로 울퉁불퉁하고 비대하게 변형된 것이다.

맛 좋은 삶

경에서 가끔 연변에서 온 고사리 짠지를 파는 것이 보이는데 대부분의 사람은 그것이 무엇인지 알지 못한다.

중국의 짠지와 김치는 하나씩 나열할 수조차 없을 만큼 많다. 누군가 짠지와 김치에 관한 백과사전을 만든다면 정말 재미있는 책이 될 것 같다.

짠지가 언제부터 있었던 것인지 나는 아직까지 확실하게 이해하지 못했다. 어렸을 때 고서에서 '저葅'라는 글자를 보고는 그것이 바로 짠지나 김치를 가리키는 말인 줄 알았다. 그런데 나중에《설문해자說文解字》에서 '저葅'의 주석으로 '신맛이 나는 채소, 초채酢菜'라고 설명해 놓은 것을 보았다. 그렇다면 '저葅'는 내가 생각한 것처럼 짠지나 김치를 가리키는 말이 아니다. '초酢'라는 글자에는 '유酉'가 부수로 들어가 있는데, 이 부수를 가진 글자들은 모두 '술'과 관련이 있다. 지금도 곤명의 '가지초'나 호남 지역 건성乾城의 '고추초'는 모두 항아리에 밀봉되어 술처럼 발효되어서 맛을 보면 술 냄새가 난다. 이런 초채를 두고 짠지나 김치라고 할 수 없다. 하지만 '제齏'라는 글자는 분명히 짠지나 김치를 의미한다고 할 수 있다. 잘게 다져서 소금에 절인 것이기 때문이다. '제齏'라는 양념은 누런색을 띠어 '황제黃齏'라 불렸는데 '제齏'를 담그는 방법에 '금비녀처럼 누런 색'이라고 설명되어 있다. 나는 어쩐지 이 '제齏' 양념이 갓장아찌였을 것 같은 생각이 자꾸 든다. 그리고 이 '제齏'라는 글자가 송대 사람들이 쓴 기록이나 원대의 희곡에 많이 등장하는 것을 보면 '제' 양념이 고대에 먹었던, 아주 먼 옛날의 음식은 아닌 것 같다. '제薺' 양념은 가난한 서생이나 스님들이 먹는 음식이었다. 그래서 누런 '황제' 양념은 서생이나 스님을 비웃는 말이 되었고, 서생이나 스님들도 말머리에 '황제' 양념이란 말을 해서 자조하기도 했다. 중국은 짠지와 김치의 고향으로 그 진수를 맛볼 수 있는 곳이다. 나는 이것이 불교와 관련되어 있다고 생각한다. 불자들은 육식을 하지 않고 채소를 먹는데, 일 년 내내 신선한 채소를 먹을 수 없으니 아마도 짠지나 김치로 담가 먹는 방법을 생각하게 된 것 같다. 우리 고향에서도 가장 좋은 짠지나 김치는 모두 비구니가 있는 절에서 만든 것이다. 비구니가 새해를 맞아 절에 시주하는 집에 인사를 갈 때는 짠지나 김치를 몇 가지로 준비해서 간다. 나는 책을 보다가 짠지나 김치의 기원에 대한 내용이 있으면 주의 깊게 살펴본다. 옛 것을 좋아하고 박식한 사람들 중에 나를 가르쳐 줄 수 있는, 음식을 좋아하는 누군가가 있었으면 좋겠다.

소금으로 담근 짠지와 비슷한 것이 간장 같은 장류에 넣어 담근 장아찌다. 중국의 장아찌는 지역(북방 지역, 남방 지역)에 따라 맛이 두 종류로 나뉜다. 북방 지역의 대표적인 장아찌는 북경의 장아찌라고 할 수 있다. 육필거, 천원, 후문後門 상표의 호리병장아찌*는 모두 좋다. 보정도 장아찌로 유명하지만 북경의 장아찌와 크게 다르지 않은 맛이다. 남방 지역의 장아찌 맛을 알려면 양주의 '삼화三和'나 '사미四美' 같은 상표의 장아찌를 먹어 보면 된다. 북방 지역의

---

* 호리병 장아찌(대호로大葫蘆). 호리병 모양의 초석잠 장아찌를 말한다.

맛 좋은 삶

장아찌는 짠맛이 강하고 남방 지역은 단맛이 강하다. 중국에서는 무엇이든 다 장아찌로 담가 먹는다. 무, 오이, 줄기상추, 풋마늘, 초석잠, 연근, 심지어 땅콩, 호두, 살구씨까지 장아찌로 담가 먹는다. 북경의 장아찌들 중에 장은묘*라는 것이 있는데 나는 지금도 도무지 이게 뭔지 모르겠다.

중국에서 장아찌로 담글 수 없는 것은 오로지 남방개뿐이다. 우리 고향의 반찬가게에 가서 "남방개 장아찌 주세요" 하면 큰일난다. 그것은 사람을 욕할 때 쓰는 말이기 때문이다.

장아찌의 기원은 나도 잘 모른다. 하지만 아주 오래전은 아니었을 것이다. 장아찌를 만들기 위해서는 먼저 콩으로 만든 장醬과 간장이 우선 있어야 하기 때문이다. 중국의 위대한 발명품이라고 할 수 있는 장은 고대 평민들의 생활 필수품인 개문칠사** 중 하나다. 많은 중국 음식에 간장이 들어가지만 서양 음식은 그렇지 않다. 경극 배우 하나가 외국에 다녀오고 나서 동료들에게 해 준 충고는 외국에 갈 때는 반드시 고체 간장을 한 상자 가지고 가라는 것이었다. 비현 두반장***이 없으니 아무리 해도 제대로 된 '정통 사천요리의 맛'이 나지 않았다고 한다. 하지만 중국 고대의 장과 지금의 장은 같지 않다.《설문해자》의 설명을 보면 '장醬'이라는 글자는 뜻을 나

---

* 　장은묘(醬銀苗) 장아찌. 쉽싸리 뿌리인 택란을 첨면장에 절인 장아찌다.

** 　개문칠사(開門七事). 고대 중국 평민들의 생활의 필수품 7가지(땔감, 쌀, 기름, 소금, 장, 식초, 차)를 뜻한다.

*** 　비현두반장(郫縣豆瓣醬). 사천 비현(비도郫都의 옛 명칭)의 지역 특산물인 두반장을 말한다. 두반장은 누에콩, 소금, 고추를 섞어 발효시킨 것이다.

타내는 '술, 유酉'와 '고기, 육肉', 그리고 음을 나타내는 '장爿'이 합하여 이루어진 것이다. 고대의 장은 콩이 아닌 고기에 술과 소금을 넣고 발효시킨 육장肉醬이었다. 정현鄭玄은《주례周禮》에서 '무릇 왕에게 진상하는 장 항아리가 121개다'를 두고 '여기에서 장이란 식해와 고기젓갈을 말한다'고 설명했다. 식해와 고기젓갈은 모두 육장이다. 아마도 제일 먼저 메주가 나오고 그 후에 차츰 지금의 장으로 발전하였을 것이다. 한대漢代의 저서에서도 장에 대해 언급한 내용이 있는데 그때는 이미 콩으로 제조하였던 것 같다. 동한東漢의 왕충王充은《논형論衡》에서 '콩으로 만든 장은 냄새가 고약하다'라고 명확하게 콩으로 제조한 장에 대해서 말하고 있다.《제민요술齊民要術》에도 간장에 대한 내용이 언급되어 있는데, 그때는 이미 북위 시대였다. 지금으로부터 천오백 년 전이니 상당히 오래 전이라 할 수 있다. 나는 아직까지 장아찌의 기원을 알아내지 못했다. 하지만 언젠가 알게 되기를 기다리고 있다.

맛 좋은 삶

두부와 콩

마파두부를 맛있게 만드는 요령은
첫째는 기름이 많아야 한다
둘째는 다진 소고기를 써야 한다
셋째는 비현 두반장을 써야 한다
넷째는 약한 불로 양념이 잘 배도록 조려야 한다
다섯째는 그릇에 담기 전에 산초 가루를 뿌려야 한다
여섯째는 만들고 난 후 그 자리에서 바로 먹어야 한다

마파두부는 저린 맛, 매운 맛, 뜨거운 맛이기 때문이다

두부。

북두부北豆腐는 두부 중에서 단단한 두부에 속한다. 장가구에 있는 어떤 두부 가게의 북두부는 저울 고리에 끼워서 그 저울대를 매고 몇 십 리를 걸어갈 수 있을 정도로 단단하다고 하는데, 그런 것도 과연 '두부'라고 부를 수 있는 것인지 잘 모르겠다. 두부 중에서 부드러운 두부는 남두부다. 남두부보다 더 부드러워지면 순두부가 된다. 하지만 순두부보다 약간 더 단단한 쪽으로 가면 북경의 노두부老豆腐와 사천의 두화豆花두부가 있다. 순두부보다도 더 부드러운 두부는 호남의 수두부水豆腐다.

두부를 눌러 압착시키면 두부건豆腐乾이 된다.

두부편*은 베 보자기를 깔고 그 위에 얇고 넙적하게 콩물을 한 층 부은 다음 압착시켜 만든다. 동북 지역에서는 두부편을 건두부乾豆腐라고 부른다. 압착하는 강도를 세게 해서 훨씬 더 얇게 만든 것을 남방 지역에서는 백엽두부 혹은 천장千張두부라고 부른다.

두부피豆腐皮 혹은 유피油皮두부라고 부르는 것은 콩물을 끓일 때 표면에 엉긴 얇은 막을 걷어내어 말린 것이다. 우리 고향에서는 간단하게 그냥 '껍질'이라고 부른다.

두부를 제일 간단하게 먹는 방법은 무쳐먹는 것이다. 사오자마자 바로 무쳐서 먹을 수 있으니 간단하다. 콩비린내를 없애기 위해 끓는 물에 데쳐서 하는 사람도 있는데 이때 너무 오래 데쳐서는 안 된다. 끓는 물에 오래 데치면 두부가 쪼그라들면서 딱딱해진다. 가죽나물두부무침은 두부무침 요리들 중에서 고급 요리라고 할 수 있다. 가죽나물은 참죽나무의 여린 잎으로 막 솟아오른 어린 순을 말한다. 붉은 자주색을 띠며, 냄새를 맡아보면 독특한 향내가 코를 찌른다. 가죽나물두부무침은 먼저 가죽나물을 끓는 물에 넣어 잎과 줄기가 청록색으로 변하면 건져낸다. 소금을 넣고 주물주물해서 식힌 후, 잘게 썰어, 참기름 몇 방울 떨어뜨리고, 두부와 함께 버무린다(가죽나물과 함께 무치는 두부로는 남두부가 가장 좋다.). 이렇게 만든 가죽나물두부무침 한 젓가락을 입에 넣으면, 삼 년 동안 봄이 세 번 찾아올 때까지 잊지 못하는 맛을 느낄 수 있다. 그런데 가죽나물이

---

* 두부편(豆腐片). 우리나라에서는 포두부, 건두부, 두부피, 쌈두부 등으로 부른다.

맛 좋은 삶

시장에 나오는 기간은 며칠밖에 되지 않는다. 이때를 놓치면 잎이 푸른색으로 변하면서 질겨지고 향이 옅어진다.

두 번째로 간단한 두부 요리는 실파두부무침이다. 북경의 헐후어* 중에 '실파두부무침은? 하나는 새파랗고 다른 하나는 새하얀 것이지.**'라는 말이 있다. 이걸 보면 실파두부무침이 북경에서 집집마다 해 먹는 일상적인 반찬임을 알 수 있다. 두부무침에는 실파가 잘 어울리는데 실파가 연하고 향이 좋기 때문이다. 손가락만큼 굵은 대파로 하면 맛이 덜하다. 내가 임근란林斤瀾과 함께 무이산武夷山에 있을 때 초대소에서 끼니마다 두부무침을 큰 접시에 담아 내 놓았다. 근란이 두부무침을 좋아했기 때문인데 그 두부무침은 실파가 아니라 풋마늘과 함께 무쳐 놓은 것이었다. 풋마늘은 고기와 같이 볶아야 맛있지 두부와 함께 무치면 맛이 어울리지 않는다. 북경 사람들은 부추꽃양념장이나 청고추양념장으로도 두부무침을 하는데 뭔가 우스꽝스럽고 이상하다. 그래서 남방 사람들은 북경의 두무무침을 감히 따라해 보려 하지 않는다. 마찬가지로 북방 지역 사람들도 남방 지역 사람들이 먹는 송화단두부무침을 보고 두부무침을 어떻게 이렇게 만들어 먹을 수 있는지 이해하지 못한다. 송화단두부무침은 상해 음식인데 나는 홍콩에 있는 상해 음식점에서 처음으로 먹어 보았다. 양징호陽澄湖 대게찜 요리가 나오기

---

* 헐후어(歇後語). 숙어의 일종으로 앞, 뒤 두 부분으로 나뉘어져 있는데 앞부분은 수수께끼 문제처럼 비유하고 뒷부분은 수수께끼의 답안처럼 그 비유를 설명한다. 사자성어처럼 일상생활에서 많이 쓰인다.

** 소총반두부(小蔥拌豆腐), 일청이백(一靑二白). 명확하다는 뜻의 '청(淸)'과 푸르다는 뜻의 '청(靑)'의 중국어 발음이 같은 것을 이용해 실파의 푸른색과 두부의 하얀색이 같이 놓인 것처럼 분명하고 명확하다는 뜻을 표현한 것이다.

전에 양채로 나왔다. 북두부와 송화단을 작게 깍둑깍둑 썰어서 함께 버무려 놓았는데 생강즙이나 다진 마늘도 넣지 않고 그냥 소금만 좀 넣은 것이었다. 맛있냐고 물어본다면, 북방 지역 말로 '덜 익은 참외도 덜 익은 맛은 있다'라고 답하고 싶다. 오리알절임두부무침도 남방 지역의 요리다. 두부무침에 넣는 오리알절임은 반드시 우리 고향의 특산물인 '고우高郵오리알절임'을 넣어야 한다고 감히 말한다. 주사朱砂 같은 주황색 기름이 주르르 흐르는 고우 오리알절임을 두부와 같이 버무려 놓으면 진한 주황색과 흰색이 어우러진 색깔만으로도 보는 사람들의 입에서 침이 뚝 떨어진다. 하지만 다른 지역의 오리알절임, 특히 북방 지역의 오리알절임은 노른자색이 누리끼리하기만 하고 기름기도 없어 맛이 없기 때문이다.

두부조림은 방법에 따라 대체로 크게 두 가지로 나뉜다. 두부를 기름에 부쳐낸 다음에 양념을 하여 조리는 방법과 두부를 따로 부쳐내지 않고 바로 그냥 조리는 방법이 있다.

'호피두부조림'은 먼저 북두부를 직사각형 모양으로 도톰하게 썰어서 후라이팬에 기름을 두르고 앞뒤로 부쳐낸다. 북두부가 기름을 잘 먹지 않기 때문에 기름을 많이 두를 필요는 없고 밑이 편평한 후라이팬에 부치는 것이 편하다. 겉이 딱딱해질 때까지 익히면 안 되고, 약간 바삭한 정도로 겉이 노릇해지면 바로 꺼낸다. 일명 '호피虎皮'가 만들어진 것이다. 돼지고기 살코기를 미리 삶아 반 정도 익혀 크게 편으로 썬다. 고기를 볶다가 파, 마늘, 생강, 간장, 설탕을 넣고 미리 돼지고기를 삶았던 육수를 붓고 두부를 넣는다. 센 불에서 잠시 끓이다가 약한 불로 바꿔서 15분 정도 조린다. 양념이 다 배어들면 바로 접시에 담아낸다. 호피 두부조림과 만드는 방법은 같지만 양념에 표고버섯, 말린 새우살, 고추와 말린 청국장을 넣어서 조리면 '가향家鄕두부조림'이 된다. 또 버섯기름을 넣으면 호남 지역의 그 유명한 '버섯기름두부'가 된다(버섯기름두부는 두부를 먼저 기름에 부쳐내지 않고 그냥 바로 조려서 만들기도 한다.).

'문사화상文思和尙두부'는 청대淸代 양주의 유명한 사찰 음식으로 여러 요리책에 그 기록이 있다. 하지만 나는 양주 일대의 절이나 사찰 음식 전문점의 메뉴에서 문사화상두부를 본 적이 없다. 두부를 먼저 기름에 부쳐낸 것인지 아닌지 알 수는 없지만, 그냥 내 생각에는 기름에 부쳐낸 두부에다가 콩나물을 끓여 만든 육수를 붓고 구마버섯이나 표고버섯, 죽순, 질 좋은 추유간장*을 넣고 약한 불로 은근하게 끓여낸 것이 아닐까 한다. '언제 한 번 있는 재료를 가지고 문사화상두부를 만들어봐야지' 하고 생각했었는데 아무래도 절에서는 먹지 못할 고기요리가 될 것 같다. 내가 만든 문사화상두부에는 돼지고기 기름도 들어가고, 말린 새우살도 들어가 있을 테니 말이다.

미리 기름에 부쳐서 호피두부를 만들 두부는 크고 납작한 모양으로 써는 것이 좋고, 그대로 바로 조릴 두부는 예닐곱 등분하여 정방형으로 써는 것이 좋다. 다진 고기를 넣은 두부조림은 '가상家常

---

* 추유(秋油) 간장. 가을에 처음으로 거른 간장. 소서부터 입추까지 발효시켜 맛이 좋은 상품으로 인식되고 있다.

두부조림'이라고도 부르는데 북방 지역의 작은 식당이라면 어디든 있다. 마파두부는 두부조림이 배출한 가장 걸출한 인재다. 옛날에 진陳 씨 성을 가진 곰보 할매가 장터에서 좌판을 열고 밥장사를 했다. 기름통을 매고 다니는 짐꾼 하나가 자주 할매 좌판으로 와서 밥을 먹었는데, 곰보 할매가 기름통 밑바닥에 남은 기름을 긁어서 두부조림을 해 주었다고 한다. 그 후 온갖 높은 양반들도 곰보 할매의 두부조림을 먹으러 일부러 찾아 오기 시작했고 이렇게 해서 마파두부의 명성이 세상에 두루 알려지게 되었다. 마파두부를 만든 곰보 할매는 참으로 중국 요리 역사에 큰 획을 그은 기념비적인 인물이라고 할 수 있다. 왜냐하면 마파두부는 진짜로 맛이 있기 때문이다. 마파두부를 맛있게 만드는 요령은 다음과 같다. 첫째, 기름이 많아야 한다. 둘째, 소고기를 써야 한다. 내가 만든 마파두부는 아무리 해도 도무지 그 맛이 나지 않아서 이상했는데 나중에야 다진 소고기가 아니라 다진 돼지고기로 만들었기 때문이라는 것을 알게 되었다. 돼지고기가 소고기를 대신할 수는 없다. 셋째, 비현 두반장으로 양념을 하고 두반장을 잘게 다져서 써야 한다. 넷째, 약한 불로 익히는 것이다. 약한 불로 양념이 고루 두부에 스며들 때까지 잘 조린다. 다섯째, 그릇에 담기 전에 위에다 산초 가루를 뿌린다. 반드시 '대홍포大紅袍'라고 부르는 사천 산초를 써야 한다. 산서 지역이나 하북 지역의 산초를 쓰면 맛이 덜하다. 여섯째, 만들고 난 후 바로 그 자리에서 먹어야 한다. 만약 술을 마시며 이야기를 하는 중이라 해도 일단 말을 멈추고 먼저 먹어야 한다. 마파두부는 저린 맛, 매운 맛, 뜨거운 맛이기 때문이다.

곤명에 두부볶음을 아주 잘하는 작은 식당이 하나 있다. 이 집의 두부볶음은 비계와 살코기를 섞어서 다진 돼지고기에 두부를 손으로 부스러뜨려서 넣고, 같이 볶다가, 간장으로 간을 하고, 상에 내기 직전에 다진 파를 넣어 만든 것이다. 정말 맛있고, 싸고, 실속이 있는 두부볶음이다. 여기에다 토마토를 넣고 소금으로 간을 하면 토마토두부볶음이 된다. 토마토는 반드시 데쳐서 껍질을 벗기고 뭉근하게 익힌 다음에 토마토 맛이 두부에 배어 들도록 한다. 이렇게 하면 토마토와 두부가 잘 어우러져 정말 맛이 있다.

두부뚝배기는 육수가 좋아야 한다. 사골육수나 고기육수를 넣어서 약한 불로 끓이는데 두부가 벌집처럼 부풀어 오를 때까지 그냥 놔둔다. 생선머리 두부뚝배기는 화연(대두어를 말한다.) 머리 가운데를 둘로 쪼개어 양쪽으로 펼치고 표고버섯, 말린 죽순(혹은 줄기상추짠지), 말린 새우살을 넣으면 개운하면서도 진한 맛이 난다. 해삼이나 상어 지느러미로 우려낸 국물보다 더 맛이 있다.

'왕두부汪豆腐'는 우리 고향의 향토 음식인 것 같다. 두부를 손톱만한 크기로 얇게 썰어서 펄펄 끓는 새우알 간장*육수에 넣는다. 보글보글 끓으면 녹말 가루를 풀고 커다란 찌개그릇에 담아 돼지기름을 한 숟가락 넣는다. 이름이 '왕두부'가 된 이유는 아마도 만들어 놓으면 표면에 기름이 한 층 넓게 뜨기 때문에 '뜰, 왕汪' 자를

---

* 새우알 간장(하자장유蝦籽醬油). 간장에 새우알을 넣어서 달인 것을 말한다.

붙인 것 같다. 왕두부는 국자로 조금씩 떠서 먹는다. 굉장히 뜨겁기 때문에 조심해서 먹어야 한다. 보글보글 끓고 있는 두부 위에 또 뜨겁게 끓고 있는 기름이 한 층 있으니 급하게 먹다가는 혓바닥을 다 데이고 만다. 우리 고향 사람들은 뜨거운 음식을 참 좋아한다. 우리 고향 사람들이 하는 말들 중에 '어떤 음식이든 일단 뜨거우면, 고급 삼선三鮮 요리와 맞먹는다'라는 말이 있다. 촌에서는 갑자기 손님이 왔을 때 왕두부를 얼른 만들어 대접한다. 왕두부는 주항周巷의 왕두부가 유명하다. 주항에 가본적은 없지만 아마도 주항 왕두부가 맛있는 이유는 새우알과 기름이 많이 들어갔기 때문이 아닌가 하는 생각이 든다.

최근 고우의 향토 음식으로 '설화두부雪花豆腐'가 유명해졌다. 설화두부는 간장을 쓰지 않고 소금으로 간을 한다. 나는 우리 고향의 요리사들에게 제안하고 싶은 것이 설화두부에다가 해고蟹膏, 즉 수게의 정자를 넣으면 어떨까 하는 것이다. 그러면 설화두부가 더 고급스러운 음식으로 유명해질 것 같다.

요즘에는 왜 그런지 북경의 노두부가 잘 보이지 않는다. 예전에는 노두부를 파는 좌판이 많았는데 말이다. 노두부는 이름에 단단하다는 뜻의 노老자가 붙어 있지만 실제로 그렇게 단단한 두부가 아니다. 아마도 순두부에 비해서 상대적으로 단단하다는 말일 것이다. 노두부의 양념은 아주 간단하다. 참깨장하고 부추꽃양념장을 넣으면 된다. 매운 걸 좋아하는 사람이라면 청고추양념장을 한 숟가락 넣는다. 길거리 좌판의 나무 의자에 걸터앉아서 노두부 한 그릇과 반 근짜리 커다란 호떡 사이에 얇은 박취튀김*을 하나 끼워서 먹으면 훌륭한 한 끼 식사가 된다.

두부는 굉장히 오묘한 음식이다. 작가 몇 명과 함께 사천으로 여행을 갔을 때 낙산樂山시에서 밥을 먹게 되었다. 다른 사람들은 모두 고급 식당을 찾아갔고 나와 임근란은 좁고 비좁은 식당을 찾아들어갔다. 짚신짝이라도 신발만 꿰차고 오면 촌놈들한테도 '어서 옵쇼' 하고 문을 열어줄 만한, 그런 허름한 식당이었다. 각자 두화두부를 한 그릇씩 시켰는데, 두화두부라는 게 그저 허연 두부만 그릇에 담아 나오는 것일 뿐 두부 외에는 아무것도 없었다. 젓가락으로 두부를 건져서 두반장으로 만든 양념장에 찍어 먹었다. 두부에다 김이 모락모락 나는 쌀밥까지 각자 한 그릇씩 먹었는데 정말 맛이 있었다. 두화두부에다가 청채 같은 채소를 잘게 썰어 넣으면 '채소두화두부'가 된다. 북경의 두부식당에서는 두화두부에 닭 육수를 쓰는데, 이렇게 지나치게 신경을 써서 만들면, 오히려 촌에서 먹는 두부의 순수한 맛보다 못한 것 같다.

북경의 순두부는 원래 양고기조림과 구마버섯을 잘게 썰어 넣고 전분을 풀어 걸쭉하게 끓인 것이다. 요즘에는 양고기는 적고 구마버섯도 넣지 않아서 그냥 간장 물에 전분을 풀어 넣은 걸쭉한 탕에 불과하지만, 예전에는 질 좋은 양고기를 쓰고 버섯도 흑편마 구마버섯으로 잘게 다져 넣은 다음 거기에다 다진 마늘 물도 한 숟가

---

* 박취(薄脆)튀김. 북방 지역의 전통 음식으로 밀가루 반죽을 얇고 바삭하게 튀겨낸 것을 말한다. 과자(餜子)라고도 한다.

락 넣었다. 하지만 정통 북경 순두부라도 할지라도 우리 고향의 순두부만 못한 것 같다. 우리 고향의 순두부는 적동赤銅으로 만든 얕은 냄비에다가 담아서 데운다. 역시 적동으로 만든 국자로 퍼서 그릇에 담은 다음 추유 간장 넣고, 식초 몇 방울 떨어뜨리고, 참기름 약간, 말린 새우살, 그리고 자채짠지와 미나리를 다져 넣는다. 깔끔하면서도 풍부한 맛이 난다.

중국의 두부 요리법은 수도 없이 많아서 일일이 기록할 수가 없다. 사천 출신 작가인 고영高纓이 낙산의 산상에서 열리는 두부 시식회에 나를 초대한 적이 있다. 열 몇 가지 되는 두부가 나왔는데, 두부마다 맛이 독특했고, 서로 비슷한 것은 하나도 없었다. 그리고 두부의 품질이 매우 좋았다. 요리를 책임지는 노주방장은 콩 가는 것부터 두부를 익히는 것까지 모두 직접 했고 다른 사람이 거들지 못하게 했다. 이날의 두부 시식회는 진정 세계 제일이었다!

두부건은 남방, 북방 할 것 없이 거의 모든 지역에 있는 음식이다. 북경에는 두부건을 훈제한 훈건熏乾이 있다. 훈건을 작은 막대 모양으로 길쭉하게 썰어서 미나리와 함께 무치면 아주 맛있다. 훈건에서 나오는 훈연의 향과 미나리향이 서로 잘 어울려 맛이 훨씬 좋아지는 것이다. 화건花乾이나 소주건蘇州乾은 모두 남방 지역에서 전해져 온 것으로 원래 북경에는 없었다. 북경에서 파는 소주건은 미정味精 같은 화학 조미료를 쳐서 맛을 내지만, 원래 소주의 소두부건小豆腐乾은 간장과 설탕을 넣은 표고버섯 육수에 두부건을 조린 후 반건조한 것이다. 쫄깃하게 씹는 맛이 일품이고, 입에 넣고 씹는 동안 끝까지 양념 맛이 살아 있다. 소주에서 기차를 타고 정주鄭州로 갈 때 출발 전에 소두부건 두 봉지를 사 가지고 타면 정주역에 도착할 때 딱 맞게 다 먹는다. 두부건은 '향건' 또는 '차건'이라 부르기도 한다. 내 소설《차건茶乾》에서 자세하게 묘사되어 있다.

두부를 꺼내 부스러기를 털어낸 후 부들 주머니에 넣고, 입구를 꽉 묶어서 솥에다 차곡차곡 담는다. 맛을 내는 양념 재료를 넣고 기름기를 빨아들일 수 있는 재료도 함께 넣는다. 위에다 무거운 돌을 얹어 누른 채로 약한 불에서 오랫동안 조린다. 다 만들어진 두부를 하나하나 부들 주머니에서 꺼내어 보면, 전체 모양은 둥글고, 가장자리는 조금 두껍고, 가운데는 조금 얇다. 부들 주머니에 눌려서 생긴 가느다란 무늬가 있고, 겉은 자흑색인데 반으로 쪼개어 보면 안에는 옅은 갈색으로 아주 단단하다. 쫄깃쫄깃한 것이 씹으면 씹을수록 맛이 우러나 온다. 차에 곁들어 먹는 두부의 묘품妙品, '차건'이 완성되었다.

차건은 원래 계수界首 지역에서 나던 것이기 때문에 '계수차건'이라 부른다. 건륭제도 남방 지역을 순시할 때 계수를 지나며 맛본 적이 있다 한다.

취두부는 중국인의 위대한 발명품이다. 나는 상해에서도, 무한武漢에서도 모두 그곳의 취두부를 먹어 보았다. 장사에 있는 화궁전의 취두부는 모택동이 젊은 시절에 자주 가서 먹었다고 한다. 그는 나중에도 일부러 화궁전을 찾아와서 취두부를 먹고 "화궁전의 취두부가 역시 맛있어"라는 말을 남겼다. 화궁전은 취두부에 대한 모주석의 '최고지시'를 입구의 문병間屛에 크게 써서 붙여 놓았고 화궁전의 취두부는 전국 제일의 취두부가 되었다. 기름에 튀긴 취두부건은 고추양념장과 풋마늘을 함께 곁들이면 좋다. 남경의 부자묘*에서는 취두부를 작게 깍둑깍둑 썬 후 긴 대나무 꼬치에 꽂아 과일 엿꼬치**처럼 만들어서 판다. 곤명의 취두부건는 기름에 튀기지 않고 숯불 위에 석쇠를 올려 놓고 구워 주는데 아주 독특한 풍미가 있다.

안휘安徽의 둔계屯溪에서는 하얀 잔털이 올라 있는 취두부를 두 치 정도 되는 길이로 잘라서 편평한 후라이팬에 지져서 먹는다. 풋마늘과 고추를 넣은 양념장에 찍어 먹는데 둔계에 가는 사람이라면 꼭 한 번 먹어봐야 한다.

두부유도 전국 각지에 있다. 나는 강서의 진현進賢에서 토지개혁에 참여했는데, 그곳의 농가들은 집집마다 두부유를 만들어 먹었다. 예전에는 진현이 변변한 반찬 하나 없이 두부유 하나로 밥을 먹는, 아주 가난한 곳이었다. 이곳의 두부유는 고춧가루를 많이 넣고 만백유***껍질도 넣어 굉장히 강렬한 맛이 난다. 광서의 계림桂林, 사

천의 충현忠县, 운남의 노남路南 지역이 두부유로 유명한 곳이다. 각 지역의 두부유에는 저마다의 특색이 있다. '두부유삼겹살조림'은 소주 송학루松鶴樓의 유명한 요리다. 진하고 부드러운 맛이 입에 넣는 순간 사르르 녹는다. 광동 지역의 딤섬은 두부유로 맛을 낸 것이 많다. '두부유○○호떡'처럼 이름에 '두부유'가 들어가는 것들은 모두 두부유로 맛을 낸 것이다.

남방 사람들은 백엽두부를 좋아한다. 백엽삼겹살조림은 영파와 상해 사람들이 자주 먹는 음식이다. 상해의 노성황묘老城隍廟에는 백엽두부피만두를 파는 작은 식당이 있다. 백엽두부피만두는 얇은 백엽두부에 고기 소를 넣고 싼 다음 매듭을 짓듯이 꼬아서 모양을 만든다. 만두를 탕에 넣고 끓이면서 파는데 손님이 주문을 하면 한 그릇에 네다섯 개 정도 되게 떠 준다. 북방 지역의 백엽두부는 탄탄하지 않아서 남방 지역처럼 백엽두부피만두를 만들 수가 없다. 만두 모양을 잡으려고 꼬는 순간 찢어져버린다. 백엽두부를 취두부를 만드는 간수물에 담가 삭히면 '취천장臭千張두부'가 된다.

항주杭州의 지미관知味觀은 '땡튀김'으로 유명하다. 땡튀김은 두부피에(너무 마른 듯하면 물기를 좀 해서) 다진 돼지고기 살코기, 파, 생강, 소금으로 만든 고기소를 얹어 돌돌 말아 기름에 튀겨낸 것이다. 고기소가 익을 때까지 겉을 바삭하게 튀겨서 건지는데 기름 온도가 너무 높으면 두부피가 쉽게 타버린다. 땡튀김*은 먹을 때 종소

---

* 땡튀김(찰향령炸響鈴). 종소리가 울리는 튀김이라는 뜻이다.

리가 '땡' 하고 울리는 것 같은 바삭한 소리가 난다고 하여 이처럼 부른다. 사실 만들기는 그렇게 어렵지 않다. 고기를 더 잘게 다져서 으깬 것 같은 상태로 만든 다음(칼등으로 두들겨 다져 만들면 좋다.) 펼쳐 놓은 두부피 위에 고기소를 한 겹 깔고 작은 지갑 크기로 접어서 튀겨도 좋다. 기름에 튀기지 않고 표고버섯국에 넣어도 두부피 속에 있는 육즙이 정말 맛있다. 해방 전, 북경 동안시장의 모퉁이에 보화춘寶華春이라는 고깃집이 있었다. 남방 풍미의 수육도 있고, 특히 두부피로 만든 술안주가 무척 맛이 있었다. 두부피를 가늘고 길게 썰어서, 고기 장조림 간장에 푹 삶아 건진 다음 약간 꾸덕하게 말린 것이었는데 맛도 있고 비싸지도 않았다. 지금은 보화춘이 없어져 버렸다. 두부피로 탕을 만들어 먹어도 좋다. 돼지콩팥으로 곰탕을 끓일 때 두부피를 조금 넣으면 국물이 뽀얗게 된다.

두부건채。

남경, 진강鎭江, 양주, 고우, 회안, 모두 두부건채가 있다. 두부건
채의 발원지는, 내 생각에, 양주인 것 같다. 왜냐하면 두부건채가
회양淮揚의 대표적인 음식 중 하나이고, 요리법도 많이 기록되어
있기 때문이다. 하지만 두부건채를 '반찬'이라고 하기는 좀 그렇
다. 두부건채는 밥반찬으로 먹는 것이 아니고, 차에 곁들여 먹는 음
식이기 때문이다.

양주 사람들은 아침 차를 마신다. 그래서 흔히 양주 사람들을 가
리켜 '아침에는 몸에다 물을 담고, 저녁에는 물에다 몸을 담는 사
람들'이라고 한다. '물에다 몸을 담는 것'은 저녁에 목욕하는 것을

말하고, '몸에다 물을 담는 것'은 차를 마시는 것을 말한다. 양팔속楊八屬은 현縣급 정도의 도시라면 어디서든 흔히 볼 수 있는 찻집이다. 찻집은 차만 마시는 곳이 아니라 호빵이나 딤섬도 먹으러 가는 곳이다. 광동 지역의 음차飲茶와 약간 비슷하다 할 수 있다. 광동의 규모가 큰 찻집에서는 종업원(옛날에는 이런 종업원들을 화계伙計라고 불렀다.)이 호빵이나 딤섬을 올려 놓은 작은 손수레를 끌고 다니면 손님이 손수레 위에 놓인 음식을 손가락으로 가리켜 주문을 하고, 그 자리에서 하나씩 상에다 올려서 먹는다. 하지만 양주의 찻집에서는 손님이 그냥 처음에 모든 음식을 한꺼번에 주문하고 종업원이 주문한 음식을 상으로 나른다. 호빵이나 딤섬은 주문을 받은 후에 찌기 시작하기 때문에 보통 음식이 나오기까지 조금 기다려야 한다. 그때 대부분의 손님이 두부건채를 주문한다. 차도 마시고 두부건채도 먹고, 시간도 보내고 입맛도 돋우고 하는 것이다.

채를 썰어 두부건채를 만들 두부건은 크고 도톰한 정사각형 모양으로 만든다. 아주 잘 드는 칼로 얇게 편을 썰고 난 후 다시 채를 썰어 두부건채를 만든다. 정석대로 잘 만들어진 두부건채는 두부건 한 장을 16장으로 얇게 썰어내고 또 다시 말꼬리처럼 얇게 채를 썰었을 때 하나도 끊어지는 것이 없어야 한다. 두부건채는 데쳐서 무쳐 먹는 것이 최초의 요리 방법이었던 것 같다. 요즘에야 두부건채를 아무 그릇이나 큰 그릇에 담아내지만, 옛날에는 두부건채를 담는 청화백자 그릇이 있었다. 약간 올라온 굽다리가 달려 있는데 그릇의 바닥이 깊고 아가리가 넓어서 두부건채를 양념에 무칠 때

맛좋은 삶

아주 편하다. 두부건채는 끓는 물에 데쳐서 물기를 빼내고 그릇에 옥탑처럼 쌓은 다음 참기름, 간장, 식초를 끼얹어 바로 먹는다. 우리 아버지는 종종 찻집에 갈 때 풋마늘 한 단을 가지고 가셨다. 종업원에게 풋마늘을 잘라서 끓는 물에 살짝 데쳐 달라고 부탁을 하고, 오향 땅콩* 한 봉지를 손으로 비벼 껍질을 깐 다음 두부건채와 함께 버무려 먹었다. 이 비법은 아버지가 스스로 개발한 것 같은데 정말 특이하게 맛이 있었다. 맛있는 냄새를 솔솔 풍기는 두부건채를 한 젓가락 먹고, 두 번째로 우려낸 차를 두어 모금 마신다. 그 맛이 어찌나 좋은지! 양주 사람들은 '쌍병雙拼'이라고 해서 두 가지의 차를 혼합해서 마시기를 좋아한다. 용정차龍井茶를 기본으로 해서 화차花茶 한 봉지를 찻주전자에 함께 넣고 우려내는 것인데 일부러 찾을 만큼 특별한 맛은 아니다. 그래도 오룡차烏龍茶와 용정차를 섞어 마시는 것보다는 맛이 좋다고 할 수 있다.

두부건채탕의 기원은 잘 모르지만, 말린 새우살 육수에 두부건채를 넣어 끓이다가 햄과 닭고기 살을 찢어 넣고 다시 국물이 우러나도록 끓여서 만든다. 표고버섯을 채 썰어 넣어도 되는데, 버섯 향이 너무 진한 것은 두부건채탕 본연의 맛을 덮어버리니 안 된다. 겨울 죽순 철이면 겨울 죽순을 채 썰어 넣어도 좋다. 아무튼 두부건채의 맛을 살리려면 맑은 국물로 해야 한다. 진하게 우려낸 국물도 괜찮지만 그렇다고 해서 게나 바지락, 굴, 맛조개 같은 것을 넣으면

---

* 오향땅콩(오향화생五香花生). 오향(五香)은 산초, 팔각, 계피, 정향, 회향 등 다섯 가지 향신료를 말하며, 오향땅콩은 오향을 넣어 삶은 땅콩을 다시 볶거나 구워서 물기를 말린 것이다.

주객이 전도되어 두부건채의 맛이 나지 않는다.

북경에는 채썰기에 좋은 두부건이 없다. 가끔 크고 두툼하게 만들어진 두부건이 보여서 사보면 질감이 푸석하고 채를 썰면 다 끊어져 버린다. 하는 수 없이 고급 상표가 붙은 두부편을 사가지고 양주의 '방건方乾두부'처럼 가늘게 채를 썰어서 요리한다. 하지만 두부편을 얇고 탄탄한 것으로 잘 골라야 한다. 두부건채 요리는 우리 집 손님상에 꼭 들어가는 레퍼토리다.

미국에 사는 여류작가인 섭화령聶華苓이 남편 폴 엥글Paul Engle과 함께 북경에 왔을 때, 우리 집에서 밥 한 끼를 먹고 싶다고 했다. 그녀를 위해서 몇 가지 요리를 했었는데 어떤 것들이었는지 지금은 다 잊어버렸지만 두부건채탕이 있었던 것은 확실히 기억난다. 섭화령은 큰 그릇에 담긴 두부건채탕을 남김없이 먹고 마지막 남은 국물까지 그릇을 들어 마셔 버렸다. 호북 사람인 화령이 젊었을 때 먹었던 두부건채탕은 미국에서 먹기가 쉽지 않다. 내가 만든 두부건채탕이 그녀의 조국과 고향에 대한 향수를 달래주었을 것이다. 미국에 광동, 사천, 호남 식당은 많지만 회양 식당은 적은 것 같다. 그때 두부건채탕에 말린 패주를 넣었는데 그래서 맛이 더 있었는지도 모른다. 전에도 말했지만 두부건채탕은 국물 맛이 진하면 진할수록 맛있다.

두즙。

두즙豆汁을 안 먹어본 사람은 북경에 가 봤다고 말하지 말라.

어릴 적에 경극《두즙기》*를 봤을 때 도대체 두즙이 무엇인지 몰라 그냥 콩으로 만든 콩물 같은 것이겠거니 했었다.

북경에 올라가면 북경에 사는 동창이 오리구이, 석쇠구이, 양고기훠궈 같은 음식으로 대접해 준다. 한번은 "너, 두즙에 도전해 볼 수 있겠냐?" 하고 묻기에 "이 몸으로 말할 것 같으면 털 달린 것은 먼지떨이 빼고, 다리 달린 것은 의자 빼고, 고기라고 하면 큰 고

---

* 두즙기(豆汁記). 경극. 금옥노(金玉奴)라고도 한다. 굶어 죽을 뻔한 가난한 서생의 목숨을 금옥노가 두즙을 먹여 살려냈다는 이야기. 후에 가난한 서생은 장원급제를 한 후 생명의 은인이자 조강지처인 금옥노를 모해한다.

기 중에서 사람 고기 빼고, 작은 고기 중에서 파리 고기 빼고는 다 드시는 몸이시다"라고 대답하였다. 두즙이라고 못 먹을 게 무엇인가? 그는 나를 작은 식당으로 데려가서 두즙을 두 그릇 주문했다. 그리고 "먹지 못하겠으면 안 먹어도 돼. 사람들이 대부분 한 입 먹고는 다 뱉어버리거든" 하고 경고하였다. 나는 그릇을 들고 꿀떡꿀떡 한 그릇을 다 마셔버렸다. "맛이 어떠냐?" 하고 묻기에 "한 그릇 더!"라고 대답해 주었다.

두즙은 녹두당면을 만들고 남은 찌꺼기로 만든다. 그래서 아주 싸다. 옛날에는 두즙 장수들이 익히지 않은 생두즙을 뚜껑이 달린 나무통에 담아서 작은 리어커에 싣고 동네 골목골목마다 돌아다니며 팔았다. 환두*로 쨍쨍 소리를 낼 필요도, 목청껏 소리를 지를 필요도 없다. 그도 그럴 것이 날마다 골목 어디든 두즙 장수가 오는 시간은 정해져 있었다. 두즙 장수가 올 시간이 되면 여자들이 아무거나 담아갈 그릇을 가지고 나와서 두즙을 산다. 두즙이 있으면 두즙에다가 옴집 찐빵을 먹으면 되니 그날은 멀건 죽을 쑤지 않아도 되는 날이다. 두즙은 가난한 사람들의 음식이다. 《두즙기》를 보면 거지 왕초였던 금옥노의 아버지 금송金松이 집에서 먹다 남은 두즙을 아무것도 따지지 않고 그냥 한 그릇 퍼 주는 대목이 있다.

두즙은 노점에서도 판다. 구리 솥 하나를 걸고 구리 솥 가득 생두즙을 넣어 약한 불로 끓여서 익힌다. 두즙을 익힐 때는 약한 불

---

* 환두(喚頭). 긴 쇠집게처럼 생겼다. 한 손에는 환두를 들고 다른 한 손에는 대못을 들고 서로 부딪쳐 소리를 낸다.

맛좋은 삶

로 끓여야지 센 불로 끓이면 두즙이 거품으로 다 넘쳐 버려서 맛이 밍밍해진다. 두즙을 파는 노점의 좌판 위에는 고추 기름을 뿌린 수흘탑 무짠지 같이 맵고 짭짤한 짠지가 놓여 있다. 힘쓰는 일을 하는 일꾼들은 좌판에 와서 초권튀김빵*이나 호떡 몇 개, 두즙 두 그릇에 매운 짠지를 조금 곁들여 먹는 걸로 한 끼를 때운다.

두즙 좌판 위의 짠지는 돈을 받지 않는다. 옛날에 보정 사람이 두즙 좌판에 와서 앉더니 자신의 보따리에서 찐빵 두 개를 꺼내면서 물었다. "두즙은 한 그릇에 얼마요?" 두즙 장수가 얼마라고 말해주자, "짠지는 얼마요?"라고 또 물었다. "짠지는 돈 안 받아요" 하자, "그러면 짠지 한 접시 주시오"라고 했다는 얘기가 있다.

두즙은 마시다 보면 인이 박인다. 두즙은 북경의 가난한 사람들의 음식이지만, 두즙을 즐겨 마시는 부자들도 있다. 경극 배우 매란방梅蘭芳의 집에서도 한동안, 매일 오후 시간이 되면 온 식구가 밖에서 사온 두즙을 각각 한 그릇씩 먹었다고 한다. 두즙의 맛이 어떠냐고 물어본다면, 정말 뭐라고 말하기가 어렵다. 두즙은 녹두를 발효시킨 것이라 시큼한 맛이 있는데, 두즙을 싫어하는 사람들은 그 맛이 썩은 쌀뜨물 같다고 한다. 하지만 두즙의 맛을 좋아하는 사람들은 결코 다른 것에서는 맛볼 수 없는 시큼한 맛이 좋다고 한다. 두즙도 취두부나 치즈처럼 사람에 따라 좋아하는 사람도 있고 싫어하는 사람도 있다.

---

* 초권(焦圈)튀김빵. 북경의 전통 음식. 중국 사람들이 아침에 콩물과 같이 먹는 유조튀김빵과 같다. 유조튀김빵은 길쭉한 모양이지만 초권튀김빵은 동그란 팔찌 모양이다.

두즙을 가만히 놓아 두면 밑바닥으로 가라앉아 끈적하게 엉겨 붙는 것이 생긴다. 이것이 마두부麻豆腐다. 마두부는 양꼬리 기름에 볶아 먹으면 맛있는데 순이 조금 올라온 청대콩도 넣어서 볶으면 더 맛있다. 오늘 반찬으로 마두부 볶음을 한다 하면 밥쌀을 씻을 때 쌀을 한 그릇 더해서 씻는다. 분명 식구들이 입맛을 다시면서 밥을 더 달라고 할 것이기 때문이다.

콩。

메주콩

고대에는 콩잎을 반찬으로 만들어 먹었다. 필시 걸쭉한 국으로 만들어 먹었을 것이다. 하지만 지금은 먹지 않는 것 같다. 콩잎을 가져다가 나물로 무친다든지, 볶아 먹는다든지, 콩잎국을 끓여 먹는다는 얘기를 들어본 적이 없다.

우리 고향에서는 여름이면 집집마다 풋콩볶음을 여러 번 해 먹는다. 청고추도 넣어서 볶는다. 그리고 또 추석이 되면 껍질째 삶은 풋콩을 달의 제물로 바친다. 우리 아버지는 풋콩을 이렇게 만들어 주셨다. 콩깍지에서 풋콩을 까서 청고추(자르지 말고 통째로)와 함께 간장, 설탕을 넣어 삶는다. 양념이 잘 배어들도록 익힌 다음 체에 받쳐서 말린다. 반 정도 말라서 콩껍질이 쪼글쪼글해졌을 때 작은 항아리에 담는다. 한 번 만들면 며칠을 두고 먹을 수 있는데 술안주로 참 좋다.

북경의 작은 주점에서는 소금물에 삶은 풋콩을 안주로 낸다. 콩 꼬투리가 달린 콩대를 그대로 삶아서 내는 주점도 있는데 손님들이 손으로 직접 콩 꼬투리를 따서 먹는다. 이렇게 먹으면 접시에 담아진 것을 먹는 것보다 더 맛있는 것 같다.

풋콩은 가죽나물과 잘 어울린다. 가죽나물의 연한 순을 따다가 끓는 물에 살짝 데치고, 물기를 짜고, 잘게 썰어서, 소금으로 간을 한다. 풋콩도 소금물에 삶아서 가죽나물과 같이 골고루 무친다. 식혀서 유리병에다 넣어 두었다가 하루가 지나면 먹는다.

북경 사람들은 자장면을 먹을 때 오이채, 적환무, 풋마늘 같은 재료들이 열 가지가 넘게 있어야 한다고 생각하는데, 특히 풋콩은 꼭 있어야 한다. 볶음장 속에 들어 있는 깍둑깍둑 썬 고기(동네 식품점에서 파는 아무렇게나 뭉쳐져 있는 다진 고기가 아니다.)와 풋콩이 입에서 같이 씹히면 고기도 콩도 두 배로 맛있어진다.

싹이 조금 올라 온 풋콩은 북경 사람들이 두부볶음을 할 때 넣는다.

30년 전 북경 도향촌稻香村의 훈제 풋콩은 차 마실 때 곁들여 먹기에 좋았다. 하지만 이렇게 그냥 먹는 콩은 꼭 훈제하지 않아도 괜찮은 것 같다. 회향이나 소금을 조금 넣고 삶은 다음 말려서 먹어도 맛있다. 껍질이 약간 쪼글쪼글하고, 딱딱하지도 너무 무르지도 않아 씹는 맛이 좋다. 지금은 도향촌의 훈제 풋콩이 나오지 않는다. 아마도 훈제 풋콩의 가격이 너무 싸서 생산 비용을 제하고 나면 남는 것이 없어서인 듯하다.

분염粉鹽 콩은 강인江陰 지역의 특산물이다. 콩의 길이가 반 치나 되는데 어떻게 해서 그렇게 큰 메주콩을 생산할 수 있는지 모르겠다. 분염콩은 솥에다 소금을 많이 넣고 그 위에서 콩을 소금구이한 것이다. 이렇게 하면, 콩의 크기는 줄지 않으면서, 껍질은 하얗게 변하고 파삭파삭해진다. 분염콩을 한 입 깨물면 바로 가루처럼 부서지는데 그래서 이름이 '가루 분粉'과 '소금 염鹽'을 합해서 '분염콩'이다. 정말이지 땅콩 같은 것은 발뒤꿈치도 따라오지 못하는 훌륭한 맛이다. 분염콩은 원래 백화주百花酒와 궁합이 맞는다. 나는 처음 분염콩을 먹었을 때 어려서 술을 마실 줄 몰라 백화주 대신 백개수白開水*를 마셨다. 일요일에 학교 자습실에 앉아서 콩 먹고, 물 마시고 하면서 이청조李淸照나 신기질辛棄疾의 시를 읽는 것은 특별한 맛이 있었다. 강인에 있는 남청南菁중학교에서 2년 동안 공부할 때 일요일은 대부분 이렇게 보냈다. 재작년에 내가 강인에 갔을 때, 동창에게 분염콩을 물어보니 지금은 분염콩이 없어졌다고 한다.

---

* 백개수(白開水). 끓인 물을 뜻한다.

예전에는 도향촌, 가향촌佳香村, 전소재全素齋에서 죽순콩자반이 나왔다. 메주콩에다 말린 죽순을 잘게 썰어서 간장과 설탕을 넣고 조린 것인데 요즘에는 잘 보이지 않는다.

3년자연재해 시기에 17급 간부들은 매월 메주콩 댓 근과 설탕 한 근을 배급받았다. 그래서 17급 간부를 '설탕콩 간부'라고 불렀다. 나는 죽순 콩자반을 만들 때 말린 죽순이 없으면 대신 구마버섯을 조금 넣는다. 구마버섯은 장가구 파상壩上에서 내가 직접 따서 말린 것이다. 내가 만든 버섯 콩자반은 우리 집에서도 먹고 다른 집에 선물로 보내기도 했는데 황영옥黃永玉에게도 한 번 보낸 적이 있다. 영옥의 아들 흑만黑蠻이가 내 버섯 콩자반을 먹고는 그날 일기에 이렇게 써 놓았다고 한다. "노란 콩은 맛이 없는 것이다. 그런데 왕 아저씨는 맛없는 노란 콩을 진짜 맛있는 것으로 바꾸어 놓았다. 왕 아저씨는 정말 위대하다!"

콩나물볶음에 설탕과 식초를 넣으면 좋다.

탕을 끓일 때 콩나물을 넣으면 국물 맛이 시원해진다. 남방의 채식 전문 요리나 절에서 주는 사찰 음식을 보면 모두 탕에 콩나물을 넣어 시원한 맛을 낸다. 옛날에 먹보 하나가 절에서 밥을 먹다가 혹시 탕 속에다가 새우알을 한 움큼 넣은 것이 아닐까 하는 의심이 들었다. 바로 주방으로 가서 확인해 보니, 커다란 솥 안에는 콩나물과 버섯만 끓고 있더라는 이야기가 있다. 콩나물과 갓김치를 넣고 끓인 국에는 밥을 말아 먹어야 맛있다. 북방 지역 사람들은 이 맛을 결코 모를 것이다.

중국 사람들은 메주콩을 가지고 두부와 각종 콩식품을 만들어 냈다. 메주콩은 참으로 위대한 공헌을 하였다. 만약 두부가 없다면 중국 사람들은 생활의 아주 큰 부분을 잃는 것이고, 스님이나 비구 니나 채식요리 전문점의 요리사나 모두 '재미보기'가 어려웠을 것 이다. 채식 요리는 표고버섯, 구마버섯, 넙나물, 목이 버섯, 죽순 외 에는 대부분 두부 식품이나 콩 식품에 의지하고 있다. 이것은 무엇 이고, 또 저것은 무엇이라고 달리 말해 봐야 그저 모두 콩으로 만든 식품으로 모양만 다르게 만들어 놓은 것일 뿐이다.

편두콩

우리 고향 일대에서 먹는 편두 콩깍지를 북경 사람들은 '관편두寬扁豆'라고 부른다. 정판교鄭板橋가 편두에 대해 쓴 대련對聯인 '봄비 그득한 마당에는 배춧잎이, 가을바람 그득한 울타리에 편두꽃이'에서의 편두가 바로 이런 종류의 편두다. 이 대련은 가난한 선비의 형편이지만 그런대로 부족함이 없음을 표현하고 있다. 돈 있는 부자들이 마당에 배추를 심고, 편두 같은 콩을 기를 리가 없지 않은가? 편두는 꽃이 자주색인 것과 흰색인 것, 두 종류가 있다. 자주색 꽃이 비교적 많고 흰색 꽃은 적다. 정판교의 눈에 비친 편두 꽃도 아마 자주색이었을 것이다. 자주색 꽃 편두는 콩깍지도 옅은 자색을 띠지만, 흰색 꽃 편두의 콩깍지는 옅은 녹색이다. 먹어 보면 맛은 둘이 비슷하다. 하지만 약용으로는 반드시 흰색 꽃 편두인 '백편두白扁豆'만 쓰는 것을 보면 약의 효능은 두 종류가 서로 다른 것 같다. 편두는 초가을에 꽃이 핀다. 그리고 곧바로 콩깍지가 달리기 시작하기 때문에 아무 때나 따서 먹을 수 있다. 정판교가 말한 '가을바람 그득한 울타리'는 이미 깊은 가을이 되었음을 느끼게 해 준다. 편두꽃 그림을 그린 화가들은 편두꽃 옆에 여치 한 마리를 그려 넣는 것을 좋아한다. 여치도 가을에만 나타나는 녀석이다. 더위가 가시고 쌀쌀한 바람이 불 때, 푸른 달빛 아래 편두 넝쿨이 주렁주렁 매달린 울타리에서 여치의 날개 치는 소리가 '찌르르르' 하고 들려오면 참으로 운치가 있다. 북경에는 홍편두紅扁豆가 있는데 꽃이 진홍색이고 콩깍지는 짙은 자홍색이다. 홍편두는 사람들이 먹는 것 같지 않고 그저 관상용인 것 같은데 그렇다고 자색꽃, 흰색꽃처럼 운치가 있는 것도 아니어서 홍편두를 보고 있으면 뭔가 비정상적으로 느껴진다.

북경에서는 편두라고 부르는 것을, 상해 사람들은 사계두四季豆라고 부른다. 우리고향에는 원래 편두가 없었는데 지금은 우리 고향에서 생산한 편두가 있다. 북경 편두콩의 종류는 몇 가지로 나누어진다. 보통 편두라고 부르는 것이 있고, 또 울타리 같은 지지대에 매달려 자라기 때문에 '울타리편두'라고 부르는 것이 있다. 어떤 것은 '막대기편두'라고 부르는데 콩깍지가 작은 막대기 같이 생겼기 때문이다. 그런데 이 '막대기편두'라는 말에는 모순된 것이 있다. 어떻게 막대기처럼 생긴 것이 동시에 납작할 수가 있단 말인가? '동전콩'은 콩깍지가 비교적 넓적하고 아주 연하다. '동전콩'은

'눈썹콩'을 잘못 발음해서 생긴 이름이 아닌가 싶다.[*] 북경 사람들은 편두콩깍지를 꼭 데쳐서 익힌 다음에 무치거나 볶거나 혹은 조린다. '편두콩깍지국수'는 아주 맛있다. 콩깍지를 약한 불에 뚜껑을 덮고 익히다가 물을 붓고 국수를 콩깍지 위에 얹는다. 국수가 다 익으면 밑에 깔려 있던 콩꼬투리를 뒤집어 국수 위로 올려서 다시 약한 불로 조금만 익혀서 먹는다. 편두콩깍지가 들어간 요리는 무엇이든 마늘을 넣어야 좋다.

태산泰山에 있는 초대소에서 먹었던 연한 막대기콩콩깍지볶음은 내가 평생 먹어본 콩깍지 요리들 중에 최고로 꼽는 요리다. 태산 정상까지 올라가야만 먹을 수 있는 것이라 아주 어렵게 맛보았다.

완두콩

북경 시장 입구에서 파는 완두콩볶음과 완두콩튀김은 내 소설 《이병異秉》의 왕이王二의 좌판에서도 살 수 있다. 10문文짜리 동원銅元 두 닢을 주고 한 봉지를 사서 소금을 좀 뿌린 다음 집으로 걸어가면서 먹는다. 마지막 콩 한쪽을 입에 털어 넣으면 어느새 집 문 앞에 서 있다.

우리 집에서 그리 멀지 않은 곳에 월당越塘 저수지가 있다. 월당

---

[*] 동전콩(민아두悶兒豆)의 중국어 발음은 '미얼더우', 눈썹콩(미두眉豆)은 '메이더우'다. 눈썹콩은 우리나라에서 까치콩이라고 부른다.

저수지의 근처에 있는 공터에 가면 멜대를 매고 간식을 팔러 오는 장사들이 늘 보인다. 땅콩사탕 장수는 껍질을 벗긴 굵은 알땅콩을 볶아서 익힌 다음 새하얀 알땅콩을 기름칠한 돌판 위에 편평하게 깔고, 그 위에다가 얼음 설탕을 끓여서 골고루 부은 다음 식혀서 떼어낸다. 칼로 자르지 않고 떼어낸 조각을 그대로 유리상자 안에 넣어두고 파는데 손님이 먼저 사고 싶은 조각을 가리키면 장수가 그걸 보고 가격을 흥정한 후 꺼내어 준다. 반질반질 윤이 나는 땅콩사탕은 바삭바삭하고 아주 고소하다. 그리고 순두부 장사도 있다. 우리 고향에서는 북경처럼 순두부에 양고기버섯양념장을 얹어 먹지 않는다. 그냥 간장에, 식초 약간, 참기름을 한 방울 떨어뜨려 먹는데, 순두부 장수는 젓가락 한 짝으로 기름병 안의 기름을 찍어서 순두부 그릇에 떨어뜨려 준다(젓가락 한 쪽 끝을 엽전으로 묶어 놓아 기름병 속에 꽂아 놓아도 밑으로 빠지지 않는다. 이렇게 젓가락으로 기름을 찍어서 떨어뜨리면 기름이 정말 딱 한 방울이다.). 그리고 건새우, 파, 마늘, 자채짠지, 미나리 같은 다양한 재료들을 모두 잘게 다져서 얹어 먹는다. 우리 고향에는 샐러리가 없다. 샐러리와 같은 종류인 물미나리만 있다. 나는 샐러리의 향을 아주 좋아한다. 이렇게 만든 순두부는 맛이 깔끔해서 전분을 넣어 끈적끈적하게 만든 북경의 양고기 양념장을 얹은 순두부보다 더 맛있는 것 같다. 완두콩죽 장수는 늦벼로 수확한 향갱香粳 쌀과 완두콩을 구리 솥에다 넣고 계속 끓인다. 그릇에 담아 줄 때 백설탕도 한 숟가락 넣어서 주는데 여름에 버드나무 그늘 아래에서 한 그릇 먹으면 아주 별미였다. 고향을 떠난 지 50여 년

맛 좋은 삶

이 되었는데, 맛있게 먹었던 완두콩죽이 아직도 기억난다.

　북경에서 가장 유명해진 완두콩 음식은 '완두콩양갱'이다. 요것은 아주 쉽게 만들 수 있다. 완두콩을 무르게 삶아 껍질을 벗겨내고 몽글몽글해질 때까지 졸이다가 설탕을 조금 넣은 다음 편평한 판에다 올려 놓고 납작하게 누른다. 가로, 세로가 3치에서 5치 정도 되게 길다란 직사각형 모양으로 자른 다음 다시 4등분하는데, 모양이 흐트러지지 않도록 잘라서 이쑤시개로 찍어 먹는다. 예전에 완두콩양갱은 작은 식당에서도 파는 아주 싼 음식이었는데, 요즘에는 '궁정 간식'이라고 해서 방선倣膳 같은 큰 식당에만 있고 가격도 아주 비싸다.

　여름에 연일 비가 오는 날이면 거리에 삶은 완두콩 장수가 나온다. 완두콩 콩알을 그대로 삶아서 소금을 조금 뿌리고 위에다가 팔각 두 쪽을 띄운다. 녹두색 찻잔으로 양을 재서 파는데, 북경의 호방교虎坊橋 일대에 '바보의 완두콩은? 많이 주는 것'이라는 헐후어가 전해져 내려오는 것을 보면, 호방교에서 삶은 완두콩을 팔았던 바보는 정말 많이 퍼 주었던 모양이다. 북경의 다른 지역에는 이런 헐후어가 없다. 삶은 완두콩은 비가 많이 내리는 북경의 여름을 생각나게 한다.

　예전에는 삶은 완두콩을 넣어 모양을 찍어내는 나무틀이 있었다. 완두콩을 무르게 삶아서 무늬가 새겨진 틀 안에 꾹꾹 눌러 찍어내면 하나하나가 다 장난감이 되었다. 고양이, 강아지, 아기 토끼, 아기 돼지 같은 모양인데 모두 아이들이 사서 가지고 놀기도 하고 먹기도 했다.

지금까지 이야기한 음식은 모두 말린 완두콩으로 만든 것이다. 햇완두콩은 반찬으로 만들어 먹는다. 완두콩볶음은 햇완두콩이 날 때에만 먹을 수 있는 제철 음식이다. 완두콩 크기로 작게 썬 햄이나 계용*을 넣으면 당연히 더 맛있겠지만, 고기를 넣지 않고 채소볶음으로 그냥 볶아도 아주 맛이 좋다. 완두콩볶음은 오래 익히면 좋지 않다. 국물이 맑지 않고 탁해지기 때문이다.

완두콩깍지가 전국적으로 붐을 일으킨 것은 불과 몇 년 되지 않은 최근의 일이다. 내가 먹은 완두콩깍지들 중에서 제일 좋았던 것은 하문廈門에서 먹은 넙적하고 연한 완두콩깍지다. 하문에서 먹은 쌀국수는 모두 탕국물에 완두 콩깍지가 몇 개씩 들어가 있었다. 완두콩깍지는 해산물 비린내를 없애준다. 북경에서 먹었던 완두콩깍지는 모두 남방에서 가져온 것이었다. 나는 하문의 외곽에 있는 밭에서 막 자라고 있는 완두콩을 본적이 있다. 작은 나무 지지대에 매달려 있는 수홍색 꽃과 연두색 콩잎이 예쁘고 사랑스러웠다.

완두콩순을 우리 고향에서는 완두의 머리, 즉 완두두豌豆頭라고 부른다. 그런데 완두의 '완豌'자가 '안安'자처럼 발음이 되어서 우리 고향의 '완두머리'는 '안두머리'로 들린다. 운남에서는 완두의 끝, 즉 '완두첨豌豆尖'이라고 하고 사천에서는 완두의 이마, 즉 '완두전

---

* 계용(鷄茸). 중국 건구(建甌) 지역의 음식으로 돼지고기 살코기를 다져서 계란과 같이 반죽해 익힌 요리다. 이름에 닭 계(鷄)자가 있고 닭가슴살처럼 하얗게 보이지만 닭고기가 아니고 건구 지역에서 부르는 돼지고기 특정 부위의 명칭이다.

豌豆顚'이라고 한다. 우리 고향에서는 대부분은 기름에 볶아 소금간을 해서 먹는다. 운남과 사천에서는 완두콩순을 쌀국수 국물 위에다 얹어 향과 색을 더 하는데, 이것을 '표飄', 혹은 '청青'이라고 말한다. 완두콩순을 얹지 말라고 할 때는 '표飄하지 말라'고 말하며, '다청중홍多青重紅'으로 해 달라고 하면 쌀국수 국물에 완두콩순과 고추를 많이 넣어달라는 말이다. 천엽 훠궈를 먹을 때, 각종 고기 재료를 먼저 탕국물에 담가 먹은 다음 남은 탕국물 속에다 '완두이마'를 큰 접시로 하나 가져다가 전부 밀어 넣는다. 그 맛은 말로는 다 표현할 수 없을 정도다.

강낭콩

강낭콩은 곤명에서 대학 다닐 때 많이 먹었다. 서남연합대학교[*]의 식당에서 자주 나오는 반찬은 돼지선지볶음(운남에서는 돼지선지를 왕자旺子라고 부른다.)과 양배추볶음(북경에서는 양배추를 원백채圓白菜, 상해에서는 권심채捲心菜, 장가구에서는 흘탑백疙瘩白이라고 부른다.)이었는데, 삶은 강낭콩도 거의 매일 나왔다. 소금을 넣고 삶은 강낭콩은 부용도府甬道시장에도 있었는데 가격이 아주 싸서 주전부리로 시장에서도 가끔 사먹곤 했다. 강낭콩에는 붉은 것과 흰 것, 두 종류

---

[*] 서남연합대학교(西南聯合大學校). 1937년 11월 1일 국립 북경대학(北京大學), 국립 청화대학(淸華大學), 사립 남개대학(南開大學)의 세 대학이 연합하여 장사에 국립 장사임시대학(長沙臨時大學)으로 개교하였고, 1938년에 곤명으로 학사를 옮기면서 서남연합대학으로 개명하였다.

가 있다. 내가 곤명에서 먹던 것은 붉은 강낭콩이었다.

예전에 북경에 있는 작은 식당에 가면 강낭콩죽이 있었다. 흰 강낭콩으로 만든 것인데 만들 때 전분을 풀어 넣었는지 정말 끈적끈적했다.

강낭콩말이는 완두콩 양갱처럼 '궁정 간식'이다. 흰 강낭콩을 삶아 으깨서 설탕을 넣고 작게 돌돌 말아 놓은 것이다. 옛날에는 북해 北海에 있는 의란당漪瀾堂 찻집에서 팔았었는데 지금도 있는지, 아니면 없어졌는지 모르겠다.

우루무치烏魯木齊에 갔을 때 바자르*에서 구경을 하며 돌아다니다가 정말 큰 강낭콩을 보았다. 엄지 손가락 반만큼이나 큰 것이라 조금 사고 싶은 마음이 굴뚝같았다. 하지만 수 천리 밖에서 강낭콩 한 자루를 사가지고 북경으로 돌아간다면, 정말이지 살짝 '미친 짓' 같아 바로 포기하였다.

동부콩

어릴 적에 동부콩깍지가 정말 먹기 싫었다. 그냥 두 겹으로 붙어 있는 콩 껍데기는 밍밍하기만 하고 아무 맛이 없었다. 그런데 나중에 북경에 와서 이렇게 나이를 먹으니 그 콩깍지가 맛있게 느껴진다. 사람의 입맛이란 이렇게 변하는 것인가 보다. 나는 돼지 허파도

---

*　바자르(Bazzar). 위구르어로 시장을 뜻한다.

　　　　　　　　　　　　　　　　　　　　맛 좋은 삶

먹지 않았었다. 씹을 때 물컹물컹한 그 느낌이 너무 이상했었는데 늙은이가 되어보니 그 돼지 허파가 아주 맛있게 느껴진다. 시원찮은 이로도 씹어 먹기에 딱 좋고 말이다.

연한 동부콩깍지를 적당한 길이로 잘라서, 끓는 물에 데쳐서 익힌 다음 소금에 살짝 절인다. 물기를 짜서 간장, 진강 식초, 생강, 다진 마늘 양념에 무친 다음 참기름 몇 방울 떨어뜨리면 그야말로 술이 쩍쩍 붙는 안주가 된다. 볶아 먹어도 맛이 좋다.

하북성河北省의 장아찌들 중에 동부콩깍지 장아찌가 있다. 아마도 다른 곳에는 없는 것 같다. 북경의 육필거, 천원의 장아찌에도 상품으로 나온 것이 없고, 남방 양주 지역의 특산품에도 동부콩깍지 장아찌는 없다. 보정의 동부콩깍지 장아찌는 길다란 콩깍지를 자르지 않고 통째로 담근 것이다. 굉장히 연하고 아삭아삭하지만 무척 짜다. 하지만 자극적이고 강한 입맛을 가진 하북 사람들이 보통의 음식보다 더 짜게 절인 '장아찌'라고 부르려면 그만큼 짜지 않으면 안 될 것이다.

잘 여문 동부콩은 콩알 표면이 매끄럽게 윤이 나고, 연한 녹색 바탕에 옅은 자홍색의 반점을 띤다. 도자기 중에 강두홍豇豆紅 도자기의 빛깔이 바로 이것이다. 밝게 윤이 나는 강두홍 석류화병은 아주 귀엽다. 중국 사람들은 도자기 이름을 지을 때 유약의 색 이름을 잘 활용하는 것 같다. '노승의 옷', '참깨장', '녹차 가루' 같은 도자기들을 보면 말이다.

녹두

녹두는 무거운 곡물이다. 녹두 한 포대가 270근이나 되니 힘 좋은 일꾼이 아니면 짊어질 수도 없다.

녹두는 성질이 찬 음식이라 여름에 녹두냉차, 녹두죽, 녹두밥 같은 것을 먹어 더위를 쫓는다.

녹두는 당면을 만드는 데 가장 많이 쓰인다. 녹두당면을 중국의 특산물이라고 해도 될 것 같다. 외국에서는 녹두당면을 유리국수라고 부른다. 녹두당면은 보통 탕에 넣어서 먹는다. 화교들은 정말 당면을 좋아하는데, 아마도 녹두당면을 먹으면서 고국에 대한 향수를 달래는 것 같다. 매년 대량의 녹두당면이 '용구세분龍口細粉'이라는 이름으로 동남아 각지로 팔려나가는데 화교들은 보통 '상동분上東粉'이라고 부른다. 우리 친척 중에 원래 고향은 복건성인데 말레이시아로 건너간 화교가 있다. 그녀는 무슨 탕을 만들든지 무조건 녹두당면과 자채짠지, 이 두 가지를 꼭 넣었다. 소남蘇南 사람들이 간식으로 즐겨먹는 '유부 당면탕'은 녹두당면과 유부를 표고버섯 죽순탕 안에다가 넣은 것이다. 점심은 벌써 소화가 다 되었고 저녁밥은 아직 멀었을 때, 유부 당면탕 한 그릇 먹으면 딱 좋다. 예전에 북경에 있는 진강 식당, 임륭林隆에 '은접시 소고기볶음'*이 있었다. 여기서 은접시란 달궈진 기름에 녹두당면을 바삭

---

* 은접시 소고기볶음(은사우육銀絲牛肉). 은사(銀絲)는 하얀 녹두당면을 뜻한다. 녹두당면을 접시 모양으로 튀겨내어 그 위에 소고기볶음을 담은 요리다.

하게 튀겨서 만든 접시를 말한다. 막 튀긴 하얀 녹두당면 은접시 위에다 국물 없이 바싹 볶아낸 소고기를 얹으면 '칙-' 하는 소리가 난다. 이것이 진강 음식인지 아닌지는 잘 모르겠지만 좌우지간 소고기볶음을 담을 은접시를 만들 때는 반드시 순수하게 녹두로만 만든 당면을 써야 한다. 그렇지 않으면 당면이 눌어붙어서 새까맣게 타 버린다. 나도 예전에 집에서 한 번 녹두당면을 튀겨 은접시를 만들었는데, 내가 산 녹두당면이 녹두 말고 다른 것도 섞어서 만든 것이었는지 그냥 숯 덩어리가 되었다. '개미잡채'*는 원래 사천 음식인데 다진 고기와 녹두당면을 볶아 놓은 것이다. 어느 극단의 단장이 구내 식당의 밥이 형편없어 단원들의 불만이 많다는 이야기를 들었다. 단원들의 생활과 복지에 늘 관심을 갖고 있는 이 훌륭하신 단장님은 직접 식당에 가서 철저히 조사해 볼 작정으로 식당으로 쳐들어 갔다. 과연! 메뉴판에 '개미 잡채'라고 쓰여 있는 것이 아닌가? 단장은 "아이고, 식당밥에 정말 문제가 많았구먼. 개미로 만든 잡채를 내놓았단 말인가?"라고 했다는데, 참으로 "아이고, 이런 사람이 단장이었으니 정말 문제가 많았구먼"하고 대답해 줄 만한 이야기다.

녹두국수는 틀로 눌러서 국수를 뽑는다. 《홍루몽紅樓夢》을 보면, 우삼저尤三姐가 "우리 물에다가 녹두국수를 말자꾸나, 너는 먹고

---

* 개미잡채(마의상수螞蟻上樹). 개미가 나무에 오르고 있다는 뜻이다. 개미잡채를 한 젓가락 집어서 들어올리면 나무의 울퉁불퉁한 표면 위로 개미가 줄지어 올라가고 있는 것처럼 보인다.

나는 보고"라고 말하는 대목이 있다. 이를 두고 녹두국수를 양고기 국물에 말아 먹어야지, 맹물에다가 말면 그걸 무슨 맛으로 먹겠냐고 말하는 사람이 있는데 나 역시 우삼저의 말이 도대체 무슨 뜻인지 잘 이해할 수 없다. 녹두국수는 기름진 고기 국물에만 넣어서 먹어보았다. 맹물은 말할 것도 없거니와 맑은 채소 국물에 넣은 것도 먹어 본 적이 없다. 아니 그런데, 그럼 소식을 하는 사람들은 녹두국수를 어떻게 먹는가? 아예 안 먹는 것인가?

묵국수는 원래는 전부 녹두로 만들었었는데, 요즘에는 순 녹두로만 만든 것이 적고 대부분 여러 가지 콩을 섞어서 만든다. 덩어리가 크게 만들어진 묵은 고구마 가루로 만든 것이다.

묵 요리들 중에서 최고는 천북川北묵이다. 완두콩 가루로 만들어서 색깔이 노랗다. 천북묵은 양념장에 묵이 잠길 정도로 고추와 기름을 많이 부어서 먹는다. 입에서 '쉬쉬'하는 소리가 날 정도로 아주 맵다.

녹두다식은 곤명 길경상吉慶祥과 소주 채지재採芝齋의 것이 제일 맛있다. 기름 맛이 진하고 장미꽃도 많이 넣었다. 북경식으로 만든 녹두다식은 기름을 넣지 않아서 먹을 때 퍽퍽하고 목이 멘다. 내가 예전에 담낭염을 앓았는데 기름을 먹으면 좋지 않다고 해서 북경 녹두다식을 한 상자 사왔다. 우리 손녀가 녹두다식을 아주 좋아하는데, 고 녀석은 단숨에 몇 조각씩 먹어 치운다. 나로서는 정말 이

---

* 찰문청수잡면(咱們清水下雜麵), 이흘아간(儞吃我看). "맹물에 말아 맛이 없는 녹두국수를 네가 먹고 싶다면 먹어라, 나는 먹지 않겠다. 또한 네가 한 것이지 나는 결코 하지 않은 것이다."라는 뜻이다.

해할 수 없는 일이다.

팥

상해에서는 팥을 적두赤豆라고 부른다. 그래서 적두탕, 적두 아이스케키가 있다. 북경에서는 팥을 소두小豆라고 부르고, 그래서 소두죽, 소두아이스케키가 있다. 우리 고향에서는 홍반두紅飯豆라고 부르고 쌀과 섞어서 밥으로 지어 먹는다.

팥은 보통 팥소로 만든다. 북방 지역의 팥소는 껍질을 벗겨 으깬 것이 아니라 그저 무르게 삶은 것이다. 호빵이나, 찹쌀 도너츠 같은 것에 쓰이는 팥소도 전부 이렇게 거칠게 만든 것이다. 팥을 걸러서 껍질을 벗기고 아주 곱게 만든 팥소를 북방 지역에서는 '등사澄沙', 남방 지역에서는 '세사洗沙'라고 부른다. 월병, 호빵, 찹쌀단자탕은 모두 팥소와 떼려야 뗄 수 없는 음식들이다. 팥은 기름을 잘 먹어서 소餡로 만들기에 좋다. 찹쌀단자탕은 우리 집에서 새해 아침 일찍 먹는 음식이다. 찹쌀단자 안에는 섣달 그믐날 돼지 기름을 많이 넣고 버무린 고운 팥소가 들어 있다. 밥솥에다 한 번 쪄내면 충분히 기름을 먹은 팥소 색깔이 까맣게 보인다. 우리 집 찹쌀단자는 아주 크게 만든 것이라 한입 먹을 때 마다 입 주위가 온통 기름으로 번들거리게 된다. 나는 기껏해야 두세 개 먹는다.

팥돼지고기찜은 사천 음식이다. 비계가 많고 껍데기도 달린 돼지고기 뒷다리살 부위를 덩어리째 삶아서 삼분의 이 정도 익었을 때 건져서 식힌다. 2~3 분分* 정도의 두께로 고기를 썰어서 가운데에 껍데기가 잘려나가지 않게 칼집을 낸다. 고기 가운데에 고운 팥소를 채운 다음 찜통에 넣고 고기가 흐물흐물해질 때까지 찐다. 팥돼지고기찜은 설탕을 넣고 만드는 아주 단 음식이다. 비계는 기름이 쏙 빠져서 먹을 때 느끼하지는 않지만 너무 달아서 많이 먹을 수는 없다. 나는 기껏해야 두 점 먹는다. 우리 아들도 팥돼지고기찜을 만들 줄 아는데 만들 때마다 맛있게 잘 만든다.

---

* 1분(分)은 약 0.3센티미터다.

맛 좋은 삶

네 번째.

고기와 생선

소주 사람들은 당례어塘鱧鱼를 귀히 여긴다

상해 사람들도 당례어 말만 나오면 희색이 만면하다

당례어가 도대체 무슨 생선이란 말인가

소주에 가서 먹어봐야지 하고 생각했지만

결국 먹어 보지 못했다

나중에 알고 보니

나 원 참, 당례어가 바로 동사리였다

고기를 먹는다는 것。

사자머리완자

사자머리완자는 회안 음식이다. 돼지고기 비계와 살코기를 반 반씩, 기름진 것을 좋아한다면 비계와 살코기의 비율은 7대 3 정도로 해서 '세절조참'* 다지기를 한다(고기 다지는 기계로 다지면 안 된다.). 남방개도 잘게 다져서 다진 고기와 함께 버무린다. 손으로 귤 정도 크기로 동그랗게 빚어 기름에 넣고 겉이 바삭하게 익으면 건

---

* 세절조참(細切粗斬). 고기를 가늘게 채를 썬 다음 칼로 듬성듬성 성기게 썰듯이 다지는 방식을 말한다. 사자 머리완 자는 칼을 이용해 석류알 크기 정도로 잘게 다진 고기로 만들어야 고기의 육즙이 바깥으로 빠지지 않 는다고 한다.

져낸다. 물, 간장, 설탕을 넣고 은근한 불로 조려서 오목한 접시에 담는다.

사자머리완자는 입에 넣으면 녹을 듯이 부드럽지만 모양이 흐트러지지 않는다. 북방 지역의 '사희四喜완자'는 같이 대놓고 비교조차 할 수 없다.

주은래周恩來 총리도 회안에서 살아본 적이 있어서 사자머리완자를 만들 줄 안다. 중경홍암팔로군重慶紅岩八路軍 사무소에서 한 번 만든 적이 있다. "오랜만에 만들어 본 것이라 어떨지 모르겠네. 자, 어서들 와서 맛 보시게." 그의 말투에서, 사자머리완자를 성공적으로 만들어냈다는 자부심이 느껴졌다.

나도 회안중학교에서 한 학기 동안 공부한 적이 있었는데 하루는 학교 식당에서 사자머리완자가 나왔다. 기름이 한 가득 들어 있는 커다란 솥에 마치 찹쌀 도넛처럼 사자머리완자를 튀겨서 건져낸 후, 밑에 배추를 깐 그릇에 올려 찜기에 쪄낸 것이었다. 보통 사자머리완자는 간장조림으로 하는데, 학교 식당에서 만든 사자머리완자는 간장으로 조리지 않아 본연의 맛이 살아 있었다.

진강족발편육

진강족발편육은 고기를 소금에 절여서 돌로 눌러 만든다. 살코기와 비계가 모두 잘 눌려 단단해지면 꺼내서 삶고, 물기 없이 마르게 식힌 다음 도톰하게 썰어서 먹는다. 살코기는 암홍색이고 비계는 양지옥*처럼 하얗다. 진강족발편육은 전혀 느끼하지가 않다.

진강편육은 진강식초에 찍어 연한 생강채를 곁들여 먹는다.

두부유삼겹살조림

두부유삼겹살조림은 소주에 있는 송학루 식당의 것이 유명하다. 하지만 송학루의 요리법은 알려진 바가 없으니 아쉬운 대로 내 요리법을 대신해서 설명하겠다. 고기는 삼겹살 부위로 해서 덩어리째 삶다가 3분의 2 정도 익었을 때 꺼내 식힌다. 고기를 썰 때는 한 장에 껍질, 비계, 살코기가 모두 들어가도록 썬다. 처음 고기를 삶았던 물에 홍두부유를 잘 이겨서 풀어 넣고, 얼음 설탕, 황주黃酒를 넣어 약한 불로 은근하게 조린다. 붉은색 윤기가 자르르 흐르고 두부처럼 부드러운 삼겹살 조림은 밥에다 먹기에 딱 좋다. 국물에다가 은사권 찐빵**을 찍어 먹어도 좋다.

함육생고기찜

함육鹹肉생고기찜은 상해 음식이다. 돼지고기를 소금에 절여 말린 함육과 돼지고기 생고기를 같이 넣는다. 말린 죽순을 넣고 은근한 불에 올려 오랜 시간 익힌다.

---

* 양지옥(羊脂玉). 양의 기름덩이 같이 빛나고 윤택이 있는 흰 옥을 말한다.

** 은사권(銀絲捲) 찐빵. 은실을 돌돌 감아 놓은, 실 뭉치 같이 생긴 찐빵. 우리나라에서는 '꽃빵'이라고 부른다.

동파육

절강의 항주, 사천의 미산眉山은 물론, 전국 어디에도 동파육은 있다. 소동파가 돼지고기를 좋아했다는 것은 그의 시에서도 잘 나타나 있는데, 소동파가 즐겨 먹었던 돼지고기간장조림이 바로 동파육이다. 맛있는 동파육을 만드는 기술은 불 조절이다. 먼저 센 불 위에서 고기 표면을 익힌 후에 양념을 하고 약한 불에서 은근하게 조린다. 국물이 보글보글 끓기 시작하면 다 된 것이다. 소동파는 고기를 물에다 삶지 말라고 했다. 부득이하게 물이 필요할 때는 물 대신 진한 찻물이나 독한 술로 대신하라는 것인데, 그래도 물을 전혀 붓지 않으면 솥에 고기가 들러붙어 타버릴 것이니 많지는 않더라도 물은 부어야 한다. 소동파는 황주를 쏟아 붓고 고기를 삶았다. 양주에서는 고기를 삶을 때 고량주를 조금 붓는다. 진한 찻물로 삶는 방법은, 나도 해 보았는데, 특별한 맛이 나는 것 같지 않다.

소동파의 시 중에 '대나무가 없으면 사람이 상스러워지고, 고기가 없으면 사람이 쇠약해진다네. 상스럽지도 않고 쇠약하지도 않으려니 날마다 죽순삼겹살조림일 수밖에' 라는 시구들이 있다. 정말 날마다 죽순삼겹살조림을 먹었는지, 이것이 진짜 소동파의 시인지 확인할 수는 없지만, 소동파가 이런 타유체*의 시문을 지었을 수도 있다는 생각이 든다. 죽순 삼겹살 조림은, 정말이지, 맛이 있

---

* 타유체(打油體). 재미를 강조한 민간의 통속적인 시. 당대의 작가 장유체(張油體)의 이름을 따서 지어졌다.

맛 좋은 삶

다. 우리 큰고모님이 잘하는 요리여서 큰고모님 댁에 갈 때마다 죽순삼겹살조림을 먹었다.

시래기삼겹살조림

시래기삼겹살조림은 소흥紹興 음식이다. 전국 각지에서 먹는 음식이지만, 소흥 사람들처럼 하루 걸러 한 번씩 꼭 먹는 음식은 아니다. 소흥 사람인 노신도 평생 시래기를 달고 살았을 것이다. 노신의 소설《풍파》를 보면 먹음직스러운 시래기찜이 나오는데, 고기도 넣지 않은 것 같은 시커먼 시래기찜을 보고 입맛을 다신다.

굴비삼겹살조림

광동 사람들은 삼겹살조림에다가 건어물을 넣는 걸 좋아한다. 타 지역 사람들은 굴비 삼겹살 조림을 좋아하는 영파 사람들의 입맛을 이해하기 힘들지만, 사실 이런 배합은 상당히 일리가 있다. 참조기는 최근 몇 년간의 불법 포획으로 인해 생산량이 급감했다. 생물 조기를 맛보기도 어려우니 굴비는 더 말할 것도 없게 되었다.

햄

절강 지역의 금화金華햄과 운남 지역의 선위햄은 다르다. 금화 햄의 맛이 담백하다면 선위 햄의 맛은 진하다.

예전에 곤명에서는 아무 식당에 들어가도 햄 요리를 먹을 수 있었다. 곤명 사람들은 족발 부위로 만든 햄을 좋아한다. 족발햄을 가로로 놓고 그대로 썰면 바깥에는 얇은 껍질, 껍질 안쪽으로 비계, 그리고 한가운데는 살코기가 있는 동그란 모양으로 썰어진다. 모양이 옛날 엽전을 닮아서 '엽전햄편육'라고 부른다. 정의로正義路에 있는 햄 가게는 다른 가공육은 팔지 않고 햄만 전문으로 파는데 돼지뒷다리햄 한 짝을 통째로 살 수도 있고, 필요한 만큼만 잘라 달라고 할 수도 있다. 아강발햄이나 햄기름도 여기에 가면 살수 있다. 햄기름으로 두부찜을 하면 정말 맛이 있다. 호국로護國路에 원래 '동월루東月樓'라는 식당이 있었는데 '가물치구이'로 유명했다. 가물치로 포를 떠서 두 편의 가물치 포 사이에 햄을 끼워 넣고 편평한 프라이팬에 눌러서 구운 것인데 맛이 무척 좋다. 재작년 내가 곤명에 갔을 때 사람들한테 동월루를 물어봤더니 진작에 없어졌다고들 하였다. 동월루의 가물치구이도 '광릉산*'이 되어 버렸다.

화산남로華山南路에 있는 길경상의 햄월병은 전국에서 제일 맛있다. 월병 하나의 무게가 옛날 저울로 4량兩 정도 되기 때문에 이름이 '사량타四兩砣'다. 지금도 길경상은 건재하고, 분점까지 생겼

---

* 광릉산(廣陵散). 중국 10대 고전 음악 중 하나. 광릉산은 이제 사라져서 전해지지 않는 지식이나 기예를 의미한다. 죽림칠현(竹林七賢) 중 한 명인 혜강(嵇康)이 죽기 전에 그 곡을 연주하고, 자신이 죽으면 광릉산 연주를 할 수 있는 사람이 없음을 탄식했다.

맛 좋은 삶

으니 샤량타월병의 생산량이 예전보다 못하지는 않을 것이다.

납육

호남 사람들은 납육臘肉을 좋아한다. 시골에서는 어느 집에서 돼지 한 마리를 잡으면 대부분 모두 소금에 절여서 부뚜막 위의 대들보에다가 걸고, 연기를 쐬어 납육을 만든다. 나는 그다지 납육을 즐겨 먹는 편이 아닌데 한번은 장사에 있는 고급 호텔에서 납육찜을 먹었다. 이 납육찜은 참으로 훌륭했다. 보통 납육은 기다란 고기 토막인데 고기의 윗부분이 들쑥날쑥해서 일정한 모양으로 썰어내기가 쉽지 않다. 그런데 이곳의 납육찜은 고기를 큼직하고 네모 반듯한 모양으로 일정하게 썰어 부드럽게 쪄냈다. 납육찜도 이렇게 부드럽게 찔 수 있다니! 정말 놀라웠다. 차지고 부드러운 납육찜은, 참으로, 쉽게 맛볼 수 있는 것이 아니다.

돼지고기김치훠궈

돼지고기김치훠궈는 동북 음식이다. 특이한 것은 냉동된 고깃덩어리를 사다가 대패로 밀어서 잘라낸 아주 얇은 돼지고기로 만든다는 것이다. 고기가 얇기 때문에 전골냄비에 넣어서 한 번 휘저으면 바로 익는다. 돼지고기김치훠궈는 굴과 김치로 육수를 낸다.

애저구이

　애저구이는 청대清代의 궁중 연회에 반드시 들어가는 요리로 전국 각지에 모두 있었지만 후대에 와서는 먹는 지역이 점점 줄어들고 광동 지역에서만 계속 성행한다. 고급 호텔에서 먹든, 거리의 좌판에서 먹든, 애저구이는 다 맛있다. 애저구이도 북경 오리구이처럼 첨면장을 발라 밀전병에 싸 먹는다면 분명 북경 오리구이의 맛에 뒤지지 않을 것이다. 하지만 광동 사람들이 밀전병으로 싸먹는 법을 몰라 애저구이가 한낱 차가운 고기요리로만 남은 것이 안타깝다.

맛좋은삶

입추보양。

여름에는 입맛이 없다. 그래서 담백한 것으로 간단하게 먹게 된
다. 참깨장비빔국수(삶아서 찬물에 헹군 국수에 오이채를 한 줌 넣고 산초 기
름을 뿌려서 먹는다.)를 먹거나 파호떡을 두 장 지지고 녹두죽을 묽게
쒀서 먹거나 한다. 이렇게 두세 달이 지나고 나면 체중이 조금 줄어
든다. 가을 바람이 불기 시작하면 입맛도 좋아지고, 좀 더 영양가
있는 음식으로 여름내 지쳤던 몸을 보양하고 싶어지는데, 이때가
바로 북방 지역 사람들이 말하는 '입추보양'*을 할 시기다.

---

* 입추보양(첩추표貼秋膘). 입추(立秋)에 원기를 북돋우기 위해 생선이나 육류 따위를 먹는 중국의 풍속을 말한다.

북경 사람들에게 입추보양은 석쇠구이를 먹는 것을 뜻한다.

석쇠구이는 원래 소수민족들이 먹던 음식인 것 같다. 일본 사람들은 양고기 석쇠구이를 가리켜 '칭기즈칸' 요리라고 하는데(근대 일본의 대표적인 한학자인 아오키 마사루가《중화엄채보中華腌菜譜》에서 언급한 바 있다.), 아마도 이것은 몽고 사람들이 먹는 음식을 가리키는 것 같다. 하지만《원조비사元朝秘史》를 보면 칭기즈칸이 양고기를 먹었다는 내용이 나오지만 그것이 석쇠구이라는 내용은 찾아볼 수 없다.《원조비사》에서는 칭기즈칸이 어떤 지방에 가서 아직 젖을 떼지 않은 새끼 양을 한 마리 먹었다는 내용이 여러 번 나온다. 어린 양, 그것도 아직 어미 젖을 떼지 않은 새끼 양이니 그 맛이야 당연히 살지고 연하였을 것이다. 한 끼에 양 한 마리를 먹으면 그 양이 꼭 적당하다. 하지만 이것은 백숙으로 하얗게 삶은 것이고, 구운 것이라고 해도 통째로 구운 것이라 북경의 석쇠구이와 같은 것일 리 없다. 만약 칭기즈칸이 먹은 석쇠구이가 북경의 석쇠구이 같은 것이었다면 먹을 때야 편하게 먹었겠지만 뭔가 맛이 흡족하지 않았을 것이다. 나도 내몽고에 몇 번 가보았지만 초원 위에서 석쇠구이를 먹은 적은 없다. 그런데 어떻게 석쇠구이를 몽고 요리라고 하는지 정말 모를 일이다. 북경에서 석쇠구이를 파는 곳은 모두 회족 식당이다. 북경에 있는 석쇠구이 식당 '고육원烤肉宛'에 가면 제백석齊白石이 쓴 작은 현판이 있었는데, 회교를 뜻하는 '청진淸眞'이라는 글자가 석쇠구이를 뜻하는 '고육烤肉' 옆에 또렷이 쓰여져 있다. 현판은 고급 화선지에 '청진 고육원'이라고 글자를 써서 유리액자에 끼운 것인데 서체가 아주 훌륭하다. 뒷면에는 두 줄로 주해를 덧붙였다. "책에는 '고烤'라는 글자가 없지만, 사람들의 청을 받아 내가 새롭게 만든 글자이다." 나는 언어 문학 학자인 주덕희朱德熙에게 편지를 써서 고대에는 '고烤'라는 글자가 없었는지 물어보았다. 주덕희는 고대어로 쓰여진 책에는 명백히 이 글자가 없노라고 답장을 했다. 아마도 '고烤'라는 글자는 근대에 와서 새롭게 만들어낸 것인 듯 하다. 고기를 석쇠에다 구워먹는 것은 회족의 요리 방법인가? 하지만 내가 회족이 많이 사는 난주蘭州나 신강의 우루무치, 이리伊利, 투루판吐鲁番에 갔을 때에도 북경의 석쇠구이와 같은 음식을 보지 못했다. 양꼬치구이는 어디에나 있지만 석쇠구이와는 다른 종류다. 북경의 석쇠구이가 언제부터 있었고, 어느 민족의 것인는 알 수 없지만 석쇠구이는 이미 북경에다가 호적을 올렸다. '북경의 먹거리'를 대표하는 '북경 3대 구이(석쇠구이, 오리구이, 군고구마)' 중의 하나가 된 것이다.

북경의 석쇠구이는 '석쇠' 위에 고기를 놓고 구워먹는 것이다. 석쇠는 철사를 엮어 둥그런 원형판으로 만든 것인데, 밑에다가 소나무나 과실수의 장작으로 불을 피우고 종업원이 미리 양념이 된 양고기(드물게 쇠고기를 구워먹기도 하지만 보통은 양고기를 먹는다.)를 손님에게 가져다 준다. 양고기는 간장, 참기름, 맛술, 그리고 물을 조금 넣은 양념에 고수를 듬뿍 넣어 잰 것이다. 손님은 석쇠 위에 고기를 올려서 긴 젓가락으로 편평하게 고르며 굽는다. 석쇠는 화기가 골고루 전달될 뿐만 아니라 철사 사이의 틈새로 아래에 있는 장작의 연기가 올라와 장작의 그을린 향기가 고기에 배어든다. 석쇠 위의 양념 국물이며 고기 부스러기가 석쇠의 틈새에 빠져서 밑으로 떨어지면 불에 그을린 향이 더 진해진다. 예전에 석쇠구이는 다 손님이 직접 구워 먹었다. 석쇠가 아주 높은 곳에 있어서 서서 구울 수밖에 없는데, 긴 의자에 발 하나를 올리기도 한다. 뜨거운 불 옆에 있으니 대부분 사람들은 셔츠 하나만 입은 채로 바깥에서 입었던 두꺼운 옷은 다 벗어 버린다. 편안하게 옷을 풀어 헤치고, 의자에 발 하나를 올린 채로, 입이 터져라 고기를 먹으면서 백주를 마시면, 강호를 누비는 호걸이라도 된 듯한 기분이 든다. 식당 안에는 석쇠에서 올라오는 고기 굽는 냄새가 가득하다. 이 석쇠구이의 고기 냄새는 사람들의 뱃속에 밥 먹는 배 말고 고기 먹는 배를 따로 만들어 낸다. 평소 먹는 양이 고기 한 근 정도밖에 안 되는 사람도 고기 반 근을 더 먹고, 한 근 더 해서 두 근도 먹고, 두 근 반을 먹을 때도 있다. 직접 구워먹으니, 덜 익혀서 부드럽게 먹거나 바싹 익혀 먹거나 그것도 자기 마음대로 한다. 고기를 직접 굽는 것이 석쇠구이를 먹는 재미다.

북경에서 석쇠구이로 유명한 식당은 고육계烤肉季, 고육원, 고육류烤肉劉, 이 세 곳이다. 고육원은 의무문宜武門 안에 있는데 내가 국회가國會街에 살 적에 조금만 걸어가면 바로 고육원이라 자주 갔었다. 고육원은 손님이 많아서 좀처럼 자리가 나지 않는다. 가서 석쇠 자리가 나기를 기다리는 것이 귀찮으면 아이에게 도시락 하나를 들려서 고육원으로 보낸다. 석쇠구이를 도시락에 담아 사오고 호떡도 몇 개 사서 오면 온 가족의 한 끼가 해결된다. 고육원에 와서 석쇠구이를 먹은 유명 인사가 아주 많은데, 제백석 말고도 장대천張大千이 있다. 장대천은 고육원 현판에 글씨를 써 주었다. 그리고 매란방은 시를 한 수 남겼는데 '고육원 석쇠구이의 오래된 명성'이라는 구절로 시작하는 글과 시는 당연히 비서인 허희전許姬傳이 대필한 것이다. 고육계 석쇠구이는 십찰해什刹海에 있고 고육류 석쇠구이는 호방교에 있다.

예전에 북경 사람들 사이에서 야외 석쇠구이가 유행한 적이 있었다. 석쇠구이를 해먹는 장소는 옥연담玉淵潭이었다. 옥연담에서 석쇠구이를 해 먹으며 넓은 들판을 바라보면 뭔가 더 특별한 맛이 있는 것 같다. 옥연담 근처에 사는 사람들의 말을 들어보면 가을이 되면 멀리 떨어진 곳까지 고기 굽는 냄새가 진동했다고 한다.

지금도 북경에 가면 석쇠구이를 맛볼 수 있다. 하지만 예전과 달리 종업원이 고기를 구워서 접시에 담아 오니 그 맛이 나지 않을 것이다. 나는 종업원이 구워주는 석쇠구이는 아직 먹어 보지 못했다.

내몽고에도 '입추보양'이라는 말이 있다고 들었다. 내가 후허하오터에 있을 때 한족 간부나 한어를 쓰는 몽고족 간부들한테 들은 말이라서 몽고어에 진짜 '입추보양'이라는 말이 있는지는 확실하지 않다. 후허하오터 시의 간부가 가을에 '내려가서' 시찰도 하고 자료 조사도 한다고 말하면, 사람들은 "어디에 가서 시찰을 하고 무슨 자료 조사를 해? 그냥 입추보양을 하러 가는 게지"라고 말들을 한다. 그리고 '입추보양 하러 간다'라는 말은 '양고기를 먹으러 간다'라는 뜻으로 통했다. 하지만 양고기 석쇠구이를 먹으러 가는 것이 아니고 양고기통수육을 먹으러 가는 것이다. 초원에 가면 양고기를 적어도 몇 끼씩은 먹게 된다. 유목민들은 손님이 왔을 때 양 한 마리를 잡아 대접하는 것은 그리 대단한 일이 아니라고 생각한다. 내 산문집《포교집蒲橋集》은 내가 양고기통수육에 대해서 쓴 글들을 묶어 놓은 것이다. 지금《포교집》의 내용을 중복해서 말하지는 않겠지만 내용 중에 한 가지만 살짝 말한다면 양고기는 가을에 먹어야 좋다. 음력 9월 즈음이 되어야 양이 살이 찌고 사람들도 비로소 양고기를 먹으며 '보양'을 할 수 있다.

맛 좋은 삶

생선, 그것이 먹고 싶다。

참바리

1947년 베트남 하이퐁Hai Phong에서 처음으로 참바리를 먹어 보았다. 화교 식당이었는데 참바리 요리법이 참 특이했다. 참바리를 아주 큰 놈으로 잡아다 간장조림을 하고 생박하잎을 큰 접시로 같이 곁들여 놓았다. 나는 옆 사람이 먹는 걸 보고 따라서 먹었다. 참바리를 한 입 먹고 박하잎을 몇 장 같이 씹어 먹는다. 박하잎이 입안에 남아 있던 생선 맛을 없애 주어서 매번 처음 참바리를 맛보는 것 같은 느낌이 들었다. 중국에서는 이런 식으로 먹는 생선 요리가 없을 터인데 화교 식당에서는 아무래도 베트남 현지 음식의 영향을 받은 것 같다.

참바리의 종류로는 붉바리, 도도바리가 있다. 특히 도도바리는 고급 생선으로 알려져 있는데 찜으로 해 먹는 것이 가장 좋다.

쏘가리

쏘가리는 장지화張志和의 〈어부漁夫〉라는 시에 등장한다.

서새산西塞山 앞에 백로가 날고,
복사꽃 흐르는 물에 살찐 쏘가리가…….

이렇듯 쏘가리는 시 구절에 한 번 등장하고 몸값이 열 배로 뛰었다. 가히 참바리에 비견될 만한 민물고기는 쏘가리라 할 수 있겠다. 우리 고향은 물가에 있어서 민물고기가 많이 잡힌다. 특히 '편어鯿魚, 백어白魚, 궐어鱖魚(고화어鮭花魚)'는 우리 고향의 3대 민물고기로 잘 알려져 있다. 궐어는 쏘가리를 말하는데, 마늘쪽 같은 흰 살은 부드럽고 가시가 적어서, 찌거나 데쳐도 좋고, 조림으로 하거나, 튀겨서 탕초 소스*를 뿌려 먹어도 좋다. 소남 지역의 '다람쥐쏘가리

---

* 탕초(糖醋) 소스. 설탕, 식초, 간장, 녹말 등을 재료로 걸쭉하게 만든 새콤달콤한 소스를 말한다. 생선에 칼집을 내어 통째로 튀겨낸 다음, 탕초 소스를 뿌린 요리를 탕추어(糖醋魚)라고 한다. 우리나라에서 대중화된 탕수육은 돼지고기 튀김에 탕초 소스를 곁들여 내는 요리다.

튀김'*은 아주 훌륭하다.

1938년에 회안에 갔을 때 쏘가리 튀김을 먹어 보았다. 세 근짜리 쏘가리 활어를 가져다가, 칼집을 내어, 커다란 기름 솥에서 튀겨낸 것이다. 겉은 바삭하고 하얀 속살은 정말 부드러웠는데 산초 소금을 찍어 먹으니 참으로 훌륭한 맛이었다. 그때 나와 같이 쏘가리 튀김을 먹었던 왕란생汪蘭生 숙부님과 사촌동생 동수신董受申은 모두 세상을 뜬 지 오래 되었다.

납작전어, 웅어, 종어

납작전어, 웅어, 종어는 모두 민물고기다.

납작전어는 지금 시장에 나가면 한 근에 200원元 정도 하는데, 뒷거래할 때 쓰는 뇌물로 팔려 나간다. 납작전어는 '먹는 사람은 사지 않고, 사는 사람은 먹지 못하는 생선'이 되었다.

웅어는 육질이 부드럽고 감칠맛이 아주 좋은 생선이지만 가시가 너무 많은 것이 흠이다. 김성탄金聖嘆은 일찍이 웅어의 가시가 많은 것이 인간의 삶에서 원통한 일들 중 하나라고 말한 바 있다. 웅어를 먹을 줄 모르는 사람은 목에 가시가 걸리기 쉽다. 진강 사람들은 웅어 살이 무르도록 푹 끓인 다음 고운 면포에 걸러 어탕 국수를 만든다. '웅어 국수'라 부르는데 정말 맛이 좋다.

---

* 다람쥐쏘가리튀김(송서궐어松鼠鱖魚)은 생선에 칼집을 내어 튀겨낸 모양이 다람쥐 모양 같다고 해서 붙여진 이름이다.

내가 강인 남청南菁중학교에 다닐 때 학교 식당의 반찬으로 종어가 자주 나왔다. 강인에서는 종어가 아주 싼 생선이기 때문에 학교 식당에서 반찬으로 내는 것이다. 사람들이 회어鮰魚라고 알고 있는 종어의 원래 이름은 외어鮠魚다. 종어도 간장조림으로 만들어 먹는 것 같기는 한데, 내가 학교 식당에서 먹던 종어는 모두 간장 양념을 하지 않은 찜이었고 한구에 있는 선궁반점璇宮飯店에서 먹은 종어도 간장 양념을 하지 않은 것이었다. 종어는 살이 두툼해서 토막을 내서 그릇에 담아 두면 종어를 먹어 보지 않은 사람은 닭고기인 줄 안다. 종어는 가시가 거의 없고, 큼직한 살점을 입 안 가득 넣고 먹을 수 있어서 배고픈 사람이나 게으른 사람이 먹기에 좋다. 그런데 종어는 사람 시체를 먹는 고기라는 말이 있다. 하지만 강물에 빠져 죽은 사람이 그렇게나 많이 있을 수 있는가? 좀 의심스러운 말이다. 하지만 종어가 같은 종족인 물고기를 잡아 먹는 것은 사실이다. 그리고 대체로 물고기를 잡아 먹는 물고기는 다 맛이 있다. 쏘가리도 물고기를 잡아 먹기 때문에 양식장 안에 쏘가리란 놈이 보이면 바로 잡아서 없애버려야 한다.

황하의 잉어

나는 잉어를 별로 좋아하지 않는다. 생선살이 푸석푸석하고 흙비린내가 나기 때문이다. 하지만 황하黃河의 잉어는 그렇지 않다. 황하의 남쪽인 개봉開封에서 황하의 잉어를 먹어 보고, 산동의 수

박량산水泊梁山에서도 황하의 잉어를 먹어 보았다. 과연 명불허전이었다. 황하의 잉어인지 아닌지를 구별하려면 잉어 배를 갈라서 내막이 흰색인지 검은 색인지를 보면 알 수 있다. 내막이 흰색이면 황하의 잉어이고 검은 색이면 모두 가짜다. 양산梁山 일대의 사람들은 잉어를 중시한다. 잉어는 잔칫상에 올라가는 음식인데, 특히 혼인 잔칫상에는 반드시 잉어를 올린다. 이것은 '물고기가 남지 않으면 잔치가 아니다*'라는 말에 따른 것이다. 양산 일대의 사람들은 처녀, 총각에게 '언제 희주喜酒**를 먹여주겠느냐'라는 말 대신 '언제 물고기를 먹여주겠느냐'라는 말을 한다. 잉어는 세 근 정도 되는 것이 맛있고 가격도 가장 비싸다. 《수호전水滸傳》에서 오용吳用이 "내가 부잣집 글방 선생이 되었는데, 오늘 이렇게 자네를 찾아 온 것은 그 집 잔치에 쓸 열댓 근 되는 황금 잉어를 열 마리 정도 사려고 온 것일세"라고 말한다. 하지만 열댓 근이나 무게가 나가는 잉어는 맛이 없다. 《수호전》을 쓴 시내암施耐庵도, 나관중羅貫中도 먹는 잉어에 대해서는 잘 몰랐던 모양이다.

드렁허리

회안 사람들은 '전선석全鱔席'을 만들 줄 안다. '전선석'이란 드렁

---

* 무어불성석(無魚不成席). '물고기, 어(魚)'와 '남을, 여(餘)'의 발음이 같기 때문에 물고기는 풍요를 뜻한다. 잔치에 풍요를 기원하는 뜻으로 반드시 생선이 모자라지 않고 남도록 넉넉하게 준비한다.

** 희주(喜酒). 중국의 결혼식 피로연에 나오는 결혼 축하주를 말한다. 희주 외에도 손님들에게 사탕과 담배를 나눠주는데, 희탕(喜糖), 희연(喜煙)이라고 한다.

허리 요리로만 한 상을 차리는 것을 말한다. 드렁허리구이, 호랑이 꼬리무침 등 각기 이름이 다른 많은 드렁허리 요리가 있지만, 주된 요리법은 볶거나 조리는 것이다. 드렁허리를 데쳐서 아주 잘게 채를 썰어 볶은 요리는 '부드러운드렁허리포대', 드렁허리를 데치지 않고 바로 볶는 것은 '쫄깃한드렁허리볶음'이라고 한다. '마안교馬鞍橋조림'은 드렁허리와 삼겹살을 함께 간장조림한 것이고 드렁허리를 큼직하게 잘라 조린 것은 '민장비悶張飛조림'이라고 한다. 모든 드렁허리 요리에는 마늘과 생강을 대량으로 넣는다. 상에 올릴 때 후추를 뿌리는데 많이 뿌려도 괜찮다.

동사리, 빠가사리, 차오조개, 우렁이, 재첩。

소주 사람들은 당례어 塘鱧魚를 귀하게 여긴다. 상해 사람들두 마찬가지로 당례어 말만 나오면 희색이 만면하다. 당례어가 도대체 무슨 생선이란 말인가? 오랫동안 궁금해하다가 '소주에 가서 먹어봐야'라고 생각했지만 결국 먹어 보지 못했다. 나중에 알고 보니, 나 원 참, 당례어가 바로 동사리였다!

당례어는 토보어 土步魚라고도 부른다.《수원식단隨園食單》에 보면 당례어가 동사리라는 내용이 나온다.

항주에서는 토보어를 최상품으로 치는데 금릉金陵* 사람들은 그것을 천시한다. 토보어를 보고 그것이 동사리인 것을 알고서는 실소를 금치 못한다.

동사리는 참 못생겼다. 그것도 흉악스럽게 못생겼다. 번들번들한 자갈색 몸뚱이는 자잘한 검은 점들로 얼룩덜룩하다. 머리도 크고, 뼈도 많고, 나비 날개 같은 지느러미를 달고 있다. 동사리는 우리 고향에서 천대를 받는다. 절대 잔칫상에 올리지 않는다. 소주 사람들은 대개 동사리에 그냥 기름을 넉넉하게 두르고 이것을 구운 후 산초소금을 쳐서 먹지만 우리 고향에서는 보통 식초와 후추를 넣고 싱건탕으로 만들어 먹는다. 동사리 싱건탕은 생선살이 부드럽고 연하지만 흐트러지지 않는다. 감칠맛이 진한 국물이 입맛을 당긴다.

빠가사리의 생김새도 괴상하기 짝이 없다. 머리는 납작하고 입이 커서 메기 비슷하다. 비늘이 없고 누런 색의 몸뚱이 위에는 커다란 쥐색 반점이 부정형으로 나 있다. 등지느러미는 없고 아주 단단하고 뾰족한 지느러미 살이 있는데 손으로 이 지느러미 살을 집으면 '빠가, 빠가' 하고 작게 소리를 낸다. 이놈의 생선이 어떻게 이런 소리를 내는지는 아직까지도 모르겠다. 하지만 빠가사리라는 이름은 '빠가, 빠가' 하는 소리를 내어 붙여진 이름이다(정확한 학명은,

* 금릉(金陵). 남경(南京)의 옛 이름이다.

나 말고, 어류학 전문가한테 물어 보면 알려줄 것이다.). 이놈들은 본디 몸집이 크지 않아 길이가 일고여덟 치 정도만 되어도 보기 드물게 큰 것이다. 빠가사리도 동사리처럼 천대를 받는다. 시골 촌놈들까지도 빠가사리 종자라면 우습게 본다. 문화대혁명 시절, 인민공사의 생산대에 들어간 친척이 빠가사리가 보여 몇 마리를 샀더니, 그곳의 농민들이 "이까짓 걸로 뭘 한다고 사요?" 하면서 비웃었다고 한다. 하지만 그건 잘 몰라서 하는 말이다. 사실 빠가사리는 굉장히 맛이 있는 생선이다. 빠가사리도 보통 싱건탕으로 끓여 먹는다. 동사리 싱건탕에는 식초를 넣지만 빠가사리 싱건탕에는 식초를 넣지 않는다. 빠가사리는 싱건탕으로 끓여 놓으면 우유처럼 뽀얗게 국물이 우러난다. 소위 말하는 '우유탕'이 된다. 살도 아주 부드럽고 연하다. 특히 엄지 손가락 만한 크기로 아가미 쪽에 붙어 있는 마늘쪽 같이 생긴 살점은 가히 그 맛이 최고라 할만하다. 언젠가 북경에 있는 생선 가게에서, 어디서 가져 왔는지는 모르겠지만, 빠가사리를 보았다. 다들 보고도 무슨 생선인지 모르니 관심을 갖고 물어보는 손님이 없었다. 오히려 나이가 지긋한 생선 장수가 "이 생선은 빠가사리입니다" 하고 알려 주면서 팔고 있었다. 앗! 빠가사리로구나! 나는 기쁨이 넘쳐 열 마리쯤 사서 집으로 돌아왔다. 집에 오자마자 바로 요리를 했는데 어찌된 일인지 전혀 다른 맛이 났다. 빠가사리는 활어를 사다가 바로 해서 먹어야 한다(동사리도 마찬가지로 살아 있을 때 잡아야 한다.). 그런데 내가 시장에서 사온 빠가사리는 멀리까지 운송해 오느라, 그것도 냉동차 안에서 며칠을 얼려진 채로 있었는지 살도 뻣뻣하고 좋은 맛이 다 빠져 버려서, 빠가사리도 뭣도 아닌 맛이 났다.

차오車螯조개를 우리 고향에서는 참오饞螯조개라고 부른다. 거오砗螯조개라고 하는 것은 양주 사람들이 그렇게 부른다. 나는 대련大連에서 바지락을 보고는 그게 바로 차오조개인 줄 알았다. 그런데 그게 아니었다. 생긴 것은 아주 비슷한데 입에 넣으면 식감이 완전히 다르다. 바지락은 알이 굵고 질겨서 잘 씹히지도 않는 반면 차오조개는 살이 정말 연하다. 차오조개는 민물에서 나는 조개인 것 같은데 맛이 꼭 바닷조개 같다. 굴조개 같기도 하지만 굴조개보다는 더 깔끔한 맛이고 모시조개, 꼬막과 비교를 하자면 훨씬 깊은 맛이 난다. 차오조개는 볶아 먹어도 되고 두부조림에 넣거나, 절인 고기와 같이 푹 끓여 먹어도 된다. 차오조개를 조릴 때 다홍채(강남 사람들은 탑고채塌苦菜라고 한다.)를 넣으면 풍미가 훌륭해진다. 만약 다홍채가 밭에서 바로 뽑아 온 서리 맞은 다홍채라면 그 풍미는 한층 더 좋아진다. 나는 이미 45년 동안이나 그 맛을 보지 못했다.

차오조개의 껍데기는 원형에 가까운 삼각형 모양으로 단단하다. 사기 그릇 같은 하얀색 바탕에는 부채꼴 모양의 무늬가 있다. 차오조개는 무늬가 연자색인 것도 있고, 암홍색인 것도, 황갈색인 것도, 흑청색인 것도 있는데 모두 아주 예쁘다. 집에 차오조개를 사 가지고 오면 조갯살을 다 파 먹고 남은 조개 껍데기 더미 속에서 좋은 것을 골라 깨끗이 씻어서 두고 두고 가지고 놀았다. 차오조개는 두 개의 껍데기가 맞물려 있는 부분에 비죽 튀어나온 주둥이가 있는데 이 주둥이를 거친 돌 위에다 대고 문지르면 바로 작고 동그란 구멍이 두 개가 나온다. 입에다 물고 불면 윙윙하는 소리가 가느다랗게 떨리며 나오는데 꼭 문풍지를 지나는 바람소리 같다.

우렁이는 어디든지 있다. 우리 고향에서는 우렁이가 눈에 좋다고 해서 청명절에 우렁이를 먹는다. 우렁이는 오향을 넣고 삶아서 아이들에게 한 사람 앞에 반 그릇씩 나눠준다. 그러면 아이들은 대나무 꼬치로 살을 빼 먹는데 다 먹고 나서는 대나무 꼬치를 활처럼 당겨서 우렁이 껍데기 화살을 타다닥 타다닥 지붕 위로 발사한다. 여름에 기술자가 어디 물 새는 곳이 없는지 보려고 지붕 위에 올라가면 우렁이 껍데기를 빗자루로 쓸고 나서야 비로소 점검을 할 수 있을 정도로 우렁이 껍데기가 수북하다. 작은 대나무꼬치 활은 그저 우렁이 껍데기를 발사할 때만 쓰기 때문에 '우렁이 활'이라고 부른다. 우렁이 활에 대해서는 내 소설《대동장戴东匠》에서 상세하게 묘사해 놓았다.

재첩은 내가 본 조개들 중에서 가장 크기가 작다. 크기가 해바라기씨만 한 것 밖에 없다. 재첩은 껍데기를 까서 조갯살만 판다. 재첩을 까서 파는 사람 집 주위에는 봉분을 쌓아 놓은 것처럼 재첩 껍데기가 수북이 쌓여 있다. 재첩부추볶음은 그야말로 밥도둑이다. 재첩은 정말 싸기 때문에 가난한 밥상에 내려진 은혜로운 반찬이라 할 수 있다.

어느 해인가 마을에 운하 제방 공사를 했다. 공사 규정에 따라 제방의 한 부분을 잔돌로 깔아야 하는데 공사 하청 업체가 공사비를 횡령하면서 잔돌 대신 재첩 껍데기를 깔아 놓았다. 공사 관리를 하러 온 감독위원은 승용차 안에서, 시가를 피우면서 연신 "좋아, 아주 좋아!"를 외쳤다. 차창 밖에 새하얗게 펼쳐진 재첩 껍데기 들판을 보고서 말이다.

우리 고향에서는 수산물이 풍부하게 난다. 그중에서 유명한 것이 편어鯿魚(모샘치), 백어白魚(뱅어), 고화어鮎花魚(쏘가리)인데, 보통 '편鯿·백白·고鮎'라고 하면 이것들을 가리킨다. 그 외에 새우는 징거미새우와 흰새우가 있고 기름진 살이 꽉 찬 게도 있기는 하지만 특별한 것이 없어서 말하지 않겠다.

회。

《논어論語》에 보면 '곡식은 정제할수록 좋고 회는 얇을수록 좋다'라는 말이 나온다. 중국에서 언제부터 회를 먹기 시작했는지는 모르지만, 공자가 '곡식'과 '회'를 가지고 대구를 지었으니 당시에 상당히 보편화되었음을 알 수 있다. 북위의 가사협賈思勰도《제민요술》에서 회를 언급했고, 두보杜甫의 시에서도 회가 자주 등장하는 것을 보면 당대 사람들도 회를 아주 좋아했을 것이다. 회는 송대에 와서도 성행했는데《동경몽화록東京夢華錄》에는 '낚시를 하려는 자는 반드시 관리소에 와서 패자牌子를 사야 한다. 물고기를 사려면 원래 값의 두 배를 내야 한다. 물가의 돌 위에서 바로 회를 떠서 향기로운 술과 함께 먹으면 이 시기에만 맛볼 수 있는 진미를 즐길 수 있다'라는 내용이 나와 있다. 원대에 와서는 관한경關漢卿이 '강가의 정자에서 회를 썬다'라는 글을 썼고, 명대에도 회가 있었다. 그런데 《금병매金瓶梅》에는 회에 대한 언급이 없다. 정말 이상한 일이다. 《홍루몽》에도 역시 회에 대해 언급한 내용이 없다. 근대에 와서는 많은 사람이 회에 대해서 잘 모르게 되어버렸다.

회란 무엇인가? 두보의 시에 소보邵寶는 '회란, 오늘날 날생선과 날고기를 이르는 말이다'라는 주석을 달았다. 하지만 번체자 '회, 회鱠'의 부수가 '물고기, 어魚'인 것을 보면 날생선을 가리키는 경우가 더 많았다는 것을 알 수 있다.

두보는 〈문향강칠소부설회희증장가＊〉에서 회에 대해 비교적 자세하게 묘사했다. '회는 얇을수록 좋다'라는 말처럼 회는 얇게 썰어야 하므로, 두보는 '소리도 없이 얇게 썰어내어 눈가루처럼 흩날리니'라고 묘사했다. 그러면 회는 편으로 얇게 썬 것인가, 아니면 얇게 채를 썬 것인가? 단성식段成式의 《유양잡조酉陽雜俎》를 보면 '남쪽의 효렴＊＊'으로 잘 알려져 있는 진사 단공은 회를 잘 썰었다. 바퀴통처럼 얇고, 실처럼 가늘었다. 바람이 불면 날라갈 정도였다'라고 나와 있다. 아마도 넙적하고 얇게 편으로 썬 것과 가늘고 길게 채를 썬 것이 모두 있었던 것 같다. 그리고 회를 썰 때는 생선을 물

＊　문향강칠소부설회희증장가(閿鄕姜七少府設鱠戲贈長歌). 두보의 시. 당대 문향 현(縣)의 소부 관리인 강소부가 회를 차려주니 재미로 긴 노래를 지어 준다는 내용이다.

＊＊　효렴(孝廉). 한대(漢代) 한 무제가 실시한 관리 임용제도. 효심이 깊고 청렴한 사람을 지방관이 추천하여 관리로 등용하였다.

맛좋은 삶

에 씻지 않는다. 두보의 시 '도마에 놓는다 한들 흰 종이를 적시겠는가?'에 대해서 소보는 '무릇 회를 썰 때에는 재로 생선의 핏물을 제거하고 종이 위에 생선을 놓는다'라는 주석을 달았다. 아마도 종이 밑에 생선의 핏물을 흡수할 재를 깔고 종이 위에 생선을 올렸을 것이다.《제민요술》에서는 '회를 다 썰었더라도 바로 손을 씻으면 안 된다. 손을 씻으면 회에 물기가 닿기 때문이다'라고 설명한다. 그러면 회는 어떤 양념장을 곁들여 먹었을까? 보통은 파를 곁들여 먹었다. 두보의 시에서는 '가시 하나 없이 잘 발라진 살점과 봄 파'라고 하였고《예기禮記》에서는 '회를 먹을 때, 봄에는 파를, 여름에는 갓을 곁들여 먹는다'라고 되어 있다. 여기서 파는 다진 파이지 길쭉하게 자른 파가 아닐 것이다. 적어도 소금이나 간장을 찍어 먹거나, 더 나아가서는 술이나 식초를 넣어 만든 양념장에 찍어 먹었을 것이다. 아무튼 회에는 뭔가 짠맛이 있어야 한다. 어쩔 수 없이 추측할 수밖에 없지만 절대 그냥 먹었을 리 없다.

고대의 회는 실물이 없으니 검증할 길이 없다. 해방 전 항주 루외루樓外樓의 유명한 음식으로 초어등살 회가 있었다. 살아 있는 활어로 초어를 잡아 등살을 발라낸 다음 아주 얇게 회를 쳐서 간장을 뿌려 생으로 먹는다. 나는 이것이 가장 고대의 회에 가까운 것이라고 생각한다. 나는 1947년 봄에 아주 맛있게 먹었었는데, 위생 문제가 있었는지 지금은 없어졌다고 한다. 하지만 주방장의 회 뜨는 솜씨는 정말 훌륭했다.

나는 일본의 회를 아직 먹어 보지 못했다. 북경의 서사패루西四牌

樓에 있는 조선족 냉면집에서 생선회와 육회를 팔았다. 생선회는 한 치 정도 되는 길이에 2분 정도 되는 두께로 썰어서 아주 매운 양념장에 찍어서 먹는다. 하지만 이것을 '바퀴통처럼 얇고, 실처럼 가늘었다'고 하는 고대의 회와 같다고는 할 수 없을 것 같다.

회의 범주에 넣을 수 있는 음식으로 살아 있는 새우와 게가 있다. 살아 있는 게는 아직 먹어 보지 못했지만 분명히 아주 맛있을 것으로 생각된다. 살아 있는 새우는 아주 많이 먹어 보았다. 몇 년 전 고향에 갔을 때, 고향 사람들은 모두 내가 '생새우장*'을 좋아하는 것을 아는지라 내가 어디서 밥을 먹든 항상 상 위에 생새우장이 올라왔다. 우리 고향의 생새우장은 술에다 흰새우를 담가서 만든 것인데(청새우**는 날것으로 먹기에 적합하지 않다.), 결국 새우가 술독에 빠져 '술에 취해' 죽은 것이라 할 수 있다. 해방 전 항주의 루외루에도 생새우장이 있었다. 그런데 이 집의 생새우장은 새우가 죽을 때까지 기다리지 않고 살아 있는 새우를 그대로 커다란 접시에 담아서 내온다. 접시 위에 뚜껑을 덮어서 내오는데, 상 위에 올려 놓고 뚜껑을 열면 펄떡펄떡 튀어 오르는 새우를 손님들이 잡아서 먹는다. 광동 말로 하자면 참으로 '역동적인'***새우라 할 수 있겠다.

살아 있는 새우와 게를 소금에 절이면 살아 있을 때 먹는 것보다

---

* 생새우장. 창하(熗蝦) 혹은 취하(醉蝦)라고 부른다. 살아 있는 민물 새우에 술과 혼합한 간장 양념을 즉석에서 부어 먹는 것으로 염장한 새우에 간장을 부어 삭힌 새우장과 다르다.

** 청새우(청하靑蝦). 징거미 새우를 말한다. 대형종으로 크기가 크기 때문에 탕, 구이, 튀김 등으로 요리한다.

*** 원문에서는 싱싱한 해산물(특히 살아 있는 싱싱한 새우 등)을 말할 때 쓰는 광동 사투리 '생맹(生猛)'으로 표현하였다.

　　　　　　　　　　　　　　　　　　　맛 좋은 삶

한 등급 내려간 음식이 된다. 영파의 사자해梭子蟹 게 요리는 모두 소금에 절인 사자해 게로 만든다. 게장, 민챙이장, 꼬막장, 맛조개 코*장 모두 고량주에 절어 '취한' 음식이다. 원재료가 모두 생으로도 먹을 수 있는 것이라 정말 맛있다.

나는 게장이 천하 제일의 맛이라고 생각한다. 한번은 천진에서 손님이 왔는데 집에 고향 사람들이 준 게장이 한 단지 있어 특별히 몇 마리를 더 꺼내어 대접했다. 그는 작은 것으로 한 점을 먹어 보고 "이거 날것이에요?"라고 하더니 다시 먹는 것을 꺼렸다.

익히지 않은 '날것'이 무서운가? 뭐가 무서워 못 먹는 것인가? 프랑스 사람들이나 러시아 사람들이 먹는 생굴도 모두 날것이다. 나는 뉴욕의 사우스 코스트south coast에서 말조개를 생으로 먹은 적이 있다. 막 잡아온 것으로 아무 양념도 없이 먹는 것이었는데 나는 종업원에게 후추를 좀 가져다 달라고 해서 후추를 쳐 먹었다. 맛이 어땠냐고 묻고 싶은가? 정말 끝내주게 맛있었다!

왜 날생선이나 살아 있는 새우 같은 '회'가 맛이 있는 것일까? 그것은 본연의 맛을 간직하고 있기 때문이다.

나는 '회'라는 음식이 다시 유행할 수 있다고 본다. 회로 먹는 것이 위생적이지 않다는 생각이 든다면 뉴욕의 사우스 코스트처럼 할 수도 있을 것이다. 원적외선이나 혹은 어떤 방법이든 위생적으로 처리하면 회 본연의 맛을 해치지 않으면서도 병에 대한 걱정을

---

* 맛조개 코(취정비醉蟶鼻). 맛조개의 수관을 말한다.

없앨 수 있을 것이다. 만약 '회' 그 자체가 혐오스러워서 삼키기가 어렵고, 억지로 삼켜도 다시 게워낸다면 이것은 완전히 관념의 문제다. 나 역시 그런 사람에게 '회'의 대중화를 주장하며 억지로 권하지 않을 것이다. 나 같은 소수의 먹보들에게 '회'는 우리끼리만 먹기에도 모자란 맛있는 음식이기 때문이다.

다섯 번째.

찻집에 담그다

사봉 용정차를 마셨다

찻잎은 양 옆에 두 이파리가 바쳐주는 일기일창으로

모두 유리잔 안에서 꼿꼿하게

하늘을 향해 막 피어나기 시작하는 모양을 하고 있었다

어느 것 하나 고꾸라지는 것 없이

위에 떠 있다가 고요하게 아래로 가라앉았다

차 색은 아주 연했지만

진한 차 향은 곧바로 폐부 깊숙이 스며 들었다

참으로 좋았다

지극히 평범한 차를 마시며。

원응袁鷹의 《청풍집淸風集》에 수록할 글을 한 편 써 주기로 약속하였다. 나는 차에는 문외한이지만 꾸준히 차를 마시는 사람이다. 하루에 세 번, 찻잎을 바꾸어 마신다. 매일 아침 제일 먼저 하는 일이 물을 끓이고 차를 우리는 것이다. 하지만 차를 까다롭게 고르거나 마실 때 격식을 따지지는 않는다. 청차, 녹차, 화차花茶, 홍차, 타차, 어떤 차든지 집에 있는 차를 마시는데 대부분 지인들이 선물해 준 것이다. 오늘까지 선물로 받은 벽라춘碧螺春 한 통을 다 마셨으면, 내일부터는 해조수선蟹爪水仙 차 한 통을 열어서 마시기 시작한다. 어떤 차라도 상관없다. 그저 내가 마셔서 좋으면 되는 것이다.

너무 질이 떨어진다 싶은 차는 놔 두었다가 찻잎계란장조림을 만들 때 넣는다. 연극 〈북경 사람〉을 보면 강태江泰가 차의 효능을 '갈증을 없애주고 소변이 잘 나오게 해 준다' 라고 말하는데 내가 생각하는 차의 효능에는 이것 외에도 한 가지가 더 있다. 차는 정신을 맑게 해 준다. 《도암몽억陶庵夢憶》의 〈민노자차閔老子茶〉를 보면 차에 대해서 아주 거창하게 적어 놓았지만, 나는 동일주董日鑄의 말처럼 차란 '진하고, 따뜻하게, 찻잔을 채우면' 되는 것이라고 생각한다. 너무 뜨거운 차는 좋아하지 않는다. 그리고 찻잔에 넘치도록 가득 담아서 먹는 것도 좋아하지 않는다. 우리 고향에서는 손님의 잔에 술과 차를 따를 때 '술잔은 가득 차게 따라야 하지만, 찻잔은 가득 차게 따르면 안 된다'라고 한다. 찻잔에 넘치도록 가득 차를 따라 붓는 것은 손님에 대한 예의가 아닐 뿐 아니라, 욕설의 의미가 있어서 손님을 모욕하는 것이다. 너무 뜨겁지 않고 따뜻하게, 찻잔에 넘치지 않게 적당히 따른 차, 이제 차 맛이 '진하기'만 하면 된다. 나는 차를 아주 진하게 우려서 마신다. 예전에 어떤 회의장에서 여자 동료 하나가 내 차를 한 모금 맛 보고는 "약 같아요"라고 말할 정도다. 이렇듯 나는 차를 마시는 사람이지만 차 전문가는 아니다. 그래도 차에 관한 이야기를 써야 한다면, 그저 내가 차를 마시는 평범한 이야기 말고는 없다.

내가 소학교 5학년 때 갑자기 할아버지가 직접 내게 공부를 가르쳐 주겠다고 했다. 우리 집 안채와 바깥채 사이의 통로에는 오른쪽으로 비어 있는 방이 두 칸 있었다. 안쪽 방은 불당이었다. 불당

맛 좋은 삶

안에는 정운붕丁雲鵬의 불상 그림이 걸려 있었고, 불상 그림 밑에는 서장西藏의 청동 불상 하나가 놓여 있다. 할머니는 매일 아침 이곳으로 와서 향을 피웠다. 바깥 쪽 방은 창고로 쓰였는데, 대들보 위에는 말린 시레기나 종자떡*을 만들 때 쓰는 말린 대나무 껍질이 걸려 있다. 벽 쪽에는 '고린내항아리'가 한 단지 놓여 있고, 면근 빵이나, 백엽 두부, 죽순, 비름나물 대 같은 것들이 항아리 안에서 고약한 냄새를 풍기고 있다. 안쪽의 불당과 바깥쪽 창고의 가운데 통로에는 창이 하나 나 있었는데 창가에 놓아 둔 네모난 탁자가, 갑작스러웠지만, 내 공부 책상이 되었다. 할아버지는 매일 아침 일찍 《논어》를 한 장씩 가르친 다음 나더러 혼자 글씨 연습을 하라고 했다. 대자大字는 〈규봉비圭峰碑〉로, 소자小字는 〈한사공가전閑邪公家傳〉으로 연습했다. 모두 할아버지가 가지고 있는 장첩에서 고른 것이다. 그리고 하루걸러 한 번씩 문장을 한 편씩 써야 했다. 아직 정식 팔고문으로 쓰지는 못했고 '의義'라고 부르는 문체로《논어》의 내용을 해석하는 글을 썼다. 문제는 할아버지가 직접 냈다. 그 시절 나의 '의義'로 쓴 문장들이 몇 편이나 되는지 지금은 다 잊어버렸지만,《맹자부반벌의孟子不反伐義》를 해석했던 것은 기억난다.

할아버지는 소탈하고 검소한 생활을 했지만 차에 대해서는 까다롭게 격식을 따졌다. 할아버지는 짙은 밤색의 납작하고 배가 불룩한 의흥 찻주전자에 용정차를 우린 다음 작은 도자기 찻잔에 따

---

* 종자떡(종자粽子). 찹쌀과 대추, 팥 등 각종 재료를 대나무 껍질이나 갈댓잎에 싸서 쪄서 먹는 떡. 중국 단오절 음식이다.

라 마셨다. 할아버지의 차는 아주 진했다. 할아버지는 찻잎을 찻주전자의 반 넘게 채워서 차를 우렸다. 천천히 한 모금 마시고 난 뒤, 다시 시간을 두고 그 향을 또 음미해야 하기 때문에 할아버지의 차 마시는 속도는 아주 느렸다.

할아버지는 나의 '의義'로 쓴 글자를 천천히 보면서 가끔 찻잔을 하나 더 내어서 나에게도 할아버지의 차를 따라 주었다. 참으로 향기로운 차였다. 내가 용정 차를 좋아하고, 차를 아주 진하게 마시게 된 것은 모두 내가 어릴 때의 고릿적 이야기와 관련이 있다.

언제부터인가 우리 고향 사람들은 '아침 차'를 마시기 시작했다. 어떤 사람들은 '아침 차'를 마신다는 의미로 '찻집에 간다'라고 말하기도 했다. '찻집에 간다'는 것은 호빵, 찐만두, 소맥만두, 천겹떡* 같은 딤섬을 먹으러 찻집에 간다는 뜻이고, 차는 당연히 같이 마시는 것이다. 찻집에서 딤섬을 주문하고 나면, 음식이 나오기 전에 먼저 두부건채무침이 한 그릇 나온다. 우리 고향에는 원래 '두부건채탕'이라는 음식이 없었다. '두부건채'는 탕으로 끓이는 것이 아니라 살짝 데쳐서 무쳐먹는 음식이었다. 찻집에서 나오는 두부건채는 아가리가 넓은 사발에 탑처럼 쌓아져서 나온다. 먹기 직전에 종업원이 간장, 식초, 참기름 등으로 만든 양념을 부어 주면 바로 무쳐서 먹는다. 따뜻한 차 한잔을 마시고 두부건채무침을 한 젓가락

* 천겹떡(천층고千層糕). 쌀가루나 밀가루 풀 반죽을 찜통에 얇게 한 층 쪄낸 후에 다시 한 층으로 발라 쪄 내는 방식으로 만든 떡이다. 각기 다른 색의 반죽을 층마다 다른 색을 내거나 말린 과일, 견과류 등을 섞어서 섞어서 만들기도 한다.

먹으면, 그 맛이 어찌나 좋은지!

항일전쟁 시기에 나는 곤명에 있었다. 곤명에서 7년 동안 살면서 거의 매일 찻집에 담그러 갔다. '찻집에 담그다'라는 말은 서남연합대학의 학생들만 쓰는 것인데 이는 사람들이 하는 '찻집에 앉다'라는 말과 같은 표현이다. '앉다'라는 말에는 시간을 소모한다는 뜻이 있는데 '담그다'라는 말은 그보다 한 수 위의 표현이다. 원래 북경 사람들의 말인 '담그다'는 오랜 시간 동안 그 속에서 푹 잠겨서 절여지는 것을 의미하는데, '버섯을 담그다*', '가난에 담근(가난에 찌든)'이라는 말과 어원이 같다. 서남연합대학의 학생들은 찻집에 담갔다 하면 보통 반나절을 찻집에서 보낸다. 찻집에 담근 채로 이야기도 하고, 책도 읽고, 글도 쓴다. 찻집에서 산스크리트어 문헌을 읽는 교수도 보았다. 찻집에 오래 담그기의 달인은 연구생들 중에 한 명이 있었는데, 육陸형이라 불리는 그 친구는 정말 별난 사람이었다. 그는 중국 땅의 절반을 걸어서 여행했고, 책을 많이 읽지만 글을 쓰거나 책을 내지는 않았다. 정말 말수가 적은 친구였다. 그가 찻집에 있는 시간은 참으로 길었다. 아침, 점심, 저녁, 차 한잔을 앞에 놓고 홀로 앉아 책을 보았다. 세면 도구까지 찻집에 가져다 놓고 아침에 일어나자마자 찻집으로 가서, 찻집에서 이를 닦았다. 하지만 이 찻집 담그기의 달인은 이곳 저곳을 떠돌다 사천까지 흘러 들어가 빈털터리로 죽었다고 한다. 참으로 애석하다.

---

* 버섯을 담그다(포마고泡蘑菇), '일부러 시간을 끌다', '일부러 애를 태우다'라는 뜻이 있다.

곤명의 찻집에서는 청차를 판다. 보통차, 고급차를 따로 구분해서 팔지 않고 그냥 뚜껑이 있는 찻잔에 차를 담아 준다. 문림가에 있는 '모던' 찻집에서는 유리잔에 녹차나 홍차를 담아 준다. 모두 전록滇綠, 전홍滇紅 등의 운남차다. 전록차는 청대콩과 같은 푸른색, 전홍차는 중국홍中國紅 포도주처럼 붉은색으로 모두 찻잎이 두껍다. 특히 전홍차는 세 번 우려낼 때까지 차의 색깔이 붉다. 내 생각에는 기문祁門 홍차, 영덕英德 홍차보다 더 좋은 것 같다. 순전히 내 생각에 그렇다는 말이다. 물론 스리랑카의 립톤 홍차의 맛보다 더 못할 수도 있지만 립톤 홍차 맛을 이상하다고 안 마시는 사람들도 있으니 사람들의 호불호는 어떻게 하나로 맞출 수가 없는 것 같다. 고차烤茶는 곤명에서 마셔 보았다. 찻잎을 조도粗陶 다관에 넣고 숯불 위에서 덖는다. 반쯤 탈 정도로 덖은 다음 펄펄 끓는 물을 부으면 차향이 훅 끼쳐 온다. 몇 년 전에 대리大理의 길거리에서 고차를 만드는 다관을 파는 것을 보았는데 망설이다가 결국은 사지 않았다. 아무리 다관에 넣고 덖는다고 해도 가스렌지 위에서 덖는다면 그 맛이 안 날 것 같았기 때문이다.

1946년 겨울 개명서점開明書店에서 녹양촌綠楊邨으로 작가들을 초청했다. 식사를 마치고 나서 모두 파금巴金 선생님 댁으로 가 공부차功夫茶를 마셨다. 연노란색의 구식 원형 탁자에 둘러 앉아서 진온진陳蘊珍(소산蕭珊)이 하는 탁기濯器, 치탄熾炭, 주수注水, 임호林湖, 사다篩茶의 순으로 이어지는 '행다行茶' 시연을 보았다. 한 사람이 세 잔씩 마셨다. 나는 이때 처음으로 공부차를 마셔보았는데 정말

인상 깊었다. 이 차는 무척 진해서 세 잔밖에 마실 수 없었다. 이날 함께 차를 마신 사람은 파금 선생님의 사모님 외에 근이斬以와 황상黃裳이 있었다. 눈 깜짝할 사이에 43년이라는 세월이 흘러갔다. 근이와 황상은 모두 세상을 떠났고, 파금 선생님도 자주 편찮으셔서 함께 공부차를 즐길 수 있는 기회가 또 있을 것 같지 않다. 그때 차를 마셨던 자사 다기들도 지금은 모두 없어졌을 것이다.

항주에서 정말 좋은 차를 한 잔 마셨다.

1947년 봄, 같이 일하던 중학교 교사들과 같이 항주로 놀러 갔다. '서호경'* 외에도 잊지 못할 만한 것이 두 가지가 더 있다. 하나가 초어등살 회다. 초어의 등살을 종잇장처럼 얇게 회를 쳐서 추유 간장을 뿌려 날로 먹는 것이다. 달짝지근하고 꼬들꼬들한 생선살 맛이 일품이었다. 나는 이것이 중국 고대의 '회' 형태의 음식이라고 생각한다. 그리고 또 하나는 용정차다. 비가 오기 전에 딴 여린 새순으로 만든 진짜 사봉獅峰 용정차를 마셨다. 찻잎은 양 옆에 두 이파리가 바쳐주는 일기일창一旗一槍으로 모두 유리잔 안에서 꼿꼿하게 하늘을 향해 막 피어나기 시작하는 모양을 하고 있었다. 어느 것 하나 고꾸라지는 것 없이, 위에 떠 있다가 고요하게 아래로 가라앉았다. 차 색은 아주 연했지만 진한 차 향은 곧바로 폐부 깊숙이 스며들었다. 참으로 좋았다! 다만 차 한 잔 값이 밥 한 끼 값과 맞먹을 정도니 값이 무척 비싸기는 하다. 사봉 용정차가 명불허전의 명

* 서호경(西湖景). 항주의 민간오락으로 거울 상자 안의 움직이는 그림을 보는 것. 상자 옆에서 사람이 조작을 하며 노래를 부른다.

차인 것은 틀림없는 사실이지만 호포虎跑의 물이 아니었다면 그 맛을 내기 어려웠을 것이다. 나도 차 맛을 내는 데 물이 지극히 중요하다는 것은 알고 있다.

내가 마셔 본 좋은 물 중의 하나가 곤명의 흑룡담黑龍潭 물이다. 말을 타고 흑룡담까지 질주하며 달려간 후에 그곳 차관에서 흑룡담 물로 우려낸 차 한 잔을 마셨는데 아주 흡족한 맛이었다. 이 찻집은 건물 옆 쪽에 콸콸 물이 용솟음치는 작은 정방형의 못이 있었다. 정강산의 물도 좋다. 물이 맑고 미끌미끌하다. 온천 물이 미끄러워서 기름으로 씻은 것 같다는 말은 결코 과장된 말이 아니다. 정강산 물로 이불 홑청을 빨 때, 빨면 빨수록 하얗게 되는데, 구고뇌狗古腦 차를 이 물에다 넣고 우려내면 차의 맛과 색이 남김없이 다 빠져버린다. 정강산 물의 어떤 성분 때문에 그러는지는 모르겠다. '천하제일천天下第一泉'의 물이나 '천하제이천天下第二泉'의 물은 어떻게 해서 그런 이름을 얻었는지 이해가 안 된다. 천하제일천이 있는 제남濟南은 샘물의 도시라고 부르는데, 샘물이 다 보기에만 좋지 차를 우려서 마셔보면 별로 이렇다 할 특색이 없는 것 같은데 말이다.

중국에는 물이 좋지 않은 지역이 몇 군데 있다. 예를 들면 염성鹽城 같은 곳이다. 이름 그대로 '소금 염鹽'과 '도시 성城'이 합쳐진 염성의 물은 짜다. 중상층의 가정에서는 모두 천낙수天落水를 마셨다. 비 오는 날 마당에다 천막을 치고 빗물을 받아 항아리에 담아 두었다가 차로 끓여 마시는 것이다. 제일 좋지 않은 물은 하택菏澤의 물이다. 하택의 모란꽃이 세계 제일인 이유가 바로 모란이 염기성 토양을 좋아하기 때문이다. 하택에 갔을 때 모란꽃은 참으로 보기에 좋았으나 도저히 차를 마실 수가 없었다. 청차 녹차 할 것 없이 차에 물을 부으면 바로 홍차 색으로 변해 버린다. 마치 간장처럼 색이 짙은 차에서 짜고도 떫은 맛이 났다. 하택에서 양산으로 옮기자 마자 초대소에 짐을 풀고 나서 첫 번째로 한 일은 서둘러 소금기 없는 단물로 차 한 잔을 우려 마시는 것이었다.

예전에 북경 사람들은 아침에 일어나자마자 바로 차를 마셨다. 차를 먼저 다 마셔야 비로소 하루를 편안하게 시작할 수 있다. 가난한 사람이나 부자인 사람이나 모두 아침을 그렇게 시작한다. 1948년에 나는 오문午門의 역사박물관에서 일을 했다. 박물관에는 관리인이 몇 명 있었는데 모두 나이가 많았다. 그들이 출근하고 나서 제일 먼저 하는 일은 가지고 온 움집 찐빵을 난로 받침대 위에 얹어서 굽는 것이다. 그런 다음에 교대로 더운 물을 받아 차를 우린다. 차를 다 마신 다음에야 비로소 전시실로 가서 앉아 있는다. 그들은 모두 화차를 마셨다. 북경 사람들은 화차를 좋아하는데 화차가 섞이지 않으면 차라고 생각하지 않는다(많은 사람이 말리화茉莉花차를 '찻잎 꽃'이라고 부른다.). 나는 화차를 그다지 좋아하지 않지만 노사老舍 선생님 댁에서 마셨던 화차 같이 좋은 화차인 경우는 예외다.

노사 선생님은 단 하루도 차를 마시지 않고 지나는 법이 없다. 노사 선생님이 모스크바에 회의 참석 차 갔을 때, 주최 측에서 중국인이 차를 즐겨 마신다는 것을 알고 특별히 뜨거운 물을 한 주전자 준비해 주었다. 그런데 선생님이 차 한 잔을 만들어서는 몇 모금 마시지도 못했는데 눈깜짝할 사이에 종업원이 찻잔을 치워버렸다. 노사 선생님은 "제기랄, 그놈은 중국 사람이 아침부터 밤까지 온종일 차를 마신다는 걸 모르는 게야?" 라고 소리치며 불같이 화를 냈다. 아마도 중국 사람들만 아침부터 밤까지 온종일 차를 마시는 것 같다. 외국 사람들은 차를 마실 때 횟수로 말한다. 하루에 차를 몇 번 마신다고 말을 하지 반쯤 마신 찻잔을 그대로 두었다가 하루 종일 마시지는 않는다. 그러니 소련 사람인 종업원이 노사 선생님이 몇 모금 마시고 그대로 둔 찻잔을 보고 다 마신 줄 알고 치워버린 것이다.

공정암은 벽라춘 차를 '천하제일天下第一'이라고 했다. 나는 소주 동산東山의 조화루雕花樓에서 그 해 처음으로 딴 여린 새순의 벽라춘 차를 마셔 보았다. '조화루'는 원래 부유한 상인의 저택이었는데, 수입 목자재로 만든 건물 외벽에 여덟 명의 신선, 복福·녹祿·수壽의 삼성三星, 용, 봉황, 모란 꽃 등등 온갖 속된 욕망이 가득 새겨져 있다. 속된 욕망의 조화루였지만 벽라춘 차는 참으로 좋았다. 단지 차를 아주 큰 대접에다 주는 것이 좀 이상하게 보였다. 나중에 육문부陸文夫에게 물어보니 원래 벽라춘은 큰 찻그릇에 담아 마시는 것이 정석이라고 한다. 여린 새순의 차와 거칠고 커다란 찻그릇이라니 뭔가 이상하게 느껴진다.

호남의 도원桃源에서 뇌차擂茶를 마셔 보았다. 뇌차는 찻잎, 생강, 깨, 쌀, 약간의 소금을 뇌발擂鉢 안에다가 넣고, 단단한 나무로 만든 뇌봉擂棒으로 곱게 갈아 뜨거운 물을 부어 마신다. 내 글 〈상행이기湘行二記〉에서는 뇌차에 대해서 비교적 자세하게 설명해 놓았다. 글이 길어지니 여기에서 같은 내용을 또 이야기하지 않겠다.

차는 음식을 만들 때에도 쓴다. 항주 음식 중에 용정차 새우살 볶음이 있는데 맛이 그렇게 이상한 것 같지 않다. 경극 배우인 구성융裵省戎이 용정차로 만두를 빚은 적이 있었다. 아주 독창적인 만두였지만 사람들이 좋아하지는 않았다. 일본에는 차죽이 있다.《배인적음물俳人的食物》을 보면 하이징*의 소모임에서는 음식 준비를 아주 간단하게 하지만 '차죽 만큼은 적게 준비해서는 안 된다'라고 나와 있다. 차죽이란 어떤 음식인가? 나도 집에 있는 차를 가지고 차죽을 만들어 본 적이 있다. 차를 물에다 넣고 오래 끓여 찻물을 우려낸 다음 쌀을 넣고 죽을 쑤었는데, 내 생각에는 이것이 바로 차죽이 아닐까 한다. 사천의 장차樟茶오리구이는 측백나무 나뭇가지와 녹나무 잎사귀, 그리고 찻잎을 넣어 훈제구이를 한 것이다. 고기에서 차 향이 나지만 차 맛은 나지 않는다. 용정차를 넣은 초콜릿도 먹어 보았는데, 정말이지 음식 가지고 못된 장난을 친 것 같다. 초콜릿 맛과 용정차 맛이 따로따로인데, 이렇게 서로 어우러지지 않는 두 가지 맛을 왜 합해 놓았는지 알 수가 없다.

---

* 하이징(배인俳人). 일본의 서정시 하이쿠(배구俳句)를 짓는 사람을 말한다.

찻집에 담그다。

　'찻집에 담그다'라는 말은 서남연합대학 학생들만의 독특한 언어이다. 곤명에서 원래부터 쓰던 말 같지는 않다. 곤명 사람들은 그저 '찻집에 앉다'라고 말한다. '담그다'라는 말은 북경 말인데, 그 속에 담겨 있는 말의 뜻을 명확히 설명하기가 참 어렵다. 그래도 굳이 설명을 하자면 김치를 담그는 것처럼 오랜 시간 동안 그 속에 푹 잠겨서 절여지고 있는 것이라고 말할 수밖에 없다. '버섯을 담그다', '가난에 담근(가난에 찌든)'이라는 말 속에는 모두 오랜 시간이라는 뜻이 있다. 이 말은 아마도 북경에서 온 학생이 '담그다' 라는 북경 말을 쓰다가 만들어진 새로운 어휘일 것이다. '찻집에 담그다'는 오랜 시간 동안 찻집에 앉아 있는 걸 말한다. 곤명에서 쓰는 '찻집에 앉다'라는 말에도 오랜 시간이라는 뜻이 담겨있다. 찻집에 가면 앉는 것이 먼저이고 그다음에야 비로소 차를 마신다(운남에서는 '차를 먹는다'고 한다.). 하지만 서남연합대학 학생들이 찻집에 앉아 있는 시간은 보통의 곤명 사람들보다 훨씬 더 길다. 그래서 '찻집에 담그다'라고 말한다.

학교 동창 중에 찻집 담그기의 달인이 있었다. 육陸형이라 불리는 그 친구는 중국의 절반을 걸어서 여행할 정도로 아주 별난 친구였다. 그는 온종일 단골 찻집에서 담그고만 있었다. 아예 세면 도구를 찻집에 가져다 놓고, 아침에 일어나면 바로 찻집으로 가서 세수하고 이를 닦는다. 그리고 앉아서 차 한 잔에다가 구운 호떡 두 개를 먹고 정오까지 책을 본다. 정오가 되면 일어나서 밖으로 나가 점심을 먹고 돌아와서, 또 차 한 잔을 마시면서 저녁이 될 때까지 있다가 저녁이 되면 저녁밥을 먹는다. 저녁밥을 먹고 나서는 또 차 한 잔을 마시다가 거리에 등불이 하나 둘 꺼지기 시작하면 그제서야 두꺼운 책을 옆구리에 끼고 기숙사로 돌아가 잠을 잔다.

찻집을 국가 행정적인 차원에서 분류할 때 어떤 기준으로 나누는지는 모르겠지만 곤명의 찻집을 크게 두 부류로 나눈다면 아주 규모가 큰 대형 찻집과 작은 동네 찻집으로 나눌 수 있을 것 같다.

예전에 정의로에 있었던 대형 찻집은 아래층과 위층의 좌석만 해도 몇 십 개가 된다. 모두 남방개 같은 짙은 자주색 옻칠을 한 아름다운 팔선탁자*가 놓여 있다. 번화한 거리에 있는지라 손님이 늘 꽉 차있고 사람들이 떠드는 소리가 시끄럽다. 찻집의 기둥이란 기둥에는 모두 '국사를 논하지 마시오'라는 안내문이 붙어 있는데, 항시 드나들며 수상手相을 봐주는 도사도 있었다. 이 도사님은 한 손에 자신의 대명大名을 적은 여섯 치 가량 되는 골판지를 들고 나타난다(대명이라 말할 수밖에 없는 이유는 성씨가 적혀 있지 않아 '성명'이라 부를 수 없고, 아직 출가를 하지 않았으니 '법명'도 아니고, 창극을 하는 사람도 아니라서 '예명'이라 부를 수도 없다. 하지만 이름을 아주 큰 글씨로 써 놓았으니 '대명'인 것은 맞다.). 도사님은 한 손으로 잡고 있는 골판지를 바람잡이 삼아 앞세우고 좌석 사이사이를 돌며 입으로는 "수상을 봐드립니다. 돈은 받지 않습니다.", "수상을 봐드립니다. 돈은 받지 않습니다." 하는 염불을 왼다. 도사님의 손에 바람잡이로 붙들려 있던 골판지는 손금을 볼 때가 되면 얼른 손금을 보는 지표로 변신한다.

이렇게 큰 대형 찻집에서는 가끔 위고**를 공연한다. 위고는 전통극의 배우가 연기는 하지 않고 노래만 부르는 것이다. 전문 배우가 부를 때도 있지만 아마추어 배우가 노래할 때도 있다. 나는 이 '위고'라는 단어가 좋다. 위고 공연은 전문 배우든 아마추어 배우든 보수를 받고 하는 것 같지 않다. 그저 같이 어울리는 한량들이 한곳에 모여서 노래를 부르며 자기들끼리 논다. 찻집은 이런 위고

---

* 팔선탁자(팔선탁八仙卓). 중국의 전통 가구다. 정사각형 모양 탁자의 가장자리 4곳에 2명씩 모두 8명이 앉을 수 있다. 8명의 신선이 앉는 탁자라는 뜻으로 미화된 이름이다.

** 위고(圍鼓). 사천성의 민간예술. 10명 정도의 사람이 찻집에 둘러앉아 악기를 연주하며 전통극의 노래를 부르는 것을 말한다.

맛 좋은 삶

공연에 관객이 없는 것이 안타까워서 되는대로 번화한 시내에다 '몇 월 며칠에 위고 있음'이라고 쓰인 광고지를 붙인다. 찻집에 와서 위고를 들으며 차를 마시는 것을 이른바 '위고 차를 마신다'라고 한다. '위고'라는 말은 원래 사천에서 온 것 같은데 곤명의 위고는 전극*을 많이 부르는 것 같다. 나는 곤명에서 7년을 있었는데 전극에는 끝내 입문하지 못하였다. 기억나는 것이라고는 어떤 극에서 나온 것인지 모르지만 '과인의 머리에 푸른 이끼가 돋았구나' 하는 노래이다. 어떻게 머리에 푸른 이끼가 돋을 수 있는지, 이런 발상 자체가 정말 이상한 것이어서 한 번 들었는데도 오랫동안 잊히지 않는다.

하지만 나는 이런 대형 찻집 이야기를 하려는 게 아니다. 내가 큰 규모의 대형 찻집 앞에서 발길이 멈추는 경우는 아주 드물다. 더구나 서남연합대학 근처에 있었던 몇몇 대형 찻집은 정의로에서 한창 번성하던 찻집까지도 포함해서 줄지어 문을 닫았다고 들었다.

서남연합대학에서 나오면 봉저가鳳翥街와 문림가文林街가 보인다. 둘 다 그리 길지 않은 길인데 이 두 거리에 있는 작은 찻집들이 적어도 열 곳은 될 것이다.

서남연합대학의 새로 지은 건물에서 동쪽으로 조금 가다가 남쪽으로 다시 꺾으면 벽돌로 쌓아 만든 진입문이 나온다. 거기부터

---

* 전극(滇劇). 운남 지역의 주요 전통극의 하나다.

봉저가가 시작된다. 길 초입의 오른쪽 첫 번째 집이 바로 찻집이다. 고작 탁자 세 개를 놓고 장사를 하는데 아무렇게나 무늬를 그려 넣은 찻잔은 그나마 크기와 모양이 다 다르다. 한마디로 허름한 찻집이었다. 이 찻집은 차 외에도 처마 밑에 주렁주렁 걸어 놓은 짚신과 지과* 감자(호남 사람들은 '양서凉薯'라고 부른다.)를 판다. 찻집의 여주인은 피부가 하얗고 깨끗한데 무척 체격이 좋다. 찻집 안에는 아이들이 많이 돌아다니는데 모두 그녀가 낳은 자식들이다. 그녀는 가슴을 풀어헤치고 진작에 젖을 떼었어야 했을 다 큰 놈에게 젖을 물린 채로 손님을 위해 차를 우린다. 늘 아이 하나를 품에 안고 있는 엄마 곁에는 또 두 명의 아이가 달라붙어 있다. 남편은 꼭 오랑우탄 같이 생긴 사내였는데 산 만한 덩치를 하고 있지만 눈빛은 매의 눈빛마냥 날카로웠다. 그는 아무 일도 하지 않으면서 매일 오후가 되면 큰 대접으로 우유를 한 그릇씩 마신다. 짐승 같은 사내였다. 나는 이 상황을 도무지 이해할 수 없었다. 여인 혼자 고작 차 몇 잔을 팔아서 어떻게 이렇게나 많은 입과 배를 채운단 말인가? 짚신과 지과감자를 조금씩 더 판다고 해도 게을러터진 남편의 우유까지 매일 한 대접씩 챙길 수 있다는 것은, 정말이지, 이상한 일이었다. 본디 중국의 여인네들의 인내심이란 놀라운 것이지만 이 작은 찻집의 여주인은 삶의 무게가 아무리 무겁게 짓눌러도 결코 무너지지 않는 강한 인내심을 타고 난 것 같았다.

---

* 지과(地瓜). 우리나라에서는 멕시코 감자, 얌빈, 히카마 등으로 부른다.

　　　　　　　　　　　　　　　맛 좋은 삶

이 찻집에서 나와 몇 걸음만 더 가면 길 건너 대각선 방향으로 대학생들이 주로 가는 신식 찻집이 나온다. 신식 찻집은 탁자며 의자가 모두 검은 색 옻칠을 한 새 것이고 종업원들은 모두 흰색 앞치마를 두르고 있다. 백옥 같은 하얀 도자기 찻주전자에 차를 담아 뚜껑이 없는 찻잔과 함께 내어 준다(보통 곤명의 찻집에서는 모두 뚜껑이 있는 찻잔에 차를 담아서 판다.). 녹차 외에도 타차沱茶, 화차, 용정차를 판다. 보통 찻집을 찾는 곤명 손님들은 문 밖을 지나가다가 고개를 내밀어 찻집 안을 보고는 찻집 안에 대학생들이 꽉 차게 들어 앉아 있는 것을 보고는 그대로 발걸음을 옮겨 다른 찻집으로 가버린다. 신식 찻집은 뭔가 특별히 기억할 만한 것이 없고 장사를 시작한 지 얼마 안 되어서 바로 문을 닫아버렸다. 하지만 서남연합대학 학생들이 지금까지 신식 찻집을 기억한다면 그 이유는 아마 찻집 옆에 있던 땅콩가게 때문일 것이다. 혼자 사는 올케와 시누이 같은 두 여자가 장사를 했다. 둘 다 아직 젊은 나이여서 그런지 온종일 진한 화장을 두껍게 바르고, 가게 앞 진열대에 서서 땅콩을 팔았다. 특히 어린 시누이는 항상 지나가는 사람들을 쳐다보며 요염하게 미소 짓고 있었다. 서남연합대학 학생들은 그녀를 '땅콩 서시西施'라고 불렀다. 땅콩 서시는 손님을 봐가며 장사를 했는데, 잘생긴 손님은 땅콩을 더 많이 주고 못생긴 손님은 땅콩을 더 적게 주었다. 그래서 우리는 땅콩을 살 때마다 제일 훤칠하게 잘생긴 젊은 '소생'*을 골

---

* 소생(小生). 중국 경극에서 수염을 달지 않은 젊은 남자의 배역을 말한다.

라 보냈다. 땅콩 서시의 가게에서 다시 몇 걸음 더 가면 동쪽에 소홍 사람이 운영하는 찻집이 보인다. 어쩌다가 고향을 떠나 곤명까지 와서, 또 어쩌다가 이렇게 작은 봉저가 길목에 찻집을 차렸는지 모르지만, 찻집 주인은 아직까지 사투리의 억양을 고치지 못했고 타향에서 외로웠는지 외지에서 온 학생들을 아주 다정하게 대했다. 소홍 찻집에서는 차 외에도 부용 밀강정,* 사치마 밀강정,** 월병, 도수桃酥 과자 같은 것을 작은 유리 진열대 안에 담아 놓고 팔았다. 뱃속은 출출한데 밥을 먹기에는 좀 이른 때면 찻집에 와서 차를 마시며 과자 두 개를 간식으로 먹었다. 동창 중에 하모니카를 잘 불었던 왕王 형이 늘 소홍 찻집에서 차를 마셨다. 그는 차를 마시고 외상도 했는데, 사실 찻값 외상뿐만 아니라 돈을 빌리기도 하였다. 영화가 보고 싶은데 돈이 없으면 우리는 바로 하모니카 연주자의 얼굴을 갖다 대고 소홍 찻집 주인에게 돈을 빌렸다. 소홍 찻집 주인은 매번 선뜻 금고를 열어서 우리가 필요한 만큼 돈을 꺼내 주었다. 그러면 우리는 신바람이 나서 어깨춤을 추며 쏜살같이 남병南屛 영화관으로 몰려갔다.

소홍 찻집에서 앞으로 좀 더 걸어 나와 점포 열 곳 정도를 지나면 봉저가 입구가 나온다. 길의 동쪽과 서쪽에 각각 찻집이 하나씩 있다.

---

* 부용 밀강정(부용고芙蓉糕). 밀가루 반죽을 튀겨서 설탕과 엿에 버무려 만든 강정. 위에 분홍색 설탕 옷을 입혀 색깔과 모양이 부용 꽃을 닮았다.

** 사치마 밀강정(사치마薩其馬). 밀가루 반죽을 튀겨서 설탕과 엿에 버무려 만든 강정. 만주족의 전통 과자로, 사치마는 만주어 이름을 음역한 것이다.

맛 좋은 삶

동쪽의 찻집은 좌석이 많지 않은 비교적 작은 찻집이지만 아주 깨끗하다. 주인장은 비쩍 마른 사내였는데 아이가 몇 명 있었다. 아버지가 맡은 계산대의 일이 많으니 차를 우리고 중간에 찻물을 더 부어주는 일은 열 서너 살 정도 되는 찻집의 큰 아들이 담당했다. 우리는 큰 아들을 '아들 주임님'이라고 불렀다. 서쪽의 찻집은 동쪽하고는 반대로 아주 어수선하고 더러웠다. 크기가 제각각인 탁자가 편평하지 않은 바닥 탓에 흔들흔들하고 담배꽁초며 성냥개비며 해바라기씨 껍질이 온 바닥에 수북하게 덮여 있었다. 그런데 의외로 장사가 아주 잘 되었다. 아침부터 밤까지 사람들이 꽉 차서 앉아 있는 것이 아마도 찻집 자리의 풍수가 좋아서 그런 것 같다. 서쪽 찻집은 봉저가와 용상가龍翔街가 잇닿는 지점에 있었다. 한쪽은 봉저가를, 또 한쪽은 용상가를 마주하고 있어 찻집에 앉아서도 봉저가와 용상가의 번화한 모습을 그대로 볼 수 있었다. 이 찻집에 오는 손님들은 할 일 없는 한량부터 마바리꾼의 두목, 장작을 파는 장사꾼, 장보러 나온 사람까지 모두 차를 '먹으러' 오는 운남의 토박이들뿐인데 그들은 모두 잎담배를 피웠다. 차 한 잔을 시킨 후에는 품속에서 담뱃갑(담뱃갑 모양은 둥근 것, 가죽으로 만든 것, 표면에 까만 옻칠을 한 것 등 다양하다.)을 꺼낸다. 담뱃갑을 열고 위에 덮어 놓은 잎사귀를 들추면 이미 잘라져 있는 금당金堂 담뱃잎이 들어 있다. 담뱃잎을 꺼내 한 개비 한 개비씩 말아서 피운다. 서쪽 찻집의 담벼락에는 아무렇게나 갈겨쓴 글자들이 잔뜩 있는데 뜻밖에도 시 한 수를 발견했다. 정말 시詩라고 할 수 있는 글귀였다.

옛날이 좋았지

아부지 따라서 차 먹으러 가던 때가

찻집 문 앞에서

조개 껍질 비비며 흙장난하던 때가

먹물을 찍어 붓으로 쓴 것인데 정말 놀라웠다. 이 시는 어떤 이가
써 놓았는가?

동쪽 찻집에는 매일 오후 노래를 부르는 맹인이 온다. 그는 양금
揚琴을 타면서 말도 하고 노래도 불렀다. 그의 노래는 일종의 설창
예술說唱藝術라 할 수 있는 것이었다. 그런데 노래의 제목이 무엇인
지 계속 물어 보지를 못했다. 한번은 '아들 주임님'을 불러 물어 보
니 '양금창揚琴唱'이라고 하는데 어쩐지 그것은 아닌 것 같다. 그는
무슨 노래를 부르고 있는가? 나는 자리에서 일어나서 주의 깊게 들
어보았다.

기름지고 좋은 땅을 다 팔아 버리고

대궐같이 화려한 집도 허물어졌네

아름다운 아내와 사랑스런 첩들은 다 어디로 갔나

여우 가죽 두루마기는…….

아! 이 노래는 아편의 해악을 알리고 아편을 끊기를 권고하고 있
다. 그러면 이 노래는 언제부터 전해져 내려온 것일까? 어쩌면 임

맛 좋은 삶

칙서* 시대에 살았던 어느 우국지사의 작품일지도 모르겠다. 맹인은 듣는 사람이 없어도 아랑곳하지 않고 홀로 열심히 노래를 불렀다. 찻집 안의 손님들은 계속해서 서로 이야기를 나누고 있지만 마음속으로는 홀로 깊은 시름에 빠져 있다. 해가 지면 이 맹인은 다시 양금을 어깨에 메고 지팡이를 짚어가며 느릿느릿 집으로 향한다. 오늘은 배를 채울 수 있을 만큼 벌었으려나? 내 생각도 그의 뒷모습을 따라간다.

문림가가 시작되는 대서문大西門의 입구 옆에도 찻집이 하나 있다. 그런데 이 찻집은 정말 재미가 하나도 없다. 찻집의 벽 쪽에 있는 유리 진열장 안에 베티 데이비스Betty Davis, 올리비아 드 하빌랜드Olivia de Havilland, 클라크 게이블Clark Gable, 타이론 파워Tyrone Power 같은 미국 영화배우들의 사진을 넣어 놓았다. 이 찻집은 차 외에 커피나 콜라도 팔았는데 사슴가죽 재킷을 입은, 돈 좀 있어 보이는 남학생과 머리카락을 한 가닥 한 가닥씩 소시지처럼 돌돌 말고 다니는 여학생이 늘 드나드는 찻집이어서 좀 특이하다고 생각했다. 토요일에는 가끔 무도회도 열었다. 찻집 문은 닫혀 있었고 안에서는 〈아름답고 푸른 도나우강〉이나 〈유쾌한 미망인〉같은 왈츠곡의 소리가 '쿵 짝짝, 쿵 짝짝'하고 들려왔다

이 찻집의 대각선 방향에는 완전히 다른 느낌의 찻집이 있다. 이 찻집에서는 순대부침을 판다. 찻집에서 야크의 창자로 만든 순대

---

* 임칙서(林則徐), 중국 청나라 말기의 정치가(1785~1850). 황제의 특명을 받아 중요 사건을 처리하는 흠차대신(欽差大臣)으로 밀수한 아편을 불태우고 수입 금지를 명하여 아편전쟁을 촉발하였다.

를 부치기 시작하면 그 강렬한 냄새가 거리의 끝에서 끝까지 가득 찬다. 뭔가 특이한 향내랄까, 이상한 냄새랄까, 뭐라 말하기 어렵지만, 이 서장 음식의 냄새는 머리카락을 한 가닥 한 가닥씩 소시지처럼 돌돌 말고 다니는 여학생 같은 사람은 무슨 냄새냐고 물어보지도 못할, 그런 종류의 냄새다.

순대 부침을 파는 찻집에서 동쪽으로 몇 걸음만 걸어가서 다시 남쪽을 향해 꺾으면 전국가錢局街로 향하는 길이 나온다. 길가에 '구식' 찻집이 하나 있는데 이 집도 아래층과 위층의 좌석이 적지 않다.

이 찻집을 '구식'이라고 부르는 이유는 담뱃대를 빌려주는 찻집이기 때문이다. 담뱃대는 대나무 통의 옆에다가 굵기는 새끼 손가락만한 하고 길이는 반 자 정도 되는 대나무 관을 꽂고, 그 대나무 관 끝에 갈퀴가 달린 연밥처럼 생긴 부리를 달아 만든 것이다. 연밥 부리 안에다가 잘라진 담뱃잎을 넣고 신문지로 불을 붙인 다음 대나무 통 입구에 입 전체를 밀어 넣고 있는 힘껏 빨아들인다. 그러면 대나무 통에서 물방울이 동동 떨어지는 것 같은 소리가 나면서 짙은 연기가 바로 폐로 훅 들어온다. 순간 정신이 번쩍 나는 것 같은 느낌이 든다. 이런 담뱃대로 담배를 피우는 것은 기술이 조금 필요하다. 어떻게 빨아들여야 하는지 모르면 아무리 애를 써도 연기가 올라오지 않기 때문이다. 찻집에서 빌려주는 담뱃대는 집에서 쓰는 것처럼 정교하게 만든 것이 아니라서 탁자 위 정도의 높이까지 연기가 올라오도록 빨아들이려면 탁자 다리에 기대서 해야 하고

맛좋은 삶

또 충분한 폐활량이 특별히 요구된다.

구식 찻집의 문 앞에는 작은 좌판이 있는데 산각*을 판다(산각이 무슨 나무의 열매인지는 모르겠다. 모양은 쥐엄나무 열매같이 생겼는데 아주 시다. 입에 넣으면 너무 시어서 눈썹이 저절로 찌푸려진다.). 또 헛개나무 열매도 판다(이것도 나무 위에서 열리는 것이고 분명 과일이라고 말할 수 있는 것인데 울퉁불퉁한 것이 꼭 닭발 같이 생겼다. 어떤 지역에서는 그대로 '닭발'이라고 부르기도 한다. 맛도 기괴한 것이 흑설탕 맛 같기도 하고 또 감초 맛 같기도 하다.). 좌판 위에는 당리棠梨 배를 소금물에 넣은 배절임도 있다. 배는 본래 새콤달콤한 맛으로 먹는데, 곤명 사람들은 그런 배를 가져다가 짠 소금물에 담갔다가 먹는다. 배절임은 배 향이 그대로 남아 있고 과육이 아주 연하고 아삭아삭하다. 설을 쇠고 나면 구식 찻집의 문 앞에 칡뿌리 장사가 나온다. 칡뿌리는 한약방에서 약으로 쓰는 것을 본 적이 있다. 한약방에서 본 것은 바둑돌만한 크기로 깍두기처럼 썰어 놓은 것이었는데 이미 가공을 한 것이어서 나는 본래 칡뿌리가 어떤 모양인지 몰랐다. 곤명에 와서야 처음으로 원래 모양 그대로의 칡뿌리를 보았고 간식으로 먹을 수 있다는 것도 처음 알았다. 좌판에서는 팔뚝만큼 굵은 칡뿌리를 도마에 올려 놓고 젖은 행주로 덮어 둔다. 돈을 조금 건네주면 북경에서 훠궈에 넣을 양고기를 저밀 때 쓰는 칼같은, 예리한 긴 칼로 칡뿌리를 얇게 썰어서 내어 준다. 색깔이 새하얗다. 씹으면 뭔가 생 고구마 같은 느낌이면

---

* 산각(酸角). 우리나라에서는 타마린드(Tamarind)로 부른다. 우스터 소스, 인도 카레 등의 재료로 쓰인다.

서 약초 냄새가 진하게 난다. 칡뿌리는 몸의 열을 내리게 한다고 한다. 나는 뭔가 이상하고 신기한 음식은 꼭 사서 먹어봐야 직성이 풀리는 사람이라서 먹어 보았지만 다른 서남연합대학 동창들 중에는 아마 칡뿌리를 먹어본 사람이 별로 없을 것이다.

대학교 2학년 때는 외국어를 전공하는 동창 두 명과 함께 아침마다 구식 찻집 창가 자리에 앉아 책을 읽었다. 오전 내내 꼬박 앉아 있었던 때도 있었다. 나는 이때부터 습작을 했는데 내 소설의 초기 작품 몇 편은 바로 구식 찻집 안에서 쓴 것들이다. 구식 찻집은 취호翠湖호수와 가까웠다. 호수에서 불어오는 바람을 맞으면 늘 부레옥잠의 꽃 향기가 났다.

다시 문림가로 향해 되돌아 걷다 보면 문림가에서 부용도 거리를 정면으로 마주 보는 길가에 새로 문을 연 찻집이 있다. 찻주전자도 없이 뚜껑도 없는 유리잔에다가 차를 주는 것이 특이하다. 이 집에는 청차青茶가 없고 녹차와 홍차만 판다. 홍차는 장미빛깔이 나고 녹차는 저담猪膽처럼 쓴 맛이 났다. 하나 더 특이한 점을 말하자면 몇 개 되지도 않는 탁자 위에다가 전부 유리를 깔아 놓은 것이다. 이런 탁자는 카드로 브리지게임을 하기에 더할 나위 없이 좋다. 그래서 이 찻집에 차를 마시러 오는 사람들은 대부분 브리지게임을 하러 온다. 찻집이 브리지게임을 하는 구락부가 되어버린 것이다. 브리지게임은 한때 서남연합대학에서 엄청 유행했었다. 동창 중에 마馬형은 매일 이 찻집에서 브리지게임을 했는데 해방 후에야 그가 지하당원이었고 곤명 학생운동을 이끄는 지도자들 중의 하나였다는 걸 알게 되었다. 학생운동이 그렇게 격렬하던 때에 매일 한가롭게 브리지게임에 열중하고 있었으니 누가 그를 보고 학생운동과 관련되어 있을 거라고 생각이나 했겠는가?

문림가의 동쪽 끝에 있는 찻집은 광동 사람이 주인인데 상호가 '광발차사廣發茶社'다. 곤명의 찻집들 중에서 내가 유일하게 상호를 기억하고 있는 찻집이다. 그 이유는 첫째, 내가 광발차사와 가까운 민강항民强巷 골목으로 이사가면서 자주 갔었기 때문이고, 둘째는 바로 '광발학회' 때문이다. 광발차사에서는 조교, 석사, 고학년들의 모임이 자주 있었다. 이 모임의 학생들은 각각 많든 적든 간에 세상에 대해 냉소적이고 불손한 시선을 갖고 있었고 당시 서남연합대의 학생들이 무슨 학회를 조직했다고 하면 이런 학회들의 엄중하고도 진지한 태도를 비웃기도 했다. 그래서 친구 한 명이 우스개 소리로 "우리가 이곳에서 만나는 것도 학회다. 광발학회!"라는 말을 하면서 광발학회가 조직되었다. 그런데 나중에 뜻밖의 일이 벌어졌다. 친구 하나가 해방 후 1차 학생운동 때 강압 수사를 견디지 못해 아무렇게나 진술하다가 그가 '광발학회'에 참여한 적이 있다고 말을 한 것이다. 광발학회를 조사하기 위해 정치 공작위원이 파견되었고 그의 앞에서 자꾸만 터져 나오려는 웃음을 참는 것이 조사받는 것보다 더 어려웠다고 한다. 정치 공작위원이 광발학회에 대해 참으로 엄중하고도 진지하게 질문을 했던 것이다.

누군가 "찻집에 담그는 것이 서남연합대학 학생들에게 어떤 영

향이 미쳤는가?"라고 묻는다면 내 대답은 다음과 같다. 첫째, 찻집에 담그면서 호연지기를 기른다. 사람이 총명하고 아둔한 것이야 당연히 개개인의 차이가 있겠지만 대부분의 서남연합대학 학생은 단정하고 성실했다. 그때는 혼돈의 시대였고 학생들의 생활도 점점 더 빈곤의 나락으로 떨어지고 있었다. 하지만 많은 학생이 스스로 청렴하고자 했고 속된 것을 경멸할 줄 알았다. 또한 부정한 시대와 빈곤한 생활을 생기 있고 풍부한 유머 감각으로 대하면서 결코 의기소침해지지 않았다. 이러한 태도를 기르는 데는 찻집에 담그는 것이 어느 정도 영향을 미쳤을 것이다. 둘째, 찻집에 담그면서 인재가 된다. 서남연합대학 학생들이 찻집에 가는 것은 그저 하는 일 없이 찻집에 담그고 있는 것이 아니라 책을 읽으러 가는 것이다. 학교 도서관에는 자리가 많지 않고 기숙사 내에는 별도의 책걸상이 없으니 책을 읽으려 하는 학생들은 대부분 찻집으로 간다. 찻집에 갈 때 책을 옆구리에 끼고 가지 않는 학생은 거의 없다. 때로는 책을 몇 권씩 가지고 가기도 한다. 적지 않은 논문과 서평이 모두 찻집에서 쓰인다. 어떤 해인가 《철학개론》의 기말 고사를 치를 때 나는 시험지를 찻집으로 들고 가서 답안을 적은 다음 제출한 적도 있다. 서남연합대학은 창립 후 지난 8년 동안 많은 인재를 배출하였다. 서남연합대학의 역사에 관한 연구를 보면 '인재학'을 주제로 다루고 있는데 이것은 대학 부근의 찻집에 대한 이해 없이는 결코 이해할 수 없는 것이다. 셋째, 찻집은 사회와 연결되는 통로다. 나는 각기 다른 개성을 가진 사람들의 생활상에 관심이 많았는

맛좋은 삶

데 찻집에 담그면서 이해할 수 있었다. 만약 지금의 나를 소설가라
고 말한다면, 그 소설가는 곤명에 있는 찻집에 담가서 만든 것이다.

면차。

    면차麵茶와 차탕茶湯은 다르다. 둘 다 기장 쌀가루로 만드니 원재료야 같다고 해도 말이다. 차탕은 볶아서 익힌 기장 쌀가루를 그릇에 담고 적동으로 만든 주전자로 펄펄 끓는 물을 부어 먹는 것이다. 차탕으로 유명한 '차탕계茶湯季', '차탕진茶湯陳'은 물론이고 차탕을 파는 좌판에도 잘 닦아 번들번들 윤이 나는 커다란 적동 주전자가 있다. 이것이 바로 차탕의 찻주전자, '차탕호茶湯壺'다. '용취대차탕호龍嘴大茶湯壺'라고 부르는 차탕호는 주전자의 주둥이가 용의 머리 모양으로 되어 있고 용 머리에는 선홍색 실로 만든 방울 두 개가 장식으로 달려 있다. 아주 정교하게 만들어져 수 대에 걸쳐 전해져 내려온 것이라서 이에 대한 주인의 자부심이 대단하다. 나는 차탕이 뭐가 맛있는지 잘 모르겠다. 기장 쌀의 향내가 좀 나는데 그저 그렇고, 호두, 청매, 건포도, 청홍실* 같은 여러 가지 재료를 넣고 '팔보**차탕'이라고 부르는 차탕도 그저 그렇다. 하지만 북경 사람들과 천진 사람들은 차탕을 아주 좋아한다. 나는 그들이 차탕을 어떻게 느끼고, 왜 좋아하는지 이해할 수가 없으니 그저 아주 오랜 시간 동안 쌓여온 일종의 문화라고 말할 수밖에 없다. 면차는 끈적한 죽 같은 형태로 연한 노란색을 띤다. 한 그릇 가득 떠서 깨소금을 뿌린 다음 두 손으로 받쳐들고 가장자리에 입을 대고 돌려가며 마신다. 면차는 숟가락이나 젓가락을 쓰지 않고 그릇을 돌려가며 마신다. 면차 역시 뭐가 맛있는지 알 수가 없다. 깨소금의 고소한 맛이 조금 느껴지지만 이 또한 그저 그런 맛이다.

면차를 만드는 솥은 면차 전용으로 쓴다. 절대 면차 외의 다른 것을 요리할 때는 쓰지 않는다. 그래서 북경 사람들은 면차 솥에다 온갖 것을 다 집어 넣어 끓이는 상상을 한다. '면차 솥 속에 찹쌀단자를 넣어 끓이다'라는 말은 곧 '머저리 같은 놈'을 뜻한다.

나는 곤명에 있는 중학교에서 아이들을 가르친 적이 있다. 서남 연합대학에서 운영하는 중학교였는데 동창 두 명이 스스로 교장과 교무주임이라고 생각하며 학교 일을 하였다. 다른 교사들도 모두

---

* 청홍실(청홍사靑紅絲). 귤피, 무 등을 채를 썰어서 식용 색소로 물들인 다음 설탕에 재었다가 말린 것. 월병이나 팔보밥 등에 넣는다.
** 팔보(八寶). 여덟 가지 재료 또는 그 밖의 많은 재료로 만든 것을 말한다.

서남연합대학의 동창들이었다. 학교는 늘 경비가 부족했다. 학기 초에 학생들한테 조금씩 걷은 학비는 금방 바닥나고 교장과 교무주임은 교사들 월급 때문에 밤잠을 설쳤다. 두 사람은 사방으로 알아보았지만 겨우 쌀을 조금 살 수 있는 정도밖에 되지 않았다. 쌀 살 돈을 구했으니 밥은 해결되었다. 반찬은, 정말 미안한 일이지만, 모두 들에 나가 나물을 캐는 것으로 해결되었다. 명아주, 비름, 댑싸리 같은 나물을 캐서 기름 한 방울 떨어뜨린 솥에다가 와르르 쏟아부으면 반은 익고 반은 날것 그대로인 나물 반찬이 만들어진다.

가끔 교장과 교무주임이 시내에 가서 돈을 구해 교사들에게 조금씩 지급하겠노라 말해 놓고 정작 돌아올 때는 빈손일 때가 있다. 그러면 화가 난 교사들이 두 사람을 머저리 같은 놈들이라고 욕을 하는데, '면차 솥에 공을 끓인다'라는 말을 한다.

하나는 면차 솥에 쇠공을 끓이고
(머저리 같은 놈이 결국은 솥을 깨는구나.)
다른 하나는 면차 솥에 고무공을 끓이고 있네.
(머저리 같은 네 놈 때문에 내 속이 답답해 죽겠다.)

쇠공이고 고무공이고 간에 면차 솥에다가 공을 끓일 수 없는 것은 당연한 일이고, 교사들은 자신들도 어쩔 수 없는 상황인 것을 아는지라 그저 이렇게 빗댄 말로 화풀이를 하는 것이다.

만약에 그냥 '면차'라고 말하면 '혼동되다'라는 뜻이 된다.

맛좋은 삶

여행과 음식

몽고에서는 말을 타고 초원을 여행할 때

아무것도 없이 양다리 한 짝만 메고 여행을 한다

해가 뉘엿뉘엿해지고 몽고 파오가 보이면 말을 멈춰 그곳에 머무른다

주인은 여행자가 메고 온 양다리를 받고 나서 바로 양을 또 한 마리 잡는다

여행자는 배불리 먹은 다음 주인의 가족들과 같은 파오 안에서 푹 잠을 잔다

이튿날이 되면 주인은 여행자에게 어제 잡은 새로운 양다리 한 짝을 내어 준다

여행자는 계속 초원을 여행한다

집으로 돌아갈 때는 벌써 몇 번이나 바꾸었는지 모르지만

여전히 양다리 한 짝을 메고 집으로 돌아간다

곤명요리 。

이 글은 외지 사람들을 위해 쓴 글이지 곤명 사람들에게 보여주기 위해 쓴 것이 아니다. 아무려면 내가 곤명 사람들에게 곤명의 요리를 소개하는, 그런 우스운 글을 쓰겠는가! 어쩌면 나 스스로 보기 위해서 적어 놓는 글일 수도 있다. 곤명을 떠난 지 40년이 된 지금도 곤명에서 먹던 음식들이 잊히지가 않으니 말이다.

곤명의 요리는 참으로 특색이 있다. 곤명이 속해 있는 운남 지역의 요리는 중국의 8대 요리에는 들어가지 않지만 말이다. 많은 사람이 곤명요리를 사천요리에 가깝다고 알고 있지만 사실은 아주 다르다. 사천요리의 특색은 저린 맛과 매운 맛이다. 사천요리는 비현 두반장과 고추, 김치를 넣고, 거기다가 대량의 산초, 그것도 반드시 사천 지역에서 생산한 산초를 넣어서 만든다. 호남이나 강서 지역처럼 매운 음식을 좋아하는 지역은 많지만 사천처럼 그렇게 산초의 저린 맛을 좋아하는 지역은 드물다. 곤명요리는 사천요리처럼 그렇게 저리고 매운 맛이 아니다. 대체적으로 사천요리는 진하고 강렬한 맛, 곤명의 요리는 담백하고 순한 맛이라 할 수 있다. 사천요리는 복잡한 양념으로 맛을 내고 곤명 요리는 재료 본연의 맛을 중시한다. 사천의 '괴미계怪味鷄 찜닭'과 곤명의 '기과찜닭*'을 비교해 보면 두 지역의 차이를 쉽게 알 수 있다.

기과찜닭

중국 사람들은 닭을 제대로 먹을 줄 안다. 광동의 염국계鹽焗鷄 찜닭, 사천의 괴미계 찜닭, 상숙常熟의 화계花鷄 닭구이, 산동의 작팔괴炸八塊 닭튀김, 호남의 동안계東安鷄 닭볶음탕, 덕주德州의 배계扒鷄 닭구이……. 만약에 전국의 각종 요리법으로 만들어진 닭을 다 모아 놓고 시합을 벌이면 어떤 닭이 금메달을 딸 것인가? 나는 당연히 곤명의 기과찜닭이라고 생각한다.

이토록 독창적이고 특색 있는 요리법은 누가 생각해 냈을까? 짐

---

* 기과찜닭(기과계汽鍋鷄). 기과 찜기에 닭고기와 갖은 재료를 넣어 찜통에 쪄낸 것이다. 밑의 찜통에서 기과 찜기 속으로 올라온 수증기가 다시 새어나가지 않도록 기과 찜기 겉에 밀가루 반죽을 붙여 찌기 때문에 재료에서 우러나온 탕국물이 찜기 속에 흥건하게 고인다.

맛 좋은 삶

작하건대 먼저 기과汽鍋 찜기가 만들어졌을 것이고 그 후에 이 요리법이 탄생했을 것이다. 기과 찜기는 건수建水에서 생산한 것이 제일 좋다. 지금은 강소江蘇의 의흥宜興처럼 그릇을 만드는 곳이라면 전국 어디서든 다 만들지만 어쩐지 건수가 아닌 다른 지역에서 생산한 찜기라면 맛이 덜할 것 같다. 그냥 나의 편견이겠지만 말이다. 기과찜닭을 만드는 기과 찜기가 원래 건수에서 만들어진 것이니 곤명의 기과찜닭의 요리법도 건수에서 전해져 온 것일지도 모르겠다.

예전에 금벽로의 서쪽에서 가까운 정의로에 기과찜닭을 전문적으로 파는 식당이 하나 있었다. 상호는 잘 모르지만 식당 입구에 '정기보양'이라고 쓴 현판이 걸려 있었다. 이 현판 때문에 모두들 이 식당을 그냥 '정기보양'으로 불렀다. 곤명 사람들 사이에서 "오늘 정기보양 좀 합시다"라는 말은 곧 기과찜닭을 먹으러 가자는 말로 통했다. '정기보양'의 닭은 아주 연해서 맛이 좋았는데 그 맛이 한결같았다. 식당을 나오면서 "오늘 닭은 별로 좋지 않았어"라고 말한 적이 한 번도 없었다. 정기보양 식당에서는 기과찜닭을 무정武定의 장계牡鷄 닭으로 만든다고 한다. 닭이 살집이 없으면 고기가 뻣뻣하기 마련이고, 너무 살이 쪄도 맛이 없는 법인데 무정의 장계 닭은 살집이 좋으면서도 맛이 있다. 기과 찜기의 뚜껑을 열면 맑은 국물에서 진한 향이 훅 끼쳐 온다.

지금은 '정기보양' 식당이 없어졌다고 한다. 그리고 다른 식당들은 무정 장계닭을 사용하지 않고 아무 닭이나 가져다 기과찜닭을 만드는지 그때의 그 맛을 내지 못한다.

'정기보양' 식당의 그 맛을 되살리려면 무정 장계닭으로 다시 만들면 될 터인데 그것이 그렇게 어려운 일이란 말인가?

곤명의 닭토막수육도 아주 맛있다. 옥계가玉溪街에서는 만두를 파는 좌판에서 물이 끓고 있는 구리 솥 위에 석쇠를 하나 올리고, 그 위에 통째로 익힌 닭을 두세 마리 올려 놓고 판다. 얼마큼 달라고 하면 바로 토막으로 잘라서 작은 접시에 담아준다. 곤명 사람들은 닭토막수육을 '양계凉鷄'라고 부른다. 나는 그 좌판에 술 한잔을 마시러 자주 갔었다. 내가 좌판 앞에 놓여 있는 등받이가 없는 긴 의자에 앉아서 술을 마시고 있으면 그걸 보고 "앉아서 좋은 기회를 놓치고 있구나"*라고 말하는 동창이 있었다. 옥계가에서 파는 닭은 옥계닭이라고 한다.

화산남로와 무성로武成路의 경계에 '영시춘映時春'이라는 식당이 있다. 영시춘은 닭기름구이를 정말 잘한다. 큼직큼직하게 잘라서 구운 닭을 열두 치 정도 되는 큰 접시에 층층이 쌓아서 담는다. 닭기름구이는 산초 소금을 찍어 먹는다. 스물 댓 살 가량 되는 일고여덟 명이 서너 쪽씩 먹으면 닭기름구이 한 접시가 순식간에 사라진다. 이렇게 맛있는 닭을 먹는 것도 삶의 즐거움 중에 하나다.

옛날 곤명에서는 오계**닭고기 장수들이 둥근 찬합을 팔에 걸고 골목마다 돌아다니며 "오계닭고기 사려-"를 외쳤다. 닭똥집, 닭간

---

* 좌식양계(坐食凉鷄, 앉아서 양계를 먹다.)와 좌실양기(坐失良機, 앉아서 좋은 기회를 놓치다.)의 중국어 발음이 비슷하다.

** 오계(燻鷄), 소금에 절인 닭고기를 갖은 양념을 한 물에 삶아서 공중에 매달아 식힌 것. 닭 한 마리를 통째로 하거나, 닭발, 닭내장 등 부위별로 만든다.

같은 것은 북경의 과일 엿꼬치처럼 대나무 꼬치에 꿰어서 팔고, 닭 창자는 콩소시지처럼 둘둘 말아진 것을 즉석에서 필요한 만큼 잘라서 판다. 쫄깃하고 맛이 있다. 가격도 싸서 차를 마시면서 먹거나 술안주로 먹는 묘품妙品이라고 할 수 있다. 그런데 곤명의 이런 간식들이 지금은 없어져 버린 것 같다. 옛 곤명에 대해서 이야기를 하자니 전부 맹원로孟元老의《동경몽화록》의 내용과 겹치는 것 같다.

햄

　운남의 선위 햄과 절강의 금화 햄은 둘 다 아주 유명해서 어느 것이 더 좋다고 말하기는 어렵다. 금화 햄은 햄의 종류와 품질의 단계가 금화 햄을 알고 있는 사람 수만큼 많다. 금화 햄 중에 아주 고급 햄에 속하는 '설방장雪舫蔣'은 대나무 잎으로 훈제한 햄이라 '죽엽 햄'이라고 부른다. 선위 햄은 금화 햄처럼 여러 종류로 구분하지 않고 그냥 다 선위 햄이라고 부른다. 선위 햄은 선위 지역 내에 있는 각 가정에서 만든 햄을 곤명에 있는 판매처를 통해 판매하는 것이라고 한다. 예전에 정의로의 패방 동쪽에 있었던 햄 가게는 돼지 뒷다리를 통째로 만든 햄뿐만 아니라 부위별로 잘라진 햄, 햄뼈, 햄기름도 팔았다. 하지만 다른 지역의 햄 가게에서는 햄뼈나 햄기름을 사기 어려운 것 같다. 금화 햄을 파는 상해의 남화점南貨店에서도 족발햄은 가끔 파는 것을 보았지만 햄기름은 보지 못했다. 따로 판다는 소리도 들어본 적이 없다. 햄뼈로 탕을 끓이거나 햄기름을 넣고 두부찜을 하면 틀림없이 맛이 기가 막히게 좋을 것인데 왜 그런지 모르겠다.

햄은 주로 맛을 내기 위한 부재료로 쓴다. 그냥 다른 재료 없이 햄을 주재료로 요리하는 것은 찜통에 쪄서 편으로 썰어 먹는 방법, 이것 하나뿐인 듯 하다. 예전에 햄꿀찜이라고 있었는데, 이 맛을 맛이 있다고 해야 할지 맛이 없다고 해야 할지, 나는 도무지 모르겠다. 금화 햄 중에는 돼지 뒷다리를 부위별로 나누어서 만든 햄도 있다. 뒷다리 살을 위에서부터 유두油頭, 상요上腰, 중요中腰 부위로 나누고 중요 아래부터 발톱 부분까지를 각조脚爪라고 한다. 곤명 사람들은 족발 부분의 햄을 좋아하는데 '엽전햄편육'이라고 부른다. 이 햄을 편으로 썰면 동그란 엽전처럼 가운데 살코기가 중심에 있고 살코기 주위에 기름진 부분이 둘러져 있으며 기름진 부분 바깥에 다시 얇은 껍질이 한 겹 둘러 있는 모양이 만들어진다. 대서문大西門 바깥으로 가면 규모가 크지도 않고 그리 정갈하지도 않지만 음식 종류도 많고 엽전햄편육을 항상 먹을 수 있는 곤명 식당이 있다. 이 집은 마바리꾼들이 주로 드나드는데 마바리꾼들이 제일 좋아하는 것이 바로 이 엽전햄편육이다. 그들은 식당 문을 열고 들어서자 마자 메뉴판은 볼 생각도 하지 않고 "엽전햄편육 한 접시 썰어 주시오" 하고 엽전햄편육을 먼저 주문한다.

소고기

내 평생에 곤명의 소고기처럼 맛있는 소고기를 먹어 본 적이 없다.

곤명의 소고기 전문 식당은 메뉴가 소고기 한 가지만 있다는 것이 특징이다. 다른 고기나 채소 요리가 없는 것은 물론이고 밥이나 술도 밖에서 사가지고 와야 한다. 내가 아는 곤명의 소고기 전문식당은 세 곳이다. 한 곳은 대서문 바깥 쪽, 봉저가에 있는데 서남연합대학에서도 아주 가까워서 자주 갔던 곳이다. 나는 이 식당에서 소고기를 먹고 비로소 소고기를 '먹을 줄 알게' 되었다. 또 한 곳은 소동문小東門에 있고, 소서문小西門 바깥에 있는 마가우육관馬家牛肉館은 내가 알고 있는 소고기 전문식당 세 곳 중에서 제일 큰데 식당 아래위층에 좌석이 수십 개다. 소고기 전문식당의 소고기는 부위별로 나누어 판다. 제일 흔하게 볼 수 있는 것이 수육과 수육전골이다. 수육은 소고기를 삶아서 얇은 편으로 썰고 접시에 가지런하게 담아 단간장에 찍어 먹는다(단간장은 곤명에만 있는 간장인 것 같다.). 수육전골은 수육에다 펄펄 끓는 육수를 부은 것이다. 수육과 수육전골의 고기는 모두 아주 부드럽지만 모양이 흐트러지지 않는다. 수육전골에 쓰이는 수육은 소 반 마리를 통째로 넣고 삶는다고 하는데 나는 믿기가 조금 어려웠다. 어디 그렇게 큰 찜통이며 큰 솥이 있단 말인가? 하지만 고기를 자르기 전에 삶아진 소고기 덩어리를 보면 덩어리가 정말 크기는 컸다. 소고기를 이렇게 부드럽게 삶으려면 불 조절을 아주 잘해야 하는데, 듣기로는 하룻밤을 꼬박 삶는다고 한다. 곤명에서 '홍소우육紅燒牛肉'이라 하면 다른 지역처럼 간장을 넣고 조린 '소고기간장조림'을 말하는 것이 아니라, 그냥 붉은 연지 빛깔로 물들인 소고기가 들어 있는 맑은 소고기국을 말한다. 곤명의 홍소우육은 양지나 힘줄이 달린 사태 같이 질긴 부위의 고기를 작게 잘라서 만든다. 국물 속의 홍소우육은 소고기 수육과는 다른 특별한 맛이 있다. 그리고 소고기의 특수 부위도 별도로 파는데 부위의 명칭이 다른 지역과 다르기 때문에 소고기를 '먹을 줄 모르는' 사람들은 그것이 무엇인지 알아듣지 못한다. 예를 들면 소의 위장인 천엽은 '간의 옷깃'이라고 부르고, 소의 혀인 우설은 '풀을 감아 올리는 것'이라고 부른다. 많은 지방에서 우설 부위를 말할 때 '혀, 설舌'자를 쓰기를 꺼려 하는데 그것은 '설舌'의 발음이 '좀먹을, 식蝕'자와 같기 때문이다. 무석의 식당, 육고천陸稿薦에서는 돼지 혀 부위를 이윤이라는 뜻의 '잠두賺頭'라고 바꿔 부른다. 또 광동 지역 식당에서는 우설을 '우리牛脷'라고 해서 '혀, 설舌' 대신에 '혀, 리脷'자를 쓴다. '이로울, 리利'자에다가 '고기 육肉'의 부수를 붙여서 고기임을 나타낸 것이다. 이 모든 것이 '좀먹을, 식蝕'자를 떠올리지 않고 우설 부위임을 알 수 있으면서 뜻이 상서로운 글자로 바꾼 것이다. 하지만 곤명에서 우설 부위를 뜻하는 '요청撩青'은 다른 지역에서 들어본 적이 없다. 요청은 '풀을 감아 올리는 것'이라는 뜻인데 이것도 조금만 생각해 보면 일리가 있는 말이다. 소가 풀을 먹을 때 혀로 감아 올려 입 속에 넣지 않는가? 그렇긴 해도 이 말을 들었을 때 얼른 '소의 혀'를 떠올리기는 어렵다. 곤명의 소고기 전문 식당에는 또 '굵은 힘줄' 고기가 있다. 한번은 여학생과 함께 갔다가 그녀가 "이건 뭐죠?"라고 묻는 바람에 아무 말도 못했다. '굵은 힘줄' 고기는 바로 소의 음경 부위다. 곤명에서

맛좋은 삶

탕으로 만든 굵은 힘줄 고기를 정말 많이 먹었다. 소고기 전문 식당은 다른 다양한 요리를 같이 주문해서 먹을 수는 없지만 소고기탕이 정말 맛있어서 소고기탕 때문에 일부러 찾아 가는 식당이었다.

곤명의 소고기 전문 식당의 소고기는 모두 황우이고 송아지를 쓴다. 늙거나 폐기처분을 해야 하는 불량 소고기는 쓰지 않는다.

소고기 전문 식당에서 먹는 밥 한 끼의 비용은 일반적인 작은 식당보다도 싸다. 거기다 맛까지 좋으니 정말 실속 있는 식당이라 할 수 있다.

마가우육관에 가면 종종 큰 법랑 쟁반 위에 작은 반찬 접시들을 올려서 들고 있는 사람을 볼 수 있다. 염교, 마늘장아찌, 생강절임, 삭힌 고추 등 일고여덟 가지의 반찬이 있는데 모두 싸고 입맛을 돋우는 반찬들이다.

곤명에는 길쭉하게 잘라서 소금에 절여 말린 소고기 육포도 있다. 작은 식당에 가면 소고기 육포를 볶아서 준다. 하지만 육포는 불에다 요리하지 않고 그냥 먹어도 되기 때문에 마바리꾼들이 길을 떠날 때 항상 육포를 챙겨서 가지고 간다고 한다. 칼로 얇게 썰어서 술안주나 밥반찬으로 먹기에 좋다.

찜 요리

곤명에는 찜 요리도 많다. 정의로에 가면 오래된 찜 요리 식당이 하나 있다. 닭찜, 갈비찜, 고기찜 같은 것을 직경이 반 자도 안 되는 작은 대나무 찜기에 넣어 찐다. 작은 찜기들을 층층이 겹쳐 올려 몇십 개의 찜기가 하나의 탑처럼 쌓아 올려져 있다. 커다란 찜솥 안을 들여다 보면 이런 찜기 탑이 몇 개씩 들어가 뜨거운 김을 뿜어내고 있다. 노글노글하게 쪄낸 찜 요리는 아주 부드러워서 닭찜은 뼈까지 씹힐 정도다. 또한 찜기 바닥에는 흔히 쓰는 고구마, 감자 무 같은 것이 아니라 쥐엄나무 열매인 '조각'을 깐다. 쥐엄나무 열매라면 나도 아는 것이다. 우리 고향에서는 소녀들이 수를 놓을 때 쥐엄나무 열매로 자수실에 광택을 더한다. 나는 쥐엄나무 열매가 먹을 수 있고, 게다가 맛까지 이렇게 좋은 것인 줄은 미처 알지 못했다. 모양도 옥처럼 투명하고 깨끗해서 아주 예쁘다. 이렇게 많은 찜 요리를 하려면 도대체 얼마나 많은 조각이 있어야 하는지, 또 그만큼의 조각이 나오려면 얼마나 많은 쥐엄나무에서 얼마나 많은 열매를 따야 하는 것인가!

옥계가에 있는 찜 요리 전문 식당에는 '양瓤 호박찜'이라는 요리가 있다. 작은 풋호박 속을 파낸 다음 그 속에 고기를 넣어 찐 요리인데 아주 색다른 것이었다. 곤명 외에도 많은 지방에 이름이 '양瓤'으로 시작하는 요리가 있다. '양瓤 동과찜', '양瓤 가지찜'처럼 '양瓤 무슨무슨 찜'하면 모두 속에 고기를 채워 넣고 찐 요리를 말한다. 북경으로 와서 '양瓤 호박찜'을 만들어 보았지만 옥계가에서 먹었던 그 맛과는 달랐다. 아마도 옥계가의 찜 요리 식당에서는 다른 찜 요리와 같이 한 찜솥에서 쪄내기 때문인 것 같다. 온갖 다른 재료들, 닭, 돼지갈비, 뼈, 고기 등에서 나오는 증기가 양甑 호박찜의 찜기에도 스며들어와 섞이기 때문에 호박 안의 고기에 호박의 향이 배어나고 겉의 호박에도 고기 맛이 배어 드는 것 아닐까? 아마도 그래서 더 맛있어지는 것 같다. 그냥 찜솥에 '양甑 호박찜' 하나만 넣고 찌면 이렇게 풍부한 맛이 나지 않는다.

버섯

친구 하나가 곤명에 회의가 있어 간다고 한다. 곤명에 가거든 반드시 버섯을 맛보고 와야 한다고 말해 주었다. 그는 곤명에 사는 친구 집에 묵었는데 버섯을 온갖 종류로 다 먹어 보았다고 했다. 북경에 돌아와서 나를 보자마자 하는 말이 "정말 좋더군!"이었다.

계종버섯은 버섯의 왕이다.

지난달 곤명에 사는 동창 하나가 북경에 올라왔는데 계종버섯이 부민富民 지역에서도 난다는 말을 해 주었다. 곤명에서 회의할 때 부민에서 계종버섯을 한 트럭 실어 와서 실컷 먹었다는 것이다. 계종버섯이 다른 지역보다 부민 지역에서 좀 더 많이 나는 모양이다.

기와버섯, 소간버섯, 간파버섯, 꾀꼬리버섯 등 다른 글에서 이미 이야기한 것을 또 이야기하지는 않겠다. 곤명의 버섯은 모두 생으로 먹기에 좋다. 하지만 멀리까지 운송하기 위해서 계종버섯은 버섯기름으로 만들고 간파버섯은 말려서 보내는데, 이렇게 하면 자연히 버섯 맛이 떨어진다.

우유부채와 우유떡

곤명의 우유부채*는 우유 피막을 말린 것이고, 우유떡은 바로 우유두부**를 말한다. 이런 유제품들은 원대에 몽고의 군대가 운남 지역으로 전파한 것이 아닐까 하는 생각이 자꾸 든다. 하지만 몽고 사람들은 유제품을 우유차와 곁들여 먹는데, 운남에서는 밥반찬으로 먹는다. 우유부채와 우유떡은 그냥 재미로 먹으면 모를까 반찬이 전혀 안 될 텐데 말이다.

계란볶음

이 세상에 계란볶음이 없는 곳은 없다. 하지만 곤명의 계란볶음처럼 부드럽게 부풀어 오른 계란볶음은 없다. 후라이팬을 흔들거나 뒤집개를 쓸 필요도 없이 그냥 한 번 뒤집어서 꺼내면 되는데, 뜨거울 때 상에 올리면 솔솔 풍기는 맛있는 냄새에 침이 고인다.

토마토계란볶음은 토마토를 살짝 익힌다. 그래야 토마토 향이 살고 무르지 않기 때문이다. 계란은 크게 볶아낸다. 그래야 먹을 만하다. 곤명의 토마토계란볶음은 계란과 토마토가 잘 어우러지고 색깔도 아주 선명하다. 아무렇게나 뒤섞어서 볶아낸 북방의 토마

---

* 우유부채(유선乳扇). 우유를 가열할 때 표면에 생기는 단백질, 지방, 유당이 농축 응고된 얇은 막을 걷어서 말린 것을 말한다.
** 우유두부(유병乳餠). 몽고의 치즈를 가리키는 말이다.

맛 좋은 삶

토계란볶음과는 다르다.

영시춘에는 '눈꽃계란볶음'이 있다. 돼지기름을 두르고 계란 흰자를 풀어 약한 불에다 익힌 것이다. 계속 저어가면서 돼지기름이 계란 흰자에 배어 들어가도록 한다. 돼지기름과 계란의 어우러져 마치 생선의 곤이처럼 부드럽다. 하얗고 윤기가 나는 눈꽃계란볶음은 입에 넣는 순간, 씹고 맛보기도 전에 진정 최고임을 알 수 있게 된다. 영시춘에는 계화꽃계란볶음도 있다. 이것은 계란 노른자를 사용하여 눈꽃계란볶음과 같은 방법으로 만든다. 둘 다 살코기 햄을 다져서 위에다 뿌리는데 너무 많이 뿌리면 계란 맛을 덮어버리기 때문에 햄을 많이 뿌리면 안 된다. 나는 이런 계란 요리법을 타지역에서 본 적이 없다. 북경에 와서 나도 이런 방식으로 계란볶음 요리를 한 접시 만들어서 손님에게 대접한 적이 있다. 허풍을 좀 떨면서 "이것은 곤명식으로 만든 것입니다"라고 말했더니, 손님이 맛을 보고는 "훌륭하군! 훌륭해!" 하면서 사방에 소문을 내고 다녔다. 사실 내가 만든 것은 눈꽃계란볶음도 계화꽃계란볶음도 아니었다. 솔직히 말하자면 산동의 '가짜게살볶음'*에 더 가까운 것이었다.

채소볶음

원자재의《수원식단》을 보면 '채소볶음에는 고기기름을 써야 하

---

* 가짜 게살볶음. 새방해(賽螃蟹) 혹은 가방해(假螃蟹)라고 한다. 계란과 생선살을 가지고 마치 게의 하얀 살과 노란 알처럼 볶아 낸 요리를 말한다.

고 고기볶음에는 채소기름을 써야 한다'라고 되어 있다. 이는 정말 맞는 말이다. 곤명의 채소요리는 모두 돼지기름을 쓴다. 곤명의 채소 볶음이 맛있는 이유는 신선한 재료에, 기름을 많이 넣고, 센 불에서, 간장을 남용하지 않고, 채소에서 물이 나오지 않게 잘 볶았기 때문이다. 또한 뚜껑을 덮지 않고(식당에서 채소볶음을 만들 때는 대부분 뚜껑을 덮지 않고 볶는다.), 혹은 뚜껑을 덮고 볶는다 해도 아주 잠깐 동안만 덮는 방식으로 볶는다. 이렇게 볶아진 채소는 본연의 맛을 잃지 않고 색도 변하지 않아서 방금 밭에서 따온 것처럼 보인다.

북경에서 채화菜花라고 부르는 꽃양배추*를 곤명에서는 야화채椰花菜라고 부른다. 북경에서는 꽃양배추를 볶을 때 먼저 살짝 끓는 물에 데친 다음에 볶는데, 사실 이렇게 볶느니 차라리 물을 더 붓고 버터를 넣어서 서양식 수프를 만드는 것이 낫다. 곤명에서는 꽃양배추를 볶을 때 데치지 않고 바로 볶기 때문에 꼬들꼬들하면서도 깔끔하다. 여기다가 햄까지 넣으면 더욱 훌륭해진다.

옥수수볶음은 곤명에만 있다. 매년 북경에 햇옥수수가 날 때면 나는 늘 옥수수를 사다가 옥수수알만 떼어 내어 다진 돼지고기 살코기를 넣고 볶아 먹었다. 친척이나 친구들이 놀러 와서 보고는 "옥수수도 이렇게 반찬으로 만들어 먹나?" 하며 처음에는 다들 이상하게 생각한다. 하지만 한두 젓가락 먹어 보고 나면 모두 입을 모아 "맛있다"라고 말한다. 옥수수볶음은 만드는 법이 아주 쉬워서 지인

* 꽃양배추(채화菜花). 우리나라에서는 콜리플라워라고도 부른다.

맛좋은 삶

들 사이에 금세 알려지게 되었다. 한번은 서남연합대학 동창 하나가 친구들을 집으로 초대했는데 그가 모두에게 "오늘은 곤명요리가 있습니다" 하고 큰소리치며 내온 요리가 바로 옥수수볶음이었다. 그런데 묵은 옥수수에, 고기도 너무 많이 넣고, 간장을 퍼부어 물이 흥건한 옥수수볶음이지 않은가! 나는 "곤명 사람들하고 싸우고 싶을 때 이렇게 옥수수를 볶아주면 되겠구먼"이라고 말해 주었다.

곤명을 떠나기 전에 주덕희와 식당에 가서 돼지고기시금치볶음을 먹었다. 당시 얼마나 감탄을 했는지 지금도 잊히지가 않는다. 시금치는 연하고(북경 사람들은 마치 묘목처럼 길게 자란 시금치를 좋아하는데 정말 이해할 수 없다.) 기름도 충분하게 넣고 불도 일정하게 잘 조절해서 맛이 아주 좋았다. 시금치볶음은 최대한 뒤집개를 적게 써야 한다. 자꾸 뒤집다 보면 시금치의 색깔도 거뭇하게 변하고 떫은 맛이 난다.

순무장아찌·부추꽃양념장·가지초

곤명에서는 순무장아찌를 흑개[*]라고 한다. 원자재는 순무장아찌를 볶을 때 고기하고 볶아야 좋다고 했는데, 정말 그렇다. 순무장아찌는 고기와 함께 볶아야 제 맛이 난다. 나는 가끔 사람들과 어울려 곤명 식당에 가는데, 밥을 먹다가 중간에 반찬이 부족하다 싶으면 바로 돼지고기순무장아찌볶음을 추가로 주문한다. 이는 첫째,

---

[*] 흑개(黑芥). 운남 지역의 특산물. 순무에 소금, 장미 설탕 등을 넣어 발효, 숙성시킨 장아찌. 장미향이 난다.

빨리 만들 수 있고, 둘째, 짭짤한 밥도둑이어서 남은 밥을 다 먹어도 반찬이 모자라지 않을 것이기 때문이다.

부추꽃양념장은 곡정의 이름난 특산물이다. 이름은 부추꽃양념장이지만 가늘게 채 썬 무말랭이가 주재료다. 중국 장아찌들 중에서 '신품'에 속하는 장아찌라 할 수 있다. 원재료 값은 얼마 안 되는데 상품 가격이 무척 비싸다. 아마도 제조하는 데 품이 많이 들어서그런 것 같다. 부추꽃양념장은 곤명의 일반 가정집에서 집집마다직접 담가 먹는다. 북경에서 양고기훠궈를 먹을 때 찍어 먹는 '부추꽃양념장'과 이름이 같지만 실제로는 다른 것이니 북경 사람들은오해하지 말기를 바란다.

가지초는 가지를 가늘게 채를 썰어 말린 후에 항아리에 담아 발효, 숙성시킨 것이다. 나는 가지초가 고대의 '저菹'에 속하는 것이아닐까 하는 생각이 강하게 든다. 곽말약郭沫若이 김치라고 생각했던 '저菹'라는 음식 말이다. 《설문해자》에서 '저菹'의 주석으로 '신맛이 나는 채소, 초채酢菜'라고 설명해 놓았는데, 내 생각에는 틀림없이 가지초와 같은 종류인 것 같다. 중국에서 '초酢'가 이름에 붙은 밑반찬으로 호남의 '고추초'도 있다. '초酢'는 '술, 유酉'가 부수로들어가 있는데 중국의 고서에서 '술, 유酉'가 부수인 글자들을 보면모두 '술'과 관련되어 있다. 가지초와 고추초를 보면 술처럼 발효되어서 먹을 때 술 냄새가 난다.

곤명의 과실。

배

　내가 처음 곤명에 갔을 때 막 도착해 보니 온 거리에 보주寶珠배가 넘쳐났다. 보주배는 구슬처럼 동그란 모양이라서 이름에 '구슬, 주珠' 자가 들어가는 것 같다. 진한 녹색 껍질 속의 과육이 연하면서도 사각사각하다. 달고 과즙도 많아 배 중에서도 상품上品에 속한다. 나는 하북의 압리鴨梨 배, 산동의 채양萊陽 배, 연태煙台의 가리茄梨 배를 모두 먹어 보았는데 보주배의 맛은 다른 배들과는 확연히 다른 맛이다. 보주배는 보주배만 가지고 있는 특유의 맛이 있다. 하지만 운남에서만 나는 배이고 멀리 운송하기도 쉽지 않아 다른 지역 사람들은 보주배를 잘 모른다. 아마 이름도 들어본 적이 없을 것이다.

곤명에서는 배를 파는 방식이 아주 특이하다. 배를 근斤 수로 세어 팔지 않고 '십十' 단위로, 한 번에 10개씩 사야 한다. 3개, 5개, 이런 식으로 낱개는 팔지 않는다. 옛날에 셈을 할 줄 모르는 배 장수들이 낱개로 팔면 얼마를 받아야 할지 몰라 그랬다고 하는데, 글쎄, 정말 그런 것 같지는 않다. 그저 옛날부터 내려오던 일종의 습관 같은 것이 아닐까? 보주배는 크기가 다 비슷해서 너무 크거나 너무 작은 것이 없다. 열 개씩 가격을 매겨도 각 묶음의 가격 차이가 나지 않아 합리적이다. 그 당시 젊고 식욕이 왕성했던 나와 내 친구들이 배를 열 개씩 사서 한 번에 먹어 치우는 것은 일도 아니었다. 지금 곤명에 가면 배를 파는 방식이 바뀌어서 아마 저울에 달아 근 수를 세어서 팔 것이다.

그리고 또 곤명에는 '화파火把'라고 부르는 횃불배가 있다. 북방지역에서는 '홍초紅綃'라고 부르는 배다. 보통은 껍질이 노란색 바탕에 붉은 빛이 도는데 어떤 것은 전부 붉은색으로만 되어 있는 횃불배도 있다. 횃불배가 주렁주렁 달려 있는 나무에 태양이 비추면 꼭 작은 횃불들이 나무 위에서 타오르는 것처럼 보인다. 횃불배는 그 맛이 보주배의 발 뒤꿈치도 못 따라온다. 무척 시다! 하지만 횃불배도 먼 길을 갈 때는 몇 개씩 가지고 간다. 중간에 쉴 때 씹으면서 갈증을 없앨 수 있기 때문이다.

언젠가 한 번은 친구들과 말을 빌려 타고 금전金殿에 가던 길에 횃불배를 샀다. 말에서 내려 열 개를 샀는데, 뒤따라오던 말 주인도(곤명에서 말을 빌리면 말 주인이 말 뒤에 바싹 붙어서 따라온다.) 열 개를 사더니 그 배를 말에게 주는 것이 아닌가? 우리는 사람이 먹으려고 산 바로 그 배를 말이다. 말 주인이 배를 손바닥에 올려 놓으니 말이 입술을 움직여 배를 물어 아삭아삭 씹기 시작한다. 말은 배를 씹으면서 머리를 흔드는데 배가 아주 맛있어서 그러는 것처럼 보였다. 나는 그때까지 말이 배를 먹는 것을 한 번도 본 적이 없었다. 배 먹는 말을 본 사람도 적겠지만 배를 먹어 본 말도 그리 많지는 않을 것 같다.

석류

석류들 중에서는 하남 지역의 석류가 유명하다. 하남의 석류를 두고, 북위北魏 시대부터 '백마사白馬寺의 석류 한 알은 소 한 마리 값과 맞먹는다'라는 말이 전해져 내려온다. 나는 북경에서 하남 석류를 먹어 보았는데 그 명성만큼 대단하지는 않은 듯했다. 석류 알도 작고, 색도 별로 좋지 않고, 맛도 밍밍했다. 그런데 곤명 의량宜良의 석류와 비교해 보니 하남 석류는 내가 생각했던 것보다 훨씬 더 형편없는 것이었다. 의량 석류는 과실의 크기가 크고 쩍쩍 갈라진 틈 안의 석류알도 아주 굵고 달다. 색깔도 붉은 루비 보석과도 같다 (아주 진귀한 루비 보석 중에 이름이 '석류알'인 것이 있다.). 어릴 적에 석류를 먹을 때면 '가도賈島의 시는 작은 송사리를 먹는 것과 같다'라고 한 소동파의 말이 생각났다. 정말 석류야말로 송사리처럼 '열심히 먹어도 먹은 것 같지 않았기' 때문이다. 입안에 한 가득 석류 알을 넣어도 빨아먹을 수 있는 즙은 얼마 되지 않아 흡족하지가 않았다. 하지만 의량 석류는 정말 먹을 만했다. 아주 만족스러웠다.

곤명에는 백주에 담가서 만든 석류주가 있다. 연하게 붉은색을 띠고 투명한데, 단맛이 약간 나고 향기가 진하다.

왜 그런지 모르지만 곤명 사람들은 의량을 미량米良이라고 부른다.

복숭아

곤명의 복숭아는 씨와 과육이 분리되는 정도에 따라 이핵종과 점핵종으로 나뉜다. 크기가 어찌나 큰지 하나만 먹어도 배가 부르다. 여름방학 때 복숭아 철이 되면 아주 큰 것으로 이핵종 황도를 하나 사서 아침으로 먹었다. 봉숭아를 반으로 가르면 자색 씨와 노란색 과육이 보인다. 입 안에 가득 차던 향기로운 단맛, 그 단맛을 지금까지도 잊을 수가 없다.

양매

곤명의 양매楊梅는 알도 굵고 아주 달다. 색깔이 흑자색으로 검붉게 타오르는 숯덩이 같아서 '숯딸기'라고도 부른다. 양매를 파는 묘족苗族의 계집아이들은 생생한 초록색 나뭇잎을 하나씩 양매 밑에다 받쳐 놓는다. 그러면 양매의 붉은 빛이 더욱 선명하게 보여 수

십 보 떨어진 곳에서도 사람들의 눈길을 사로잡는다.

모과

여기에서 말하는 모과는 화남華南 지역의 번목과*를 가리키는 것이 아니다.

《사해辭海》에서는 모과를 다음과 같이 설명하고 있다.

모과. 식물명. 명사楙樝라고도 부른다. 장미과. 낙엽관목 또는 소교목. 수피가 비늘처럼 벗겨지며 흔적이 선명하다. 잎은 타원상 난형이며 잔톱니가 있다. 잎 표면에는 털이 없고 잎 뒷면에는 털이 있다. 늦은 봄이나 초여름에 꽃이 피는데 연한 붉은색이다. 과실은 10~15cm가 되는 타원형이고 옅은 황색이며 가을에 익는다. 맛이 시고. 떫으며 향기가 있다……

모과라면 우리 고향에도 있는 것이어서 내가 아주 잘 알고 있다. 해마다 여름의 뜨거운 열기가 가시고 국화꽃이 필 때, 게에 기름진 살이 오를 때, 바로 그때 시장에 모과가 나온다. 하지만 우리 고향에서는 모과를 먹지 않고 그저 향기를 맡는 용도로만 쓴다. 도자기 그릇에 담아서 서재 같은 곳에 두고 방 안의 향기를 좋게 하거나 그

---

* 번목과(番木瓜). 중국 남부 지방의 열대 과일 파파야를 가리킨다. 파파야와 모과는 중국어로 모두 목과(木瓜) 라고 부른다.

냥 손에 들고 이리 저리 보면서 감상하는 것이지 먹는 것은 아니다. 맛이 시고 떫은 것은 그렇다 쳐도 껍질과 과육이 단단해서 도무지 씹을 수가 없다. 나에게 있어 모과는 약재로 쓸 때나 먹는 것이지 과일이 아니었다.

그런데 곤명에 와서 모과도 과일로 먹을 수 있다는 것을 알았다. 곤명 사람들은 모과를 얇게 썰어서 물에다 담가두었다가(물 속에 뭘 더 넣는지는 모르겠다.) 원통 모양의 유리단지 안에다 넣어서 과일가게 계산대 위에 올려 두고 판다. 먹어 보았는데 약간 시고 떫지는 않았다. 아삭하고도 상큼한 것이 특별한 맛이었다.

중국 고대에는 모과를 과일로 먹었던 것 같다. 당대 이전의 시대는 모르겠고 송대宋代의 사람들이 모과를 먹은 것은 분명하다. 《동경몽화록》를 보면 '약목과藥木瓜'와 '수목과水木瓜'가 나온다. 《몽량록夢梁錄》에는 '푸른 색의 작은 모과를 편으로 썰어 데친 다음 향약香藥으로 쓴다. 혹은 설탕을 넣고 조려서 녹목과熝木瓜를 만든다.'라고 나와 있다. 《무림구사武林舊事》를 보면 〈과자果子〉 부분에 녹목과가 나오고, 〈양수凉水〉 부분에는 모과를 우린 물인 '목과즙木瓜汁'이 나온다. 곤명에서 녹목과를 본 적은 없지만 광동의 진피매陳皮梅나 온주溫州의 매강霉薑과 같은 정과 종류일 것 같다. 아마도 다른 약재와 섞어서 만들었기 때문에 순수한 모과 본연의 맛은 없을 것이다.

나는 곤명의 '모과 먹는 방법'을 전국에 알려 널리 보급해야 한다고 생각한다. 모과를 먹는 것은 하나의 문화유산으로서 가치가 있기 때문이다.

지과감자

지과는 감자이지 과일이 아니다. 하지만 비싼 과일을 사먹을 수 없는 가난한 학생들에게는 지과도 과일이라고 할 수 있다.

지과감자는 호남, 사천에서 양서涼薯(혹은 양서良薯)라고 부른다. 지과감자는 칼 없이도 껍질을 벗길 수 있어서 좋다. 줄기를 따라서 죽 벗겨내면 하얀 속살이 드러난다. 맛이 아주 달고 즙이 많아서 갈증을 해소할 뿐 아니라 배도 채울 수 있다. 하지만 옅은 흙내가 난다. 만약 흙내가 나지 않았다면 지과는 '땅에서 열리는 열매채소'라는 뜻의 '지과地瓜'의 이름에서 '지地' 자를 빼야 했을 것이다. 흙내를 맡으면 나는 어김없이 지과가 떠오른다. 곤명이 생각나고, 그 시절, 그 즐거웠던 나날이 떠오른다.

당근

한때 서남연합대학의 여학생들 사이에서 당근이 유행했다. 모두가 가난했던 그 시절에 여학생들도 가난과 배고픔에서 벗어날 수 없었기 때문이다. 곤명의 당근은 아주 맛있다. 연노란색이고 길이는 한 자 이상 된다. 아삭하고 단물(단즙)도 많은데 당근 특유의 향이 강하지 않다. 당근이 카로틴과 비타민 C의 함유량이 많아 몸에 좋다는 것은 잘 알려진 사실이다. 그런데 여기에다 당근에 함유된 미량의 비소가 얼굴의 노화를 방지한다는 말까지 돌기 시작하면서 당근을 먹는 여학생이 훨씬 더 많아졌다. 그녀들은 종종 당근을 한 묶음씩 사다 놓고 먹었다. 한 묶음이 열댓 뿌리 정도 된다. 그녀들은 크리스티나 로제티Christina Rossetti의 시나 브랜디 퍼디Brandy Purdy의 소설에 대해 이야기하면서 당근을 사각사각 씹어 먹었다.

호두엿

곤명의 호두엿은 말랑말랑하다. 북경의 도향촌에서 파는 호두강정이나 산초소금호두와는 다르다. 엿기름을 고아서 그릇에 붓고 호두 살을 넣어 골고루 휘저은 다음 그릇째 엎어 도마에 따른다. 그리고 가장자리부터 잘라서 판다. 북경에서 빵이나 떡을 잘라 파는 것과 비슷하다. 곤명의 호두엿은 정말 싸다. 내가 잘못 들었나 싶을 정도로 싸다. 화산남로 입구에서 청연가로 꺾어지는 길 모퉁이에, 핍사파*를 정면으로 마주보는 상점 앞 계단에서 호두엿을 팔았다. 우리는 종종 시내에 나갔다가 학교로 돌아가는 길에 이 집에 들러 호두엿을 샀다. 취호 호수까지 걸어가면서 호두엿을 다 먹고 호수 물에 손을 씻은 다음 찻집에 가서 차를 마신다. 호두가 귀해서 값이 아주 비싼 곳도 있지만 곤명에서는 호두가 아무것도 아닌 평범한 음식일 뿐이다.

---

* 핍사파(逼死坡). 곤명의 역사 유적지. 중국 남명의 마지막 황제인 계왕(桂王)의 도피처였다.

　　　　　　　　　　　　　　　　　　　　맛 좋은 삶

설탕군밤

곤명의 설탕군밤은 '천하제일'이다. 그 이유를 말하자면 첫째, 밤알이 아주 크다. 둘째, 속까지 잘 구워서 밤 한 톨, 한 톨의 껍질이 모두 벌어져 있다. 껍질이 벌어지지 않아 잘 까지지 않는 것이 한 톨도 없고 손으로 쉽게 껍질을 까서 먹을 수 있다. 셋째, 진정한 '설탕'군밤이라고 할 수 있다. 설탕 물을 한쪽에서 계속해서 부어 가며 구워서 단맛이 속까지 잘 배어 들었다. 곤명의 설탕군밤을 까 먹고 나면 손을 씻지 않을 수 없다. 손가락 끝이 온통 설탕 범벅이 되어 진득거리기 때문이다.

곤명의 정공물貢 기차역 근처에 밤나무가 숲을 이룬 곳이 한곳 있는데 전체 둘레가 몇 리里나 된다. 나무들이 모두 양 팔로 껴안 아야 다 감길 정도로 굵고 잎도 무성하다. 나뭇잎에 벌레 한 마리, 나무 밑에 잡풀 한 포기도 없이 아주 깨끗한 밤나무 숲이다. 말을 타고 숲 속으로 들어가면 마치 아름다운 그림 속으로 들어가는 것 같다.

양고기통수육.

몽고 사람들은 어려서부터 양고기를 먹고 자라서 며칠이라도 양고기를 먹지 않으면 못 견디게 먹고 싶어한다. 몽고족 무용가 스친가오와(몽고족 여성의 이름으로 '스친가오와'가 많다. '나런화'만큼 흔한 이름이다.)가 딸아이를 데리고 북경에 왔는데 북경 음식이 아이의 입에 영 맞지 않았다. 내가 보양반장普陽飯莊으로 데리고 가서 해삼 간장조림이며, 생선튀김을 대접했는데도 이 꼬맹이 아가씨는 시큰둥했다. 내가 뭐가 먹고 싶으냐고 물어보니 "양고기요!"라고 얼른 대답한다. 식당 종업원을 불러 알아보니 메뉴 중에 양고기장조림이 있다고 한다. "양고기장조림으로 주세요. 혹시 짜지 않나요?", "짜지 않습니다." 가져온 양고기장조림을 보니 사태 부위로 만든 것이었다. 꼬맹이 아가씨는 맨입에 양고기장조림 한 접시를 다 먹었다. "맛이 있니, 없니?", "맛있어요!" 아이 엄마가 "이 녀석, 정말 몽고 사람이지 뭐예요. 북경에 온 지 벌써 며칠 째인데 오늘 처음으로 맛있다고 하네요" 한다.

몽고 사람들은 손님 대접을 잘한다. 몽고에서는 말을 타고 초원을 여행할 때 아무것도 없이 양다리 한 짝만 메고 여행을 한다. 해가 뉘엿뉘엿해지고 몽고 파오가 보이면 말을 멈춰 그곳에 머무른다. 주인은 여행자가 메고 온 양다리를 받고 나서, 바로 양을 또 한 마리 잡는다. 여행자는 배불리 먹은 다음 주인의 가족들과 같은 파오 안에서 푹 잠을 잔다. 이튿날이 되면 주인은 여행자에게 어제 잡은 새로운 양 다리 한 짝을 내어 준다. 여행자는 이런 식으로 계속 초원을 여행한다. 여행을 마치고 집으로 돌아갈 때는, 벌써 몇 번이나 바꾸었는지 모르지만, 여전히 양다리 한 짝을 메고 집으로 돌아간다.

사인방[*] 시절에 강청江靑의 명을 받아 내몽고를 소재로 한 극본을 써야 했다. 소재를 수집하러 내몽고에 네 번 다녀왔다. 내몽고에서 몽고어를 두 가지 배웠는데, 몽고족 동료의 말에 따르면 이 두 가지 말을 할 줄 알면 몽고에서 굶지 않는다고 한다. 하나는 '부다이더(먹을 것을 주세요.)'이고, 다른 하나는 '모하이더(고기를 먹겠습니

---

[*] 사인방(四人帮). 중국의 문화대혁명 기간에 권력을 휘두르던 4명의 공산당 지도자. 강청은 모택동의 부인이다.

다.)'이다. '모하'는 '고기'를 뜻하는데, 특히 양고기를 가리킨다. 몽고어와 중국어를 섞어서 부르는 원대에 유행했던 잡극雜劇 노래 중에 '모하정스툰(양고기를 한 근씩 먹어 치운다.)'이라는 말이 나온다. 정말이지, 내가 오르도스鄂爾多斯에서 후룬베이얼呼倫貝爾 대초원까지 가는 길에 여러 곳을 들렀는데 가는 곳마다 양고기통수육을 얼마나 많이 먹었는지 모른다.

초원은 8월과 9월이 가장 아름답다. 여름 내내 비를 맞고 자란 풀들이 넓은 초원 가득 온통 푸른 빛으로 넘실거린다. 아격阿格풀도 자라고, 회배청灰背靑풀도 자란다. 아격풀과 회배청풀은 몽고의 가축들이 가장 좋아하는 풀이다. 우리 눈에야 초원의 풀이 그저 다 같은 풀이지만 유목민들은 종류별로 각기 다른 이름을 붙여놓았다. 초원에 야생 파도 있고 야생 부추도 있다(몽고 사람들은 몽고의 양고기에서 누린내가 나지 않는 이유가 바로 양들이 야생 파를 먹어서 스스로 누린내를 없애기 때문이라고 말한다.). 곳곳에 오색찬란한 꽃이 피고 양들은 토실토실 살이 오른다.

이때가 되면 내몽고의 작가나 간부는 초원으로 가서 지낸다. 초원에서 자료 조사도 하고, 초원 생활도 즐기고, 입추보양도 하러 가는 것이다. 몽고 파오 안으로 들어가면 먼저 우유차를 마신다. 내몽고의 우유차를 만드는 방법은 비교적 간단하다. 서장의 수유차* 처럼 번거롭지 않다. 그저 물을 한 솥 끓여서 차 한 줌을 집어

---

* 수유차(酥油茶). 수유(酥油)를 넣어 끓인 차다. 수유는 소·양의 젖을 국자로 저으며 부글부글 끓여 냉각한 후 응고된 지방으로 만든 기름을 말한다.

맛 좋은 삶

넣고 다시 한 번 펄펄 끓인 다음 우유를 넣고 소금 한 줌을 넣으면 끝이다. 나는 우유차가 대단히 특색 있는 차라고 생각하지는 않는 다. 하지만 한 번 마시기 시작하면 인이 박이는 차다(몽고 사람들은 하루라도 우유차를 마시지 않으면 안 된다. 대부분의 몽고 사람은 아침에 일어 나면 아침밥으로 우유차 두 대접을 마시고 나서 양을 방목하러 나간다.). 몽고 에는 우유로 만든 음식이 많다. 우유 껍질*, 무른 버터, 요구르트과 자**, 우유월병과 우유도수과자도 있다. 손님이 우유차를 마시고 있 으면 어느새 몽고 파오 바깥에서는 솥을 걸고 물을 끓여 양을 잡는 다. 몽고 사람들은 아주 재빠르게 양을 잡는다. 칼로 여기저기 찔러 서 죽이는 것이 아니라 양의 대동맥에 칼을 넣어 자른다. 양은 발버 둥치는 것도 없이 그냥 죽어버린다. 바로 양의 배를 가르고 가죽을 벗긴 다음 조금 떨어진 곳으로 들고 가서 말려 놓는다. 양을 잡았던 곳을 보면 풀에 피 한 방울도 떨어지지 않아 깨끗하다.

　'양고기통수육'은 양고기를 큼직큼직한 덩어리로 잘라서 끓는 물에 삶아낸 것이다. 한 손으로 고기 덩어리를 '통째로' 들고 다른 한 손으로는 몽고 칼을 들고 직접 잘라가면서 먹는다. 몽고 사람들 은 정말 칼 솜씨가 좋다. 고기를 다 발라먹고 남은 뼈에는 고기가 한 점도 남아 있지 않고 깨끗하다. 만약 아이들이 깨끗하게 먹지 못하면 아이 엄마가 "깨끗하게 먹어라. 간부처럼 먹지 말고!"라고 말한다. 몽고에 온 간부들이 고기를 먹을 때 유목민들처럼 세심하

---

* 　우유껍질(내피자奶皮子). 우룸(Urum)을 말한다 우유를 끓이다가 표면에 생기는 흰 막을 건져서 말린 것이다.

** 　요구르트 과자(내사자奶渣子). 아롤(Arrul)을 말한다. 우유가루를 반죽해 틀로 찍어내 말린 것이다.

게 고기를 발라먹지 않았던 것 같다. 물론 칼도 잘 쓸 줄 몰랐을 것이다. 유목민들은 마치 종교를 대하듯이 동물의 젖과 고기에 대해 일종의 경의를 표한다. 마치 한족의 농민들이 곡식을 대하는 것처럼 낭비를 하면 죄를 짓는 것이다. 양고기통수육은 원래 양념장 없이 먹는데 예전에는 기껏해야 소금물 한 접시였고 요즘에도 간장이나 부추꽃양념장을 찍어 먹는 게 전부다. 하지만 바로 잡은 양을 그 자리에서 삶아 먹으니 연하고 맛이 있을 수밖에 없다. 나는 평생 갖가지 양고기 요리를 다 먹어 보았는데, 그중에서 제일은 '양고기통수육'이라 하겠다. 만약 나더러 몽고의 양고기통수육을 평가하라고 한다면 '필적할 만한 것이 없다'라고 자신 있게 말할 수 있다.

고기를 먹으면 으레 술 생각이 난다. 몽고족은 정말 술을 좋아하는데 한 번 마셨다 하면 취할 때까지 마신다. 내가 후허하오터에 갔을 때 투모터土默特에서 온 한족 간부가 이런 말을 해 주었다. "낙타는 버드나무를 보고, 몽고 사람은 술을 본다." 말인즉슨 보는 순간 움직이지 않는다는 것이다. 버드나무 가지는 낙타가 아주 좋아하는 먹이다. 나는 이 말이 그저 요즘 사람들이 말하는 속담이라고 생각했는데, 우연히 송대의 사람이 쓴 글에서 "낙타는 버드나무를 보고, 몽고 사람은 술을 본다"라는 말을 또 보았다. 그 기록을 보았던 책 제목은 안타깝게도 지금 생각나지는 않지만, 이 말이 송대에도 이미 있었고 수백 년을 전해 내려왔다는 것을 알 수 있다. 송대의 몽고 사람들이 마시던 술은 아마도 영웅호걸들이 마시던 백주가 아니었을 것이다. 백주처럼 끓여서 빚었던 술(증류주)은 원대에 이르러서야 비로소 아랍에서 전해져 온 것이다.

'양패자수육'는 다마오에서 한 번 먹어 보았다. 양패자수육은 양 한 마리를 통째로 큰 솥에 넣고 삶은 요리다. 몽고 사람들은 30분만 삶아야 한다고 하는데 나 같은 한족 사람들은 혹시 안 익어서 못 먹을까 봐 15분 정도 더 삶는다. 삶아낸 양 한 마리는 다리 네 짝과 머리를 따로 잘라낸 다음, 양의 등 부위를 위로 하고 이미 잘라낸 양의 머리를 목 아랫부분에 넣어서 통째로 커다란 구리접시 위에 놓는다. 양패자수육을 먹을 때는 지켜야 하는 관습이 있다. 먼저 주인이 칼로 목 뒤에 있는 고기를 두 덩어리로 길게 잘라내서(북경 사람들이 말하는 '목심살' 부분이다.) 양의 등 위에다가 교차하여 비스듬히 쌓아 올린다. 그 후에야 손님들은 비로소 양고기에 칼을 댈 수 있고 각자 자신이 좋아하는 부위를 잘라서 먹는다. 양패자수육은 정말 부드러워서 칼을 갖다 대기만 해도 쉽게 잘린다. 하지만 고기에 핏물이 배어 나올 수도 있다. 함께 갔던 극작가들과 감독들 중에는 보는 것만으로도 무서워하는 사람들도 있고, 조금 맛보고는 더는 손대지 않는 사람들도 있었다. 하지만 나 같은 촌놈이야 어찌 기쁘지 않을 수가 있겠는가! 양고기는 고기가 연하면 연할수록 더 맛이 있다. 몽고 사람들은 오래 삶은 양고기는 소화가 잘 되지 않는다고 하는데, 과연, 과연! 덜 익은 양고기를 배가 터지도록 먹었는데도 탈이 나지 않았다!

몽고 사람들은 정말 고기를 잘 먹는다. 하이라얼海拉爾의 서기 두

명이 북경에 있는 동래순東來順식당에서 양고기휘궈를 먹었다. 두명이 먹을 고기로 열네 접시를 시키자 종업원이 "다 드실 수 있겠어요?" 하고 물었다. 서기들 중 한 명이 말했다. "물론이지, 며칠 전에도 다섯 명이서 양 한 마리를 먹었는걸!"

몽고 사람들은 양고기를 수육으로만 해서 먹는 것이 아니라 아주 다양한 요리법으로 만들어 먹는다. 후허하오터의 양다리 구이는 부드럽고, 연하고, 신선하고, 양념이 잘 배어 있다. 내가 제일 좋아하는 것은 아무 양념도 하지 않고 그냥 쪄낸 양고기찜이다. 한번은 스즈왕기四子王旗에 있는 별로 크지 않은 식당에서 '양꼬리맛탕'을 먹었다. 참마맛탕, 감자맛탕, 사과맛탕, 바나나맛탕은 먹어봤지만 양꼬리로 만든 맛탕은 들어본 적이 없었다. 겉에 입혀진 바삭한 튀김 옷을 깨물어 보면 안에는 아무것도 없고 양꼬리기름이 녹아 있는 맑은 즙만 가득하다. 아, 이런 음식은 부처님께 공양해야 마땅하다. 인간이 먹기에는, 정말이지, 너무 맛있다!

신강新疆의 탕바라唐巴拉에 있는 목장에서 카자흐족의 양고기수육을 먹어 보았다. 내몽고의 양고기통수육과 비슷하게 큰 솥에 삶아 낸다. 하지만 고깃덩어리가 더 작고 삶는 시간도 좀 더 길다. 고기가 다 삶아지면 국수를 넣는다. 커다란 사기 접시에 먼저 국수를 담고 그 위에 고기를 담아서 상에 올린다. 주인이 칼로 고기를 작게 썰면 손님은 양고기수육과 국수를 같이 집어 먹는다. 고기를 먹기 전에 아이가 구리 주전자를 들고 와서 손님의 손에 물을 뿌려 준다. 손님은 손에 있는 물을 털어버려선 안 되고 물기가 다 마를 때까지

기다려야 하는데 만약 그렇게 하지 않으면 주인에게 예를 표하지 않은 것이 된다. 구리 주전자는 주둥이가 좁고 길게 생긴 것으로 몸체에 중앙아시아 풍의 조각이 되어 있다.

고원에서。

고원沽源에 있는 감자연구소로 파견되었다. 감자 도감을 만들라는 명을 받고 이른 새벽에 장가구에서 기차를 타고 고원으로 갔다. 고원에 도착하니 오후가 다 되었다.

고원은 원래 군대軍臺가 있었던 곳이다. 군대라는 것은 청대에 신강 지역과 몽고 서북쪽에 있는 길 두 곳에 군사 관련 사항이나 공문서를 전달하기 위해서 설치한 우역郵驛을 말한다. 또한 죄를 지은 관리가 황제의 명을 받아 '군대에 가서 복무하는 처벌'을 받는 곳이다. 내가 청대의 관제를 잘 모르니 이런 처벌을 받는 품계와 죄목에 대해서는 구체적으로 말할 수 없지만, 아무튼 일반적인 직위

맛좋은 삶

강등과는 다른 엄중한 처벌이었다. 공정암龔定庵의 말에 따르면 처벌을 받아야 할 관리가 직접 와서 군대 복무를 한 것은 아니라고 한다. 그저 장가구에 거주하면서 돈을 주고 군대 복무를 대신할 사람을 사서 보냈다고 한다. 나는 이번에 '그림을 그리라는 명'을 받고 온 것이기 때문에 우역에 공문서를 전달하러 온 것이라기보다는 뭔가 '복무'를 하러 군대에 온 것이 맞다. 나는 가지고 있던《몽계필담夢溪筆談》책의 속표지에다가 '군대 복무'라는 관인을 그려 넣었다. 그냥 재미로 한 것이라 '군대 복무'의 처벌에서 연상되는 무시무시함은 느낄 수 없었다. 하지만 내가 우파분자로 몰려 홀로 멀고 먼 북쪽의 '변방'(이곳은 만리장성 외장성의 바깥 북쪽에 있어서 정말 '변방'이 맞다.)에 와서 '감자'가 아닌 '산약山藥'(이 일대 사람들은 감자를 '산약'이라 부른다.)을 그리게 된 처지를 '군대 복무'라 빗대어 상상해 보면 이상하게도 재미가 있었다.

고원은 청대에 '독서구청獨石口廳'이라고 부르던 곳이다. 공정암은 '북쪽으로 가는 길은 독석구에서 끝이 난다.'라고 했는데 공정암이 가 본 곳들 중에서는 고원이 최북단이었던 모양이다. 고원은 겨울에 무척 춥다. 이곳에 자주 오는 외지의 날품팔이꾼들은 '아무리 추운 곳도 독석구보다 더 춥지는 않다'라는 말을 한다. 작년에는 눈이 많이 내려서 서쪽 성문 바깥에 눈이 성벽 높이만큼 쌓였다고 한다. 사실 이곳의 성벽은 낮은 편이라서 내 키 정도의 사람이 손을 한 번 뻗으면 성벽 위에 손이 닿는다. 그래도 사람의 키높이만큼 되는 성벽까지 눈이 쌓였으면 대설이라 할 만큼 눈이 많이 내린 것이다.

고원은 아주 작은 도시여서 시내에 큰 도로가 하나밖에 없다. 남문에서부터 천천히 걷다 보면 10분도 채 되지 않아 북문이 나온다. 북문 바깥의 한쪽에는 말이 묶여 있는 초원이 있고, 다른 한쪽에는 저수지가 있는데 들오리들이 유유히 헤엄을 치고 있다. 성문 입구까지 들오리가 헤엄치며 다니는 걸 보면 성 안쪽이 얼마나 조용한지 알 수 있다. 큰 도로의 양쪽에는 버드나무를 죽 심어 놓았는데 바람도 막고 소나 양이 뜯어 먹지 못하도록 나무 주위를 흙벽돌로 높게 쌓아 놓았다. 하지만 나무들이 모두 비쩍 마르고 약해 보이는 것이 도무지 살 것 같지 않다. 성벽의 모퉁이에는 놀랍게도 코스모스가 한 무더기 피어 있다. 코스모스는 곤명에 있을 때 많이 보았던 꽃이다. 계절이 여름에서 가을로 넘어갈 때 어김없이 연보라색 꽃을 피워 만발한다. 얇은 꽃잎은 소회향처럼 가늘고, 자잘한 잎과 가늘고 긴 줄기가 불어오는 바람에 한들한들 흔들리는, 귀여운 꽃이다. 나는 원래 코스모스가 곤명처럼 땅이 비옥하고 비가 충분히 많이 오는 곳에서만 생장하는 꽃인 줄 알았다. 고원처럼 비도 적게 오고 바람도 세게 부는 머나먼 변방, 이런 외딴 곳에서도 피는 줄은 미처 몰랐다. 물론 꽃도 작고, 꽃잎도 얇고, 잎도 무성하지 않아 가냘픈 모양으로 쓸쓸하게 피어 있기는 하지만, 연보라색 코스모스가 있어 외롭고 쓸쓸한 고원에서도 생기 있는 색채를 느낄 수 있다. 코스모스에게 고마운 마음이 들었다.

나는 감자연구소로 출근할 때 소달구지를 타고 다녔다. 사람들이 말하는 '세상의 세 가지 느림(누군가를 기다리는 것, 물고기를 낚는 것, 소달구지 타는 것)' 중의 하나를 체험하며 살았다고 할 수 있다. 소달구지는 정말 원시적이었는데 소달구지의 양쪽에 호떡같이 생긴 둥그런 나무 바퀴가 달려 있다. 이곳 말로 '호떡 달구지'라고 한다. 타보니 정말 느렸다. 하지만 난 어차피 당장 급한 일도 없다. 호떡 달구지 위에 누워서 천천히 푸른 하늘과 도마처럼 편평한 대지를 바라본다. 진정한 '대지大地'의 모습이 끝없이 넓게 펼쳐졌다.

고원에서의 생활은 소요자재逍遙自在의 극치였다. 회의도 없고, 공부도 없고, 나에게 지시하는 사람도 없었다. 그저 매일 아침 이슬을 밟고 나가서 감자 꽃 두 떨기와 잎 두 다발을 꺾어 온 다음, 유리컵에 꽂아 앞에 놓고 한 붓, 한 붓, 그림으로 그린다. 오후가 되면 꽃이 시들어 버리니 오전에는 꽃을, 오후에는 잎을 그린다. 감자가 여물면 감자를 가져다가 그린 다음 바로 소똥이 활활 타고 있는 불 속에 던져서 구워 먹는다. 그렇게 먹은 감자의 종류만 해도 수십 여종은 족히 될 것이다. 품평을 하자면 '남작男爵감자'가 크기로 일등이다. 큰 남작 감자는 하나의 무게가 두 근 정도 되는 것도 있다. 제일 맛이 좋은 것은 자토두紫土豆감자다. 자토두감자는 껍질이 짙은 자주색이고 속살은 밤처럼 노란데 쪄 놓으면 맛도 찐 밤과 비슷하다. 어떤 감자는 과일처럼 생으로 먹는 것도 있다. 크기가 계란보다 약간 큰 정도인데 맛이 아주 달다.

고원에서는 귀리도 많이 난다. 언젠가 전국 감자 학술세미나가 열리던 해에 세미나에 참석한 전문가들 사이에서 고원의 귀리를 한번 먹어 보자는 말이 나왔다. '사가자四家子'라는 곳에서 귀리 가루를 사왔는데 파상 일대에서는 최고로 좋은 귀리 가루라고 했다. 귀리 가루인데 밀가루보다 더 곱고 색도 더 하얬다. 귀리 음식을 잘 한다고 소문난 동네 아주머니들을 불렀다. 아주머니들은 귀리 가루를 가지고 모양만 해도 십여 가지가 넘는 음식을 만들어 냈다. 그 중에서 그나마 내가 알고 있는 음식들은 '귀리 두레박떡'*, '물고기 국수', '고양이귀 수제비', 그리고 '틀국수' 정도였고 그 외 이름조차도 들어본 적 없는 음식이 많이 있었다. 모양도 모양이지만 귀리 두레박떡을 찍어 먹으라고 내놓은 '양고기구마버섯양념장'의 맛이기가 막혔다. 이때 먹었던 귀리의 맛은 아마 죽을 때까지 잊지 못할 것이다.

밤새 내리던 비가 그치면 초원이 훤하게 밝아오고 사방이 뿌연 수증기로 꽉 차 오른다. 버섯이 나오는 때다. 한두 시간이면 한 망태기를 거뜬하게 채울 만큼 버섯을 딸 수 있다. 따온 버섯은 바로 실로 줄줄이 꿰어 처마 밑에 걸어 말린다. 버섯은 따자마자 바로 말려야지 그렇지 않으면 구더기가 생기기 쉽다. 구마버섯은 말려야 비로소 맛이 좋아진다. 왜 그런지는 모르지만 생으로 그냥 먹으면 맛이 없다. 나는 백마버섯도 딴 적이 있다. 버섯을 따러 가면 대부분은 갓 부분이 검은색을 띤 버섯이 많고 갓과 주름살 부분까지 모두 하얀 버섯은 찾아보기 힘들다. 연말이 되어 내가 직접 딴 백마버

---

* 귀리 두레박떡. 차와와(搓窩窩) 혹은 고로로(栳栳栳)라 부른다. 귀리 반죽을 두레박 모양으로 빚어서 쩐 떡이다. 양 념장을 끼얹거나 찍어서 먹는다.

맛 좋은 삶

섯을 가지고 북경에 있는 집에 갔다. 백마버섯 하나로 버섯국을 딱 한 그릇 만들어서 나눠 먹었는데 아이들이 모두 닭고기 국물보다 더 맛있다고 했다.

하루는 간부 하나가 말을 타고 일을 보러 와서는 말을 사무실 앞 기둥에다가 매어 놓았다. 가까이 가서 보니 조홍마棗紅馬인데 몸체가 튼실하고 마구도 깔끔하게 정리되어 있었다. 순간 나도 모르게 말을 풀어 올라타고 달려 나갔다. 원래는 그냥 근처만 한 바퀴 돌아보려고 했는데 말을 타고 고운 모래밭을 달리니 기분이 정말 좋아져서 고삐를 흔들어 더욱 빨리 달려 보았다. 말이 굉장히 온순해서 처음에 가졌던 일말의 두려움도 없이 가슴이 탁 트이는 통쾌함을 맛보았다. 중년의 나이에 이렇듯 호기를 부려 말을 타보다니 참으로 기념할 만 했다. 열댓 살쯤 되었을 때 곤명에서 말을 타 본 이후로 처음 있는 일이었다. 이날 이후 또다시 말을 타본 적이 없다.

한번은 나 혼자 매우 먼 곳까지 걸어 나갔다. 초원 위를 걷고 있는데 갑자기 하늘이 온통 어두컴컴해지면서 검은 구름들이 계속해서 몰려와 빠르게 움직였다. 때때로 번개도 구름 사이로 번쩍번쩍 치고 천둥 소리도 계속해서 '쾅쾅' 들려왔다. 소리도 크지 않았고 벼락도 치지 않았지만 낮고 묵직한 천둥 소리의 위력이 어디까지 미칠지 알 수 없었다. 나는 고개를 들어 무시무시하고 괴이한 구름을 바라보았다. 이건 정말 하늘이 노하신 것 같다는 생각이 들었다. 지금까지 경험해보지 못한 낯선 공포가 느껴졌다. 홀로 광활

한 대초원에 서 있으니 나는 그저 아주 작은 점 하나에 불과하지 않은가!

나는 걸음을 재촉하여 연구소로 돌아왔다. 연구소에 막 도착할 때까지도 비는 계속 퍼부었고 간간이 우박까지 내렸다. 비가 그치고 나니 또 언제 그랬냐는 듯이 푸른 하늘에 햇빛이 찬란하다. 초원의 기후는 정말 알 수가 없다.

계절이 바뀌고 날이 추워지면 나는 고원을 떠날 것이다. 그래서 갈아입을 옷도 가져오지 않았다. 미처 그리지 못한 감자가 좀 있지만 사령자로 가지고 가서 마저 그리면 될 것이다.

내 인생에 고원에 다시 올 기회는 아마도 없을 것이다.

맛 좋은 삶

일곱 번째.

맛 좋은 삶

꽁꽁 얼어붙은 한 겨울에 친척이나 친구들이 찾아오면
먼저 뜨거운 물에 볶은 쌀을 불려서 한 사발 손에 들리고
생강절임도 작은 접시에 담아서 내어준다
이는 모두가 가난했던 시절에
집에 온 손님을 최고로 잘 대접하는 것이었다

〈정판교鄭板橋, 판교가서板橋家書〉

나는 이 글이 아주 따뜻하게 느껴진다

집에서 만드는 술안주。

집에서 만드는 술안주는 첫째, 바깥에서 먹는 것과는 다른 뭔가 새로운 맛이 있어야 하고, 둘째, 돈도 절약할 수 있어야 하고, 셋째, 만드는 데 번거롭지 않아야 한다. 모처럼 집에 손님이 와서 술을 맘껏 마시고 싶다면, 집주인이 소매를 걷어 부치고 부엌으로 들어가서 파와 생강을 썰고 양념장을 휘저으면서도 손님과 이야기를 할수 있어야 한다. 집주인이 급하지 않고 태연자약하면서 편안해 보여야 비로소 집에서 마시는 술이 재미가 있다. 만약 집주인이 정신없이 바쁜 모습을 보이면 손님은 좌불안석이 되어 도무지 술 맛이 나지 않는다.

시금치무침

북경의 술집, 대주항大酒缸에서 가장 싼 술안주는 시금치무침이다. 시금치를 살짝 데쳐서 자른 다음 참깨장 한 숟가락을 넣은 후, 마늘 즙을 넣든지 겨자를 넣든지, 먹고 싶은 대로 만들어 먹는다. 지금은 북경의 대주항도 없어졌다.

나는 조금 더 정성을 더해서 시금치무침을 만든다. 시금치를 깨끗이 씻고 뿌리를 자른 다음 끓는 물에 살짝 데친다(뚜껑을 닫고 푹 삶으면 안 된다.). 시금치를 건져서 찬물에 행군 다음, 소금을 약간 뿌려서 잘게 다지고, 물기를 꼭 짜서 접시에다 탑 모양으로 쌓는다. 미리 향건두부(북방 지역이라 향건두부가 없다면 훈건두부로 대신해도 괜찮다.)를 쌀알만큼 잘게 썰어 놓고, 말린 새우살도 물에 불려 놓고, 생강과 풋마늘도 다져서 준비한다. 준비된 향건두부, 말린 새우살, 생강, 풋마늘을 모아 손으로 빚어서 시금치 탑 위에 한 층으로 얹는다. 상에 내기 직전에 간장, 향초*식초, 소마小磨 참기름** 그리고 미정을 넣어 만든 양념장을 시금치 탑 위에 끼얹는다. 먹을 때 시금치 탑을 무너뜨린 다음 재료와 양념을 골고루 잘 섞어서 먹는다.

우리 고향에서는 구기자순이나 냉이나물을 이렇게 해서 먹는다. 북경에서는 구기자순을 음식으로 해 먹을 줄 모르고 냉이도

---

* 향초(향초香醋). 참쌀로 만든 양조식초로 단맛이 있고 무침 요리에 어울린다.
** 소마 참기름(소마향유小磨香油). 중국의 전통 식물성 기름 추출 방법인 수대법(水代法)으로 제조한다.

맛 좋은 삶

향이 없어서 시금치로 대신 만들었는데, 그 나름대로 맛이 있었다. 집에 술 손님이 오거든 한 번 만들어 봐도 좋을 것이다.

무채무침

적환무는 남방 지역의 말로는 '버들개지무'라고 한다. 왜냐하면 봄에 버들개지가 흩날릴 때 시장에 나오기 때문이다. 깨끗이 씻어서 뿌리털은 잘라버리고 붉은 껍질은 벗기지 않는다. 얇게 어슷썰기를 해서 다시 가는 채로 써는데 가늘면 가늘수록 좋다. 설탕을 조금 뿌려서 재었다가 접시에 담는다. 부드러운 흰 색에 살짝살짝 붉은색이 보이는 무채는 색이 아주 귀엽다. 양주에 '무채'라고 부르는 국화꽃도 있다. 무채는 먹기 직전에 간장, 식초, 참기름을 섞은 양념장을 뿌린다. 가늘게 채를 썬 해파리를 조금 넣고 무치면 더욱 맛이 좋다.

무채무침은 내 고향에서 흔하게 먹는 음식이다. 아이들이 부르는 노래들 중에도 무채무침 노래가 있을 정도다. 적환무가 없을 때는 속이 빨간 심리미무나 속이 푸른 위청대衛青代무로 대신해서 만들기도 하지만 버들개지무만큼 연하고 맛있지 않다.

두부건채

두부건채는 양주 음식이다. 북방 지역에서는 양주처럼 얇게 채로 썰어낼 수 있는 단단한 두부건이 없다. 아쉬운 대로 북방에서 건두부라고 부르는 얇은 두부편을 사다가 쓰는데 되도록이면 색깔이 희고 단단하고 얇은 것을 고른다. 넓적한 두부편을 가져다가 최대한 가늘게 채를 썬다. 찬물에 두어 번 헹궈서 남아 있는 간수의 맛과 콩 비린내를 없애고 요리한다.

두부건채무침은 채를 썰고 나서 두부건채가 서로 붙지 않게 떼어 내어 끓는 물에 데친다. 물기를 짜서 오목한 접시에 담는다. 풋마늘과 미리 불려 놓은 말린 새우살을 두부건채 위에 올리고 오향땅콩(손으로 비벼 껍질을 깐 것)을 뿌린다. 간장, 소마 참기름 그리고 식초를 조금 넣은 양념장으로 골고루 무친다.

두부건채탕은 닭 육수나 뼈 육수를 이용한다. 만약 미리 만들어 둔 육수가 없으면 압력밥솥에다가 얼른 살코기와 비계 몇 조각을 넣고 국물을 내어 쓴다. 두부건채탕은 반드시 고기 육수로 끓여야 한다. 햄이나 닭고기살, 표고버섯이나 죽순을 채 썰어서 넣어도 좋고, 말린 새우살이나 패주를 넣어도 좋고, 뭐든 넣어서 안 될 것은 없다. 그냥 하얀 국물이 좋으면 소금으로 간을 하고, 국물의 색깔이 탁해지겠지만 설탕과 간장을 조금 넣어서 간을 해도 괜찮다(하지만 절대 간장을 많이 넣어서는 안 된다.). 두부건채무침은 산뜻하고 담백해야 하지만 두부건채탕은 기름지고 진하게 끓일수록 더 맛이 좋다.

두부건채는 무침이건 탕이건 모두 생강채가 꼭 들어가야 하는데 많이 넣을수록 좋다.

맛 좋은 삶

오이껍질무침

오이를 몇 등분해서 자른 다음 과도로 바깥의 껍질부터 돌려가며 깎는다. 줄줄 길다란 띠 모양으로 돌려 깎고 끝에 남는 가운데 심은 버린다. 간장, 설탕, 산초, 팔각, 계피, 후추(통후추를 갈아서), 마른 고추(자르지 않고 통째로), 미정, 맛술(반드시 있어야 한다.)을 골고루 섞어 양념장을 만든다. 돌돌 말린 모양의 오이 껍질에 양념장을 부어 젓가락으로 뒤적여 가며 양념장을 잘 섞은 다음, 양념이 오이 껍질에 잘 배어들도록 한 시간 정도 재어두었다가 오이껍질무침을 건져 접시에 담는다. 동글동글하게 말린 오이를 하나둘 작은 봉분처럼 동그랗게 쌓아서 담고 오이껍질무침을 건지고 남은 양념장을 다시 오이 봉분 꼭대기에 끼얹어 흘러내리게 한다. 오이껍질무침은 정말 아삭아삭하다. 오이 본연의 향과 함께 씹을 때 들리는 아삭아삭한 소리에도 맛이 배어 있다. 이 요리법은 하이라얼의 국빈 연회를 관장하는 주방장에게 직접 배운 것이다.

옥수수볶음

옥수수볶음은 곤명 음식이다. 연한 옥수수알을 뜯어서 돼지고기 살코기와 함께 볶고 소금으로 간을 한다. 파를 썰어 넣고 볶아도 괜찮지만 파를 넣고는 살짝 잘 볶아야지 자칫하면 까맣게 타 버려서 보기에 좋지 않게 된다. 또 간장으로 간을 해도 좋지 않다. 간장 맛이 옥수수의 향을 덮어버리기 때문이다. 거의 다 볶아졌을 때 마지막으로 물을 조금 붓고 살짝 끓여도 된다. 물이 많으면 옥수수알이 볶아지는 것이 아니라 푹 삶아지게 되니 물을 너무 많이 부으면 안 된다. 내가 시장에서 연한 옥수수를 고르고 있으면 옆의 사람이 "뭘 하려고 고르는 거에요?" 하고 물어본다. "고기 넣고 볶아 먹으려고요"라고 대답하면, "옥수수도 고기를 넣고 볶아서 먹어요?" 하면서 신기해한다. 북경 사람들도 참, 별것도 아닌 옥수수볶음을 몰라서, 그걸 그렇게 신기해한다.

송화단두부무침

북두부를 끓는 물에 데쳐서 차게 식힌 다음 작은 주사위 모양으로 잘라 소금을 약간 뿌린다. 송화단(단단하게 절인 것으로)도 주사위 모양으로 잘라서 두부와 함께 무친다. 해묵은 생강은 마늘 절구에 다져서 물을 붓고 꼭 짜서 찌꺼기를 버리고 생강즙만 내어 넣는다. 생강을 다져 넣으면 좋지 않다. 또 식초도 넣지 않는다.

돼지콩팥참깨장무침

돼지콩팥참깨장무침 만들 때는 몇 가지를 주의해야 한다. 첫째, 고기 손질이다. 먼저 콩팥의 중간에 수평으로 칼을 넣어 고기를 반으로 갈라서 펼친다. 고기 위로 드러나는 하얀 신우 내막 부분에 다시 칼을 수평으로 넣어 잘라내는데, 이때 고기 살점이 좀 붙어 있어도 아까워하지 말고 신우 내막이 있는 부분을 깨끗이 편평하게 잘라내어 버린다. 이렇게 하지 않고 신우 내막만을 골라서 제거하고 난 뒤에 울퉁불퉁해진 고기 윗면을 칼로 깨끗이 정리하려고 하면 고기가 흐트러져서 제대로 된 모양이 나오지 않는다. 둘째, 고기의 핏물을 깨끗이 빼고 나서 요리해야 한다. 반드시 찬물에 담그고 여러 번 물을 바꾸어 준다. 셋째, 고기를 데칠 때에는 큰 솥에 물을 많이 해서 데쳐 내야 한다. 물이 끓으면 미리 썰어 놓은 고기를 전부 쓸어 넣고 바로 조리로 건져낸다. 고기가 익어서 바둑판 모양의 칼집이 다 벌어질 때까지 익히면 안 된다. 처음 고기를 데쳐낸 물은 전부 따라 버리고 솥을 깨끗이 씻어 다시 새 물을 받아 끓인다. 이미 한 번 데쳐 놓은 고기를 다시 한 번 데쳐 내어 찬물에 넣는다. 이렇게 두 번 데쳐서 익혀야 고기가 쫄깃하면서도 부드럽다. 만약에 한 번만 데쳐서 요리할 때는 고기의 바둑판 모양의 칼집이 벌어지면 다 익은 것이다. 고기가 다 식으면 물기를 없애서 접시에 담고 참깨장과 잘게 다진 비현 두반장, 파, 마늘, 생강으로 만든 양념장을 뿌린다.

사천식 돼지고기무침

사천식 소고기볶음탕[*] 양념으로 돼지고기무침을 만들 수 있다.

---

[*] 사천식 소고기 볶음탕(수자우육水煮牛肉). 고추와 산초 두반장이 들어간 매운 양념 국물에 소고기와 콩나물 등 채소를 넣어 끓여낸 음식이다.

돼지고기 안심이나 등심을 얇은 편으로 어슷하게 썰어서 전분을 묻힌다. 물을 끓여 고기를 넣은 다음 고기가 익어 색이 변하면 조리로 건져서 양념을 얹는다. 만약 사천식 소고기볶음탕처럼 뜨겁게 먹으려면 뜨거운 볶음탕의 양념 속에다 익힌 돼지고기를 넣는다. 사천식 소고기볶음탕 양념은 비현 두반장(다진 것)을 볶다가 향이 나기 시작하면 간장, 설탕 조금, 맛술을 넣어 만든다. 마지막에 잘게 부순 산초 생열매와 깨를 뿌린다. 고기를 데쳐낸 물은 거품을 걸어내고 김을 넣어 김국을 끓여도 좋다.

튀김빵만두

길쭉한 유조튀김빵의 양쪽 끝을 잘라 버리고, 한 치 반 정도 되는 길이로 등분하여 자른다. 튀김빵 속에 채워 넣을 고기소는 비계와 살코기를 반반씩 섞어서 소금, 파, 생강 다진 것, 그리고 약간의 자채짠지나 오이장아찌를 다져 넣는다. 사천의 배추시래기 김치를 다져 넣어도 된다. 손으로 튀김빵 속에 고기소를 채워서 하나씩 기름에 튀겨낸다. 고기소를 감싸고 있는 튀김빵이 딱딱하게 튀겨지면 속에 있는 고기소도 다 익은 것이다. 그때 건져서 접시에 담는다. 이 튀김빵만두는 정말 바삭바삭하다. 본래 튀김빵 반죽에 넣은 명반 때문에 약간 떫은 맛이 있지만 그래도 춘권튀김보다 맛이 좋다.

튀김빵만두는 내가 새롭게 만들어낸 것이라 그 어떤 요리책에도 나와 있지 않다. 세상에는 나처럼 식탐 있는 사람들이 궁리해서 만들어낸 음식도 많다.

그 밖에도 집의 술안주로 먹을 수 있는 것이 싱어나 광동 소시지다. 또 시장에서 사다 먹을 수 있는 것은 찻잎계란장조림, 땅콩볶음, 오향을 넣고 삶은 밤, 콩깍지 채로 삶은 풋콩 등이다. 또 오리소금백숙, 돼지족발수정편육 같은 음식들은 많은 사람이 만들 줄은 알지만 집에서 만들어 먹는 것은 너무 번거롭기 때문에 여기에서 말하지 않겠다.

곤명의 음식。

다리건너쌀국수와 기과찜닭

'다리건너쌀국수[*]'와 '기과찜닭'은 곤명 음식을 대표하는 음식이지만 지금은 예전만 못한 것 같다.

다리건너쌀국수로 가장 유명한 곳은 정의로에서 문묘가文廟街로 꺾어지는 모퉁이 근처에 있다. 그곳에 패루가 하나 있는데 패루의 서쪽에 있는 식당이다. 상호를 아는 사람은 별로 없었지만

---

[*] 다리건너쌀국수(과교미선過橋米線). 운남 곤명의 전통 음식. 옛날에 어머니가 공부하는 아들에게 먹일 쌀국수를 다리 건너 멀리까지 가져다 주었는데, 가는 도중에 식지 않도록 쌀국수의 탕국물 위에 닭기름을 덮어 운반했다고 한다.

다리건너쌀국수를 먹자 하면 바로 그 식당을 가리키는 말로 알아들었다. 마치 '다리건너쌀국수?' 하고 출석을 부르면 이 식당이 '네!'라고 대답한 것처럼 말이다. 이 식당이 유명한 이유는 첫째, 국물 맛이 좋기 때문이다. 국물 표면 위에 닭 기름이 한 층 덮여 있는데 보기에는 전혀 뜨거운 것 같지 않지만 속에 있는 국물은 100도 이상이 된다. '강 아래 사람'[*]이라 다리건너쌀국수 먹는 법을 몰랐던 어떤 운전수가 국물을 꿀꺽 마셔버리고는 결국 뜨거운 국물에 데어서 죽었다고 한다. 둘째, 국수 속의 다양한 재료들을 제대로 잘 익혔다. 닭고기, 생선, 돼지콩팥, 햄 등을 모두 얇고 반듯한 모양으로 썰어서 뜨거운 국물에 넣어 익혔는데 덜 익지도, 너무 질기지도 않게 딱 적당하게 익혀서 아주 맛있다.

기과찜닭 전문식당은 정의로에서 금벽로 쪽으로 가다 보면 한 곳이 있는데, 이 집의 상호도 사람들이 잘 모른다. 하지만 식당 안에 '원기 보양'이라고 쓰인 현판이 있어서 사람들이 서로 만나서 기과찜닭이 먹고 싶을 때 "우리 원기 보양이나 하러 갑시다"라고 말한다. 중국 사람들이 닭을 요리해 먹는 방법은 아주 많고, 광주廣州의 '염국계찜닭'이나 상숙 사람들이 '꽃닭'이라고 부르는 '화계닭구이'도 아주 유명하지만 나는 곤명의 기과찜닭이 일등 자리를 차지해야 한다고 생각한다. 기과찜닭이 왜 일등인가 하면, 닭고기 본연의 맛이 담겨 있기 때문이다. 기과찜닭에는 선위햄과 삼칠근이

---

[*] 강 아래에 사는 사람. 양자강 하류 지역, 즉 강소·안휘·절강·강서 지역의 사람을 가리킨다.

들어가는데 과하지 않게 적은 양으로 조금 넣어서 닭고기의 맛을 살린다. 원기 보양 식당에 들어서면 다른 식당처럼 온갖 것이 뒤범벅된 냄새가 아니라 순수한 닭고기 냄새가 구수하게 난다.

그런데 왜 요즘에는 기과찜닭과 다리건너쌀국수의 맛이 예전만 못한가? 그것은 예전처럼 무정 지역의 '장계닭'이 아닌 일반 닭으로 요리했기 때문이다. 장계닭은 특수한 기술로 품종을 개량한 닭이다. '장壯' 자의 글자 뜻처럼 살찌고 힘이 센 닭이라고 해서 다 장계닭이 아니다. 암탉의 난소를 잘라낸 것이라고 하는데 나는 여태까지 수탉을 거세한다는 소리만 들었지 암탉도 거세할 수 있다는 얘기는 들어보지 못했다. 장계닭은 거세를 해서 살이 찐 암탉을 말한다. 이런 기술은 무정 사람들만 가지고 있는데 지금은 무정에서도 이 기술을 가진 사람이 많지 않다고 한다. 신경을 써서 보존하지 않으면 아마도 전수되지 못하고 사라질 것이다. 나는 무정의 장계닭이 거세한 암탉이라는 것을 지금도 완전히 믿고 있지는 않지만 무정의 장계닭이 좋은 것은 잘 알고 있다. 재작년 곤명에 갔을 때 카와족의 여작가 동수영董秀英의 남편이 특별히 무정의 장계닭으로 기과찜닭을 만들어 주었다. 내 느낌으로는 예전에 곤명에서 먹었던 기과찜닭과 똑같은 맛이었다.

미선쌀국수와 이괴떡

운남의 미선米線, 호남의 미분米粉, 광동의 사하분沙河粉은 모두

쌀국수의 이름이다. 각기 국수 모양이 넙적하거나, 가늘거나, 얇거나, 두꺼운 차이가 있다. 미선쌀국수는 둥근 모양으로 가늘고 길다. 국수틀에 넣고 눌러서 뽑아내는 방식으로 만든다. 미선쌀국수는 본래 다 익은 것이지만 먹을 때 탕국물에 넣고 각종 재료들을 더해서 한 번 더 끓여 먹는다. 곤명의 정통 '동냄비미선쌀국수'는 동으로 만든 작은 냄비를 숯불에 올려서 국수를 끓인다. 보통 두세 그릇의 국수를 한꺼번에 끓여 만들지만, 단 한 그릇이라고 해도 꼭 동냄비에 넣고 끓여서 낸다.

미선쌀국수에는 보통 '닭고기조림'을 넣어 먹는다. 그런데 이 '닭고기조림'이라 부르는 고기는 사실상 닭고기가 아니고 돼지고기 살코기를 잘게 잘라서 간장, 산초, 팔각을 넣고 조린 고기를 말하는 것이다(아마도 기름에 한 번 볶아서 조린 것 같다.). 곤명 사람들은 닭고기조림을 얹은 미선쌀국수를 정말 좋아한다. 예전에 곤명의 영화관에는 미국 영화 상영을 위한 '변사'가 있었다. 변사란 영어를 좀 안다 하는 사람이 특별석(그 당시의 모든 영화관에는 특별석이 있었다.)의 귀퉁이에 앉아서 자기 마음대로 번역해서 말해 주는 사람을 말한다. 대중大衆영화관에 갔는데 영화 속에 요한이 마리를 식당에 데리고 가서 식사를 대접하는 장면이 있었다. 그때 변사가 "마리, 어떤 걸 먹겠소?" 하고 말하자, 관중 속에서 서남연합대학의 친구 하나가 큰소리로 "닭고기조림미선쌀국수 두 그릇이요!"라고 대답했다. 그저 우스갯소리였다. 그런데 '변사'가 갑자기 영화 상영을 멈추더니 영화관 안의 불을 훤히 켜고 성난 목소리로 "누구요? 누가 말한 것이오?" 하고 소리쳤다. 하마터면 큰 싸움이 날 뻔하였다. 나중에 알고 보니 변사는 '닭고기조림미선쌀국수'가 운남에서 하는 욕인 줄 알았다고 한다. 사실 닭고기조림을 얹은 미선쌀국수는 그냥 맛있는 음식이었을 뿐인데 말이다.

닭고기조림미선쌀국수처럼 흔하게 먹는 쌀국수로 '부뚜막고기미선쌀국수'가 있다. 미선쌀국수 위에 다진 고기인 '부뚜막고기'를 넣어 먹는 것이다. 이 부뚜막고기의 '부뚜막, 찬爨'의 한자는 쓰기가 아주 복잡하고 어려운데도 곤명에 있는 미선쌀국숫집의 메뉴판에는 그대로 '찬爨'이라는 한자를 써놓았다. 운남에는 〈찬보자爨寶子〉, 〈찬용안爨龍顔〉이라는 유명한 비석이 있다. 그래서 운남 사람들에게는 이렇게 복잡하고 어려운 글자가 익숙한 것일까? 메뉴판 위의 음식 이름에 섞여 있는 '찬爨' 자는 아주 친근하게 느껴진다.

파금 선생님의 〈심종문 선생을 그리워하다〉라는 글을 보면 심 선생님이 파금 선생님과 미선쌀국수를 자주 사 먹었다는 이야기가 나온다. 미선쌀국수에 계란 하나, 토마토 하나를 추가해서 먹는 것으로 한 끼 식사를 같이 했다고 하는데, 이 이야기에 나오는 미선쌀국수 식당은 문림가에 있었던 심 선생님 댁의 맞은 편에 있는 식당이다. 심 선생님께서 나도 몇 번 데려가 주셨던 식당인데, 아마도 파금 선생님과 함께 먹은 쌀국수는 부뚜막고기미선쌀국수였을 것이다.

미선쌀국수에 얹어 먹는 재료는 그 밖에도 많이 있다. 문림가에 있는 또 다른 미선쌀국숫집에서는 '드렁허리미선쌀국수'가 있다.

드렁허리를 편으로 썰어 통마늘을 많이 넣고 간장에 조려서 만든다. '나뭇잎미선쌀국수'의 '나뭇잎'은 말린 돼지고기 껍질을 튀긴 다음, 더운 물에 불려 넙적하고 길게 잘라, 다시 탕국물에 넣고 푹 삶는 것을 말한다. 이렇게 만든 돼지고기 껍질을 어느 곳에서는 '바삭한 껍질', 또 어느 곳에서는 '가짜 부레'라고 말하는데 곤명에서는 '나뭇잎'이라고 말한다.

신충사蓋忠寺로 가는 언덕에 '파杷 씨네 고기미선쌀국수'가 있다. 이 집에서는 큼직큼직하게 썰어서 흐물흐물하게 푹 삶은 돼지고기를 커다란 접시 위에 담아 놓고 쌀국수를 판다. 미선쌀국수 위에 대나무 주걱으로 고기 몇 점을 쓸어 담은 다음 부글부글 끓는 탕국물을 부어 준다.

청연가靑蓮街에 가면 양선지미선쌀국수를 먹을 수 있다. 커다란 솥에다 끓여서 반쯤 익힌 양의 선지를 쌀국수 위에 한 국자 뚝 떠서 놓은 다음, 참깨장, 고추, 다진 마늘을 넣어서 준다. 양선지미선쌀국수는 참으로 '야만적'인 음식이라서, 이런 음식을 먹어 본, 나 같은 촌놈들이나 먹을 수 있다.

호국로에는 미선쌀국수볶음을 파는 곳이 있다. 돼지기름을 듬뿍 치고 육수를 조금 부어서 볶는데 고추를 많이 넣는다. 아주 짜고 엄청 맵다.

비빔미선쌀국수는 쌀국수에 숙주 같은 야채를 넣어서 양념장을 뿌린 것이다. 양념장을 뿌리기 전에 종업원이 "새콤한 그냥 식초요? 아니면 달콤한 단식초요?" 하고 묻는데 대부분의 손님이 "새콤달콤한 식초요"라고 말하면서 둘 다 뿌려 달라고 한다. 나는 단식초라는 것을 다른 곳에서 본 적이 없다.

쌀가루를 반죽하여 작은 베개 모양으로 뭉쳐서 찌면 두툼한 이괴餌塊떡이 만들어진다. 이괴떡을 얇게 썰어서 채 썬 고기와 청채를 함께 볶으면 이괴떡볶이가 되고, 육수를 넣어 끓이면 이괴떡국이 된다. 운남 사람들은 등충騰冲현의 이괴떡볶이를 최고로 친다. 등충 사람들은 이괴떡볶이를 왕을 구한 떡볶이라고 해서 '대구가大救駕떡볶이'라고 부르기도 한다. 옛날 계왕이 오삼계吳三桂에게 쫓겨 미얀마까지 도주했을 때의 이야기다. 등충현까지 쫓겨 왔는데 먹을 것은 없고 배가 고파 한 발짝도 움직이지 못할 지경이었을 때 누군가 이괴떡볶이를 큰 접시로 하나 만들어 바쳤다. 이를 게눈 감추듯 깔끔하게 먹어 치운 계왕이 "이것이 나를 살렸구나!"라고 하였다고 한다. 나도 등충에 가서 '대구가떡볶이'를 먹어 보았는데 그렇게까지 맛있지 않았다. 아마도 그날 내 배가 덜 고파서 그랬을 것이다.

이괴떡을 성냥개비 크기로 잘라서 채를 썰면 이사餌絲떡이 된다. 이사떡은 미얀마에도 있다. 내가 예전에 중국과 미얀마의 국경을 나누는 경계선에서 이사떡 한 그릇을 먹은 적이 있다. 그곳에서 국경선이라 부르는 것은 산이나 강을 기준으로 구분되는 것이 아니고 그저 길 한가운데에 석회 가루로 세 치 정도 되게 굵은 선을 그려 놓은 것이다. 선의 안쪽은 중국, 바깥쪽은 미얀마, 이런 식이었다. 국경선 바로 옆에 미얀마 사람이 좌판을 열고 이사떡을 팔았다.

선 안쪽에서 돈(인민폐)이 국경선을 넘어가면, 선 바깥쪽에서 다시 이사떡이 국경선을 넘어왔다. 손이 국경을 넘는 것은 괜찮고 발만 안 넘으면 월경越境이 아니라고 한다. 어쩌면! 미얀마의 이사떡 맛은 중국의 이사떡 맛과 똑같았다!

이괴떡은 북방 지역의 '소헛바닥호떡'처럼 길쭉한 전병 모양으로 만들기도 한다. 크기가 소헛바닥호떡보다 약간 커서 소 혓바닥이라기보다는 신발 밑창 모양이다. 거리의 좌판에서는 숯불 위에 석쇠를 올려 놓고 기름종이 부채로 부채질을 계속하면서 신발 밑창 같이 생긴 이괴떡을 굽는다. 떡이 부풀어 올라 말랑말랑하게 잘 구워지면 참깨장, 땅콩장, 단간장, 고추 기름을 바른 다음 반으로 접어서 준다. 이것이 '이괴떡구이'다. 밤이 되면 거리에 벌겋게 달아오른 숯불 통이 하나둘 보이기 시작하고 "이괴떡구이-, 이괴떡구이-" 하며 길게 끄는 소리가 들려온다. 이런 밤에 이괴떡구이를 하나 사 들고 걸으면서 먹으면 저절로 들뜨는 기분이 된다.

딤섬과 간식

햄월병은 곤명에 있는 길경상의 햄월병이 '천하제일'이다. 전통적인 제조 방식에 따라 '운퇴雲腿 햄(선위 햄)'을 넣고 월병 4개의 무게를 1근에 맞췄다. 그러니까 월병 1개는 옛날 저울추 4량짜리 1개의 무게가 되었다는 말이다. 그래서 이 월병을 '사량타월병'이라고 한다. 몇 년 전에 지인 하나가 곤명에 다녀오면서 '사량타월병' 두

상자를 사다 주었는데, 예전에 먹었던 사랑타월병의 맛이 그대로 났다.

파소破酥호빵은 밀가루를 기름에 반죽해서 발효시킨 호빵이다. 호빵의 이름에 깨진다는 뜻의 '파破' 자가 들어 있어 듣기에 좋지는 않지만, 이 호빵은 쪄 놓으면 표면에 금이 가고 틈이 벌어져서 그 이름처럼 깨진 모양이 된다. 설탕 소를 넣어 만들기도 하고 고기 소를 넣어서 만들기도 한다. 맛있기는 하지만 너무 기름진 것이 문제다. 한 번 생각을 해 보라. 물이 아닌 기름으로 반죽을 한 호빵을 막 찜통에서 꺼냈는데 어떻게 '기름'지지 않을 수 있겠는가? 도저히 한 번에 여러 개를 먹기는 어렵다. 그래서 파소호빵은 아주 진한 차를 마시면서 먹어야 좋다.

옥맥玉麥떡은 묘족 계집아이들이 팔러 다닌다. 곤명의 한족은 옥수수를 '파곡芭穀'이라고 부르는데, 묘족 사람들은 '옥맥'이라고 한다. 햇옥수수 알을 뜯어 곱게 갈아 만든 옥수수 가루를 동그란 호떡 모양으로 빚고, 옥수수 껍질로 감싸서 쪄 낸다(떡에 손가락 자국이 눌려서 남는다.). 옥맥떡을 나무 함지에 담고 떡 위에 양매 나뭇잎을 덮어서 들고 다니며 판다. 옥맥떡은 햇옥수수 향이 살아나도록 소금 간을 조금만 한다. 묘족의 계집아이들이 "옥맥떡–" 하고 외치며 떡을 팔러 다니는데 가느다랗게 떨리는 목소리가 아주 듣기에 좋다. 보슬비라도 내리는 날이면 더욱 운치가 있다.

곤명에서는 감자떡튀김을 양우洋芋떡튀김이라고 부른다. 감자의 학명은 '마령서馬鈴薯'인데, 산서와 내몽고에서는 '산약山藥', 동북과 하북에서는 '토두土豆'라고 부른다. 또 상해에서는 '양산우洋山芋', 운남에서는 '양우'라고 부른다. 감자떡튀김은 먼저 감자를 푹 삶아서 절구로 찧는다. 산초소금과 파 다진 것을 넣고 버무린 다음 쇠국자에 덜어 꾹꾹 눌러서 납작한 떡 모양을 만든다. 쇠국자 그대로 기름에 넣어서 튀긴다. 쇠국자의 바닥에 붙어있는 쪽이 노릇하게 익고 국자 위로 감자떡이 부풀어 오르면 건져내서 그대로 손으로 들고 먹는다. 감자떡튀김은 어린 학생들이 좋아하는 간식인데 나는 대학생 때도 정말 좋아했다.

모던morden떡은 구운 빵을 말한다. 잣나무잎(산잣나무잎)을 이용해서 구웠기 때문에 잣나무 특유의 향이 난다. 모던떡이라 부르는 밀가루 빵을 파는 곳은 봉저가에 한 군데 있는데 그 자리에서 바로 구워준다. 서남연합대학의 여학생들이 제일 좋아하는 빵이다. 곤명 사람들은 서남연합대학의 여학생들을 '모던'이라고 부른다. 그래서 여학생들이 제일 좋아하는 이 밀가루 빵도 덩달아 '모던떡'이라고 부르다가 나중에는 정말로 빵의 이름이 되어버렸다. 몇 년 전에 내가 곤명에 갔을 때 이 모던떡을 물어봤더니 아직까지 있기는 있는데 봉저가에서 다른 곳으로 옮겨 갔다고 했다. 그래도 여전히 '모던떡'이라고 부른다고 한다.

볶은 쌀과 누룽지 가루.

어릴 적에 읽었던《판교가서 板橋家書》에 이런 이야기가 나온다.

꽁꽁 얼어붙은 한 겨울에 친척이나 친구들이 찾아오면, 먼저 뜨거운 물에 볶은 쌀을 불려서 한 사발 손에 들리고, 생강절임도 작은 접시에 담아 내어준다. 이것은 모두가 가난했던 시절에 집에 온 손님을 최고로 잘 대접하는 것이었다.

나는 이 글이 아주 따뜻하게 느껴진다. 정판교는 홍화 興化 사람인데 그곳의 정서는 내 고향 고우와 비슷하다. 여기에서 느껴지는 감정은 타지 사람들이 이해하기 어려운 것이다. 볶은 쌀은 다른 지역에도 있지만 대부분 쌀튀밥으로 만든 강정을 볶은 쌀이라고 말한다. 아이들이 사서 간식으로 오도독오도독 씹어먹는다. 사천에는 '볶은 쌀 숭늉'이라는 것이 있다. 기차역마다 파는데 뜨거운 물에 쌀튀밥 강정을 불려서 먹는 것이다. 사천의 볶은 쌀은 공장에서 튀밥으로 튀겨 만든 것이라 우리 고향의 볶은 쌀과는 사뭇 다르다. 우리 고향에도 수제 공장에서 튀밥으로 만든 쌀강정이 있다. 그런 강정은 길다란 직사각형 모양이거나, 손으로 동그랗게 빚은 '환희단 歡喜團강정' 모양으로 다른 지역과 다르지 않다. 그러나 우리 고향에서 말하는 '볶은 쌀'은 쌀튀밥에 설탕을 넣고 버무려 만든 강정이 아니고 그냥 볶은 쌀 알갱이 그대로를 가리키는 것이다. 또 공장에서 만들어낸 것이 아니라 집에서 그냥 볶은 것을 말한다.

쌀을 볶을 때는 집에 쌀 볶는 사람을 불러서 볶는다. 쌀을 볶는 것도 기술이 필요하기 때문에 누구나 할 수 있는 것은 아니다. 겨울이 되어 동지冬至를 막 쇠고 났을 즈음이 되면, 등에 커다란 체를 지고 손에는 철로 만든 길다란 삽 한 자루를 쥐고서 골목 골목마다 돌아다니는 사람이 보인다. 쌀 볶는 사람이다. 간혹 조수를 데리고 올 때도 있지만 대부분은 불을 지필 때 그를 도울 수 있는 사내아이 한 명을 데리고 온다. 보통 쌀을 볶아주러 가면 밥 한 끼와 품삯 몇 푼을 받고 하루 동안 쌀을 볶는다. 쌀 두 되를 볶을 때도 있고, 쌀 반 가마니를 볶을 때도 있다. 우리 집처럼 식구가 많은 집에서는 먼저 찹쌀 한 가마니를 볶는다. 쌀은 일 년 치를 한 번에 볶아서 두고 먹는다. 먹을 때마다 조금씩 볶는 것이 아니다. 이때를 놓치면 쌀 볶는 사람도 찾기가 어렵다. 그래서 쌀을 볶는다 하면 '아, 또 한 해가 가는구나' 하는 생각이 든다.

볶은 쌀을 담는 항아리는 정해져 있다. '볶은 쌀 항아리'로 정해진 항아리는 다른 용도로 쓰이지 않는다. 볶은 쌀을 퍼 담는 바가지도 정해져 있는데 보통 집에서 담배를 담아 두던 깡통을 사용한다. 우리 할머니는 만백유의 껍질을 사용했다. 만백유는 보통 크기가 어린아이의 머리통만큼 큰 감귤인데 우리 고향에서는 흔한 과일이 아니었다. 만백유 윗부분에 구멍을 내서 안쪽의 속살을 다 파 낸 다음 그 속에 쌀겨를 넣고 바람에 말리면 단단한 사발 모양의 바가지가 된다. 할머니는 만백유 껍질로 만든 바가지를 평생 사용했다.

우리 아버지 친구분들 중에 장중도張仲陶라는 정말 유별난 분이 있었다. 아저씨는 나한테 《항우본기項羽本紀》를 가르쳐 줄 수 있을 정도로 유식했는데 밭일을 해서 생업에 힘쓸 생각은 전혀 하지 않았다. 온종일 집안에서 주역을 연구하고 가새풀로 점을 쳤다. 우리가 사는 지역 일대를 통틀어서 가새풀로 점을 칠 줄 아는 사람은 아저씨 한 사람뿐이었다. 소문에 의하면 장 아저씨의 점괘가 용하게 맞아 떨어진 적이 몇 번이나 있었다고 한다. 한번은 어떤 집에서 금가락지 한 짝을 잃어버렸는데 그 집에서 일하던 식모가 훔쳤다는 의심을 받게 되었다. 식모는 놀라고 억울한 나머지 장 아저씨에게 달려가 점을 봐달라고 했는데 장 아저씨가 점괘를 뽑아보니 반지는 잃어버린 것이 아니라 집안의 볶은 쌀 항아리 뚜껑 위에 있다는

것이다. 찾아보니, 과연! 하지만 내 어린 생각에도 가새풀 점으로
그렇게 정확하게, 볶은 쌀 항아리 뚜껑 위에 있는 것까지 맞출 수가
있는지 믿기지가 않았다. 그러나 장 아저씨의 가새풀 점이 말해 주
는 것이 하나는 있다. 바로 우리 고향에서는 집집마다, 거의 모든
집에 볶은 쌀 항아리를 가지고 있다는 사실이다.

　사실 볶은 쌀은 어떻게 맛있다고 말할 만한 것이 못 된다. 뜨거운
물을 부어서 바로 먹을 수 있고 그저 먹기 편하니까 집에 두고 먹는
음식이다. 딱히 먹을 만한 것이 없을 때, 물에 부어서 간단한 아침
이나 저녁으로 대신하기도 하고, 허물없는 손님이 오면 한 그릇 만
들어서 간식으로 대접하기도 한다. 정판교의 '가난한 친척이나 친
구들이 찾아오면, 먼저 뜨거운 물에 볶은 쌀을 넣어서 한 사발 손에
들리고'라는 말에서도 볶은 쌀이 간단하게 먹을 수 있는 음식이라
는 것을 알 수 있다. 국수에 비하면 얼마나 간단한가 말이다. 하지
만 볶은 쌀로 배를 불릴 수는 없다. 큰 사발로 한 그릇 먹는다 해도
얼마 되지 않는다. 우리 고향에서는 보통 볶은 쌀에 물을 붓고 설탕
을 한 줌 뿌려 먹는다. 정판교가 말한 것처럼 생강절임 한 접시를
곁들여 먹기도 하지만 그런 경우는 드물다. 그런데 이제 나이를 먹
으니 누가 볶은 쌀 한 그릇을 만들어준다고 하면 설탕보다는 생강
절임에 곁들여 먹고 싶다. 생강절임에 참기름을 몇 방울 떨어뜨려
준다면 더 맛있을 것 같다. 볶은 쌀을 먹는 또 다른 방법은 돼지기
름을 두르고 계란후라이를 반숙으로 부쳐서 노른자에다 볶은 쌀
을 비벼서 먹는 것이다(우리 고향에서는 반숙으로 익힌 계란후라이를 '알쭈

그렁이'라고 부른다.). 하지만 집에서 '응석받이'로 키우는 아이들이나 알쭈그렁이에 볶은 쌀을 비벼서 먹을 수 있다. 어떤 집에서 아이에게 늘 이것을 해 먹인다고 하면 동네 사람들이 한마디씩 참견하며 말들을 한다.

'누룽지 가루'도 우리 고향에서 먹는 간편식이다. 끼니 때마다 쌀밥을 해 먹기 때문에 누룽지도 끼니마다 나온다. 밥을 다 푸고 나서 솥을 은근한 불 위에 그대로 둔다. 솥 안에 남아 있던 밥이 눌어 솥 바닥에서 일어나면 돌돌 말아서 따로 둔다. 누룽지는 쉰 내가 나지도 않고, 곰팡이도 피지 않고, 상하지도 않으니 이렇게 누룽지를 모아 놓았다가 어느 정도 모이면 맷돌에 갈아서 보관한다. 누룽지 가루도 볶은 쌀처럼 먹는다. 뜨거운 물을 붓고 잘 저으면 북방 지역에서 먹는 보리 미숫가루처럼 걸쭉한 죽이 된다. 하지만 누룽지 가루는 보리미숫가루처럼 텁텁하지 않고 맛이 깔끔하다.

우리 고향 사람들이 볶은 쌀과 누룽지 가루를 늘 준비해 두는 것은 간편하기도 하지만 비상식량으로도 쓸 수 있기 때문이다. 평상시처럼 밥을 해 먹을 수 없는 상황일 때 볶은 쌀과 누룽지 가루로 허기를 채울 수 있다. 고대 군인들의 행군 음식이었던 말린 밥, 즉 '건량乾糧'과 비슷하다고 할 수 있겠다. 어느 해인가 정확히는 기억나지 않지만, 아무튼 내가 아주 많이 어려서 소학교에 다니던 때였다. 당군(국민혁명군)과 연합군(손전방孫傳芳의 군대)이 우리 마을 경내에서 전투를 벌여 많은 사람이 적십자회로 숨어들었다. 무엇 때문에 그렇게 믿게 되었는지 모르겠지만 사람들은 그 어느 편의 군대도 적십자회에는 쳐들어 오지 않을 것이라고 생각했다. 그래서 적십자회에 들어가 있으면 안전하다고 판단했다. 적십자회는 연양관煉陽觀이라는 도교 사원에 있었다. 우리 집 식구들은 모두 보따리를 하나씩 들고 연양관으로 들어갔다. 볶은 쌀 항아리와 누룽지 항아리를 가지고 가라는 할머니의 특명이 내려졌다. 나는 평소와 다른 생활을 하는 것이 정말로 재미있었다. 저녁이 되면 여조루呂祖樓에 기어 올라가서 양쪽 군대 총포의 화광이 동북쪽 어디선가 번쩍번쩍해 대는 것을 보면 좀 긴장도 되고 재미도 있었다. 많은 사람이 함께 모여 있어 밥을 지을 수가 없으니 이날 저녁은 볶은 쌀에 물을 부어 먹거나 누룽지 가루를 물에 타서 먹는 것으로 대신했다. 침대가 없어서 그냥 도사들이 경전을 읽을 때 쓰는 포단 몇 개를 바닥에 붙여서 깔고 그 위에서 하룻밤을 잤다. 사실 이 하룻밤은 내가 어릴 적에 보냈던 아주 낭만적인 밤이었다.

이튿날 아무 일도 일어나지 않자 사람들은 바로 집으로 돌아갔다.

볶은 쌀, 누룽지 가루, 내 고향의 가난, 그리고 기나긴 동란, 이 모든 것이 내 기억 속에서 길게 이어져 함께 떠오른다.

단오절과 오리알절임。

우리 고향의 단오절 풍속에는 다른 지방과 비슷한 것이 많다.

오색 실팔찌를 만든다. 다섯 가지 색의 명주실을 길게 꼬아서 손목에 묶는다. 세수하느라 실팔찌에 물이 묻으면 명주실에서 물이 빠져서 바로 손목에 빨간 줄, 초록 줄이 하나씩 새겨진다.

향 주머니를 만든다. 색색의 실을 감아 작은 종자떡처럼 원추형으로 모양을 만들고 속에다가 향료 가루를 채운 다음 여러 개를 줄줄이 꿰어서 끝에 고리를 단다.

오독五毒과 부적을 붙인다. 오독은 다섯 가지 독을 뜻하는 동물인데 붉은색 종이를 오독의 모양으로 잘라 문지방에 붙이는 것이다. 부적은 성황당에서 보내온 것을 쓴다. 성황당의 늙은 도사님이 내 의부*였는데 매년 단오절이 되면 어린 도사에게 부적과 함께 작은 종이 부채 두 개를 들려서 보낸다. 부적이 오면 바로 본채의 한가운데에 있는 방의 문미에 붙인다. 부적은 한 자 정도 되는 누런 종이, 퍼런 종이에다가 도무지 무슨 뜻인지 알 수 없는 빨간 줄로 죽죽 그어 놓은 것이다. 이것으로 과연 악귀를 막을 수 있을지 믿을 수가 없다.

웅황주雄黃酒를 마신다. 술에다 웅황 가루를 개어서 아이들 이마에다가 왕王 자를 써 넣는 것은 다른 지방에서도 많이 하는 것이다.

황연자黃煙子 폭죽을 터트린다. 이런 풍속이 다른 지방에도 있는지 잘 모르겠다. 황연자 폭죽의 크기는 북방 지역의 마뢰자麻雷子 폭죽만 한데 안에 화약이 아니라 웅황이 들어 있다. 불을 붙이면 폭죽 터지는 소리는 나지 않고 그냥 노란 연기만 나는데 한 번 불을 붙이면 한동안 연기를 피울 수 있다. 황연자 폭죽에 불을 붙여서 부엌의 찬장 밑에 던져 놓으면 오독을 불에 태워 없앨 수 있다고 한다. 아이들은 황연자 폭죽에 불을 붙여 나무판자 벽 위에다가 호랑이 '호虎' 자를 쓴다. 황연자 폭죽의 연기로 글씨를 쓰는 것은 중간에 끊어 쓸 수가 없기 때문에 내 고향의 아이들은 모두 초서체草書體로 '일필호'**를 쓸 줄 안다.

---

* 의부(義父). 아이가 요절하지 않고 오래 살게 하기 위하여 남을 의부모로 삼거나 중·도사를 스승으로 삼고 절이나 도관에 이름을 올리는 것을 말한다.
** 일필호(一筆虎). 중국 청대의 서예가인 옹동화(翁同龢)의 작품.

단오절 점심으로 '십이홍十二紅'을 먹는다. 십이홍은 열두 가지의 붉은색 음식을 말한다. 열두 가지 음식 중에서 기억나는 것이 참비름, 새우튀김, 오리알절임이다. 십이홍을 먹는다는 것은 명목상 그런 것뿐이지 정말로 음식의 가짓수가 꼭 열두 가지가 되어야 하는 것은 아니다. 하지만 단오절 점심으로 나온 반찬들이 붉은색이었다는 것은 확실하다. 그리고 비름나물, 새우, 오리알은 빠지지 않고 꼭 들어 있었다. 우리 고향에서 이 세 가지는 비싼 것이 아니라 대부분의 가정집에서 쉽게 먹을 수 있는 음식이다.

우리 고향은 물가에 있다. 그래서 오리를 키운다. 고우의 대마압大麻鴨 오리는 유명한 종자다. 오리가 많으니 오리알도 많다. 그리고 오리알로 절임도 잘 만들어서 고우는 오리알절임으로 유명하다. 내가 소남의 절강에 있을 때 사람들이 내가 어디 사람인지 물어봐서 대답을 하면, 사람들은 바로 "아! 거기는 오리알절임이 나는 곳이지요!" 하면서 추켜세운다. 상해의 가공육을 파는 가게에서는 오리알도 파는데 꼭 종이에다가 '고우 오리알절임'이라고 써서 별도로 표시해 놓는다. 고우의 오리알은 쌍란이 많다. 다른 지역에서도 쌍란이 더러 있지만 고우처럼 많지는 않을 것이다. 고우는 쌍란만 모아 도매로 팔 수 있을 정도로 많다. 사실 쌍란이라고 해서 오리알의 맛이 특별한 것은 아니다. 그래 봐야 오리알 아닌가! 그저 반으로 갈랐을 때 속에 동글동글한 두 개의 노른자가 보이면 사람들이 깜짝 놀라며 신기해하는 것뿐이다. 나는 타지 사람들이 고우 오리알을 칭찬하는 것을 별로 좋아하지 않는다. 마치 내 고향이 오리알밖에 내세울 것이 없는 가난한 지역인 것 같은 느낌을 주기 때문이다. 하지만 고우의 오리알절임이 좋은 것은 사실이다. 나는 꽤 많은 지역을 돌아다녔고 여기저기서 먹어본 오리알도 아주 많은데 모두 우리 고향의 오리알과는 비교할 수도 없는 것들이었다. 일찍이 넓은 바다를 보고 나면 그냥 물은 물이 아니라 했지 않는가? 나는 타지의 오리알절임이 눈에 차지 않는다. 원매袁枚의 《수원식단》을 보면 '오리알 절이는 법'이 나온다. 나는 원래 이 원자재袁子才란 사람을 별로 좋아하지 않았다. 《수원식단》에는 정작 자신은 만들 줄도 모르면서 어디서 들은 대로 조리법을 적어 놓은 음식들이 꽤 많이 나오기 때문이다. 그런데 '오리알 절이는 법'만큼은 굉장히 친근하게 느껴졌고 내가 친근하게 느낄 수 있다는 것이 영광스러웠다. 내용이 그다지 길지 않아 아래에 적어본다.

오리알절임은 고우의 것을 최고로 친다. 색이 곱고 기름져 고문단高文端 공께서 가장 즐겨 드시는 것이다. 연회석상에서 손님을 대접할 때 가장 먼저 집어서 손님 접시에 놓는다. 상에는 껍질째로 잘라서 놓고, 먹을 때 노른자와 흰자를 같이 먹는다. 흰자를 버리고 노른자만 떼어서 먹는다면 그 맛을 온전하게 느낄 수 없고 노른자의 기름도 흐트러진다.

고우의 오리알절임의 특징이라면 부드럽고 기름기가 많다는 것이다. 흰자도 다른 곳의 오리알절임처럼 퍽퍽해서 가루가 떨어지거나 입에 넣었을 때 석회를 씹는 것 같은 느낌이 없이 부드럽다. 기름기가 많은 것은 다른 곳의 오리알절임이 결코 따라올 수가 없다. 오리알절임을 먹는 방법들 중 원매가 말한 것처럼 껍질째 잘라 먹는 것은 연회 석상에서 손님을 대접할 때 먹는 방법이다. 평소에 먹을 때는 보통 오리알 윗쪽의 '공기 구멍' 부분을 깨뜨려 젓가락으로 파먹는다. 젓가락으로 푹 찌르면 붉은 기름이 죽 흘러내린다. 고우 오리알절임의 노른자는 주사朱砂처럼 진홍색이다. 소북蘇北의 유명한 음식인 '주사두부'는 바로 고우 오리알절임의 진홍색 노른자를 넣어 볶은 두부 요리다. 내가 북경에서 먹어본 오리알절임은 노른자 색깔이 그저 노리끼리한 것이었다. 이게 무슨 오리알절임이란 말인가!

단오절이 되면 아이들은 모두 '오리알 주머니'를 달고 다닌다. 하루 전날 고모나 누나들이 색실로 주머니를 엮어 만들어 두었다가 단오날 아침이 되면 오리알을 삶아 아이들더러 하나씩 고르라고 한다. '고작 오리알을 두고 고르고 말고 할 것이 있는가?'라고 생각하는 사람이 있을 수도 있지만, 있다! 첫째는 오리알 껍데기가 파르스름한 것을 고른다. 오리알 껍데기의 종류는 하얀색과 파르스름한 색 두 가지다. 그리고 둘째는 잘생긴 것으로 고른다. 오리알 생긴 것이 다 거기서 거기지 무슨 차이가 있느냐고 말하지 말라. 자세히 보면 확실히 다르다. 멍청하게 생긴 것도 있고 아주 수려하게 생긴 것도 있다. 오리알을 다 골랐으면 이제 색실 주머니에 넣어 겉옷 단추 위에 건다. 그게 뭐 그리 보기에 좋다고 아이들은 오리알

맛 좋은 삶

장신구를 애지중지한다. 아이들은 오리알 주머니를 반나절이나 달고 다니다가 기분 좋을 때 바로 오리알 주머니에서 오리알을 꺼내서 먹어버린다. 단오절에 먹는 오리알은 새로 만들어서 소금에 절인 지 얼마 안 된 것이다. 짜지 않아 맨입에 먹기에 딱 좋다.

오리알절임을 먹을 때 아이들은 오리알 윗부분의 공기 구멍을 조금만 깨뜨려 먹기 시작하는데 껍데기 전체가 깨지지 않도록 아주 조심해서 먹는다. 노른자와 흰자를 다 먹고 나서 깨끗한 물로 오리알 속을 씻어내고 저녁에 반딧불이를 잡아서 오리알 껍데기 안에 넣는다. 그런 다음 오리알을 먹느라 깨뜨린 공기 구멍 부분에 얇은 망사를 붙여 막아 놓는다. 반딧불이가 오리알 껍데기 안에서 반짝반짝 빛을 낸다. 그 빛이 정말 보기에 좋다.

어릴 적에 형설지공에 대한 고사를 읽고 나서 동진東晉의 학자 차윤車胤이 비단 주머니가 아니라 오리알 껍데기에다가 반딧불이를 넣은 것이 더 좋지 않았을까 하는 생각을 했었다. 그런데 반딧불이 불빛으로 밤새도록 책을 읽고 다음 날 아침에 날이 밝을 때까지 책을 읽는 것이 과연 가능한 일인가? 차윤이야 큰 글자가 쓰인 족자를 들고 읽는 것이어서 가능했을지 몰라도 요즘 같이 깨알 같은 폰트로 인쇄된 책이라면 어렵지 않았겠는가!

고향의 나물。

냉이는 들에서 캐는 흔한 나물이다. 하지만 우리 고향에서는 냉이나물을 잔칫상에 올린다. 잔칫상에는 먼저 여덟 가지의 차가운 음식을 올리는데 햄, 송화단, 닭수육, 오리 간장수육, 새우튀김(혹은 생새우장), 꼬막(꼬막은 우리 지역에서 생산하지 않아서 모두 외부에서 들여온 것이다.), 오리알절임 같은 음식을 손님들이 자리에 앉기 전에 상 위에 올려 놓는다. 만약 봄에 하는 잔치라면 두 가지 제철 나물로 적환무를 가늘게 채 썰어 해파리와 함께 무친 해파리적환무무침과 냉이무침이 상에 오른다. 냉이는 살짝 데쳐서 잘게 썬 다음 역시 작게 깍둑깍둑 썬 향건두부와 함께 다진 생강, 참기름, 간장, 식초를

맛 좋은 삶

넣고 무친다. 말린 새우살을 넣기도 하는데 넣어도 안 넣어도 다 괜찮다. 이 나물 요리는 탑처럼 쌓아서 상에 내고 먹기 직전에 나물탑을 쓰러뜨려 골고루 섞는다. 냉이무침은 신선하기 때문에 잔칫상에서 늘 환영받는다. 들에서 캐는 나물은 밭에서 키운 채소와는 달리 향기가 있어 좋다.

냉이는 보통 나물로 무쳐 먹는다. 기름에 볶아 먹는 사람은 별로 없다. 춘권이나 찹쌀 단자를 만들 때도 냉이를 넣는다. 강남 사람들은 냉이로 혼돈만두를 만든다. 이렇게 채소와 고기로 만든 혼돈만두를 '대혼돈大餛飩'이라고 부른다. 하지만 우리 고향에서는 냉이로 만두를 만들지 않는다. 식당에서 파는 혼돈만두도 전부 고기 만두다. 강남 사람들이 부르는 식으로 하면 고기만 넣은 '소혼돈小餛飩'만두만 있고, 채소와 고기를 같이 넣은 '대혼돈'만두는 없는 것이다. 나는 북경의 아주 유명한 가정식 식당에서 '비취계란찜'을 먹어 보았다. 그릇 한쪽에는 계란찜, 다른 한쪽에는 냉이가 들어 있어 한쪽은 연한 노란색, 한쪽은 비취처럼 진한 초록색으로 두 가지 색이 뚜렷하게 구분되었다. 비취계란찜은 먹기 직전에 섞어서 먹는데 먹기 전에 두 가지 색이 섞이면 안 된다고 한다. 우리 고향에서는 계란찜을 그렇게 먹은 적이 없어서 '비취계란찜 먹는 법'은 그 식당에서 처음 듣는 얘기였다.

봄이 되면 이른 아침에 구기자순을 파는 소리가 들려온다. 특히 보슬비가 한 차례 지나간 아침이면 근처의 촌에서 계집아이들이 올라와 구기자순을 판다. 카랑카랑한 목소리가 멀리까지 울려 퍼진다. "구기자순이 왔어요-, 구기자순 팔아요-" 원보바구니* 안의 구기자순도 계집아이의 목소리도 빗방울을 머금고 있어 맑고 깨끗하다. 구기자순은 값으로는 얼마 되지 않아서 저울에 달 필요도 없다. 돈 몇 푼이면 바구니째로 몽땅 털어서 준다. 구기자순을 팔아서 머릿기름 한 병 살 돈만 마련하면 되기 때문에 열심히 팔아볼 생각도 하지 않는다.

구기자순은 구기자가 있는 곳이라면 직접 따는 것이 별로 힘들지 않다. 잠깐만 따서 모아도 한 무더기가 된다. 내가 다녔던 소학교의 운동장은 원래 하늘에 제사를 지내던 공터였다. '천지단天地壇'이라고 부르는 곳이었는데 이 천지단을 둘러싼 사방의 담벼락 아래에 비죽이 솟아오른 것을 보면 모두 구기자순이다. 구기자는 여름에 작고 하얀 꽃을 피우고 가을이 되면 작은 구기자 열매가 수없이 많이 열린다. 내가 어릴 적에는 구기자를 '개젖'이라고 불렀다. 생긴 게 정말 개젖 같이 생겼기 때문이다.

구기자순도 나물로 무쳐 먹는다. 향이 냉이보다 더 진한 것 같다.

물쑥은 대부분 돼지고기 살코기와 같이 볶아 먹는다. 고기 없이 물쑥만 볶아 먹지는 않는 것 같다. 나는 어릴 적에 물쑥볶음을 정말 좋아했다. 식탁 위에 물쑥볶음이 놓여 있는 날이면 나는 입맛을 다시며 즐거워했다. 물쑥볶음은 향도 좋지만 아삭아삭 씹히는 맛이 아주 좋다.

---

* 원보바구니. 원보(元寶) 모양의 바구니. 원보는 금이나 은으로 만든 명대의 화폐이며 종이배 모양이다.

맛 좋은 삶

냉이나 구기자순은 외지에서도 가끔씩 먹을 수 있었는데 물쑥은 열아홉에 고향을 떠난 후로 한 번도 먹지 못했다. 그 맛이 너무도 그립다. 작년에 고향에서 직접 차를 몰고 북경으로 오는 사람이 있어서 내 동생들이 그가 오는 편에 물쑥을 보냈다. 그런데 북경까지 오는 시간이 너무 오래 걸리는 바람에 물쑥이 비닐 봉지 안에서 다 상해 버렸다. 내가 덜 무른 것으로 골라서 한 접시 볶아 먹었는데, 아쉬운 대로 그것도 맛이 있었다.

옛날에는 쇠비름도 참비름처럼 흔하게 먹는 나물이었다. 그런데 왜 그런지는 모르겠지만 요즘에는 쇠비름을 먹는 사람이 점점 줄어드는 것 같다. 우리 할머니는 매년 여름이 되면 쇠비름을 뜯어 말려 놓았다가 설을 쇨 때 호빵으로 만드셨다. 우리 고향에서 호빵은 평상시에 만들어 먹는 음식이 아니다. 설을 쇨 때나 호빵을 만들어서 식구들도 먹고, 집에 오는 손님들한테도 한 접시씩 쪄서 대접을 한다. 하지만 집안 사람들이 직접 호빵을 만들지는 않는다. 보통 가정주부들은 호빵을 만들 줄 모르기 때문에 반죽과 호빵에 넣을 재료를 준비하고 난 후에 호빵 가게의 전문가를 부른다. 오전 내내 만들면 정월에 먹을 만큼 만들어진다. 우리 할머니께서는 불교 신자로 오랫동안 소식을 하셨는데 쇠비름을 넣은 호빵은 할머니 혼자만 드셨다. 하나 먹어 보았더니 쇠비름에서 옅은 신맛이 났다. 맛이 없는 것도, 그렇다고 맛이 있는 것도 아니었다.

쇠비름은 어디에나 있는 나물이다. 내가 북경의 감가구甘家口에서 살 때 근처의 옥연담에 가면 쇠비름나물이 아주 많았다. 북경 사람들은 쇠비름을 '쇠비럴'이라고 발음하는데 쇠비름을 먹는 사람이 드물었다. 하지만 새를 기르는 사람들은 쇠비름이 새 몸의 열을 빼준다고 하여 화미조畵眉鳥에게 쇠비름나물을 먹인다고 한다. 아니, 화미조 같은 새가 무슨 열 받는 일이 있어 빼내야 하는 '열'이 그렇게나 많단 말인가?

처음으로 순채탕을 먹어본 것은 1948년 4월 항주 서호西湖에 있는 루외루 식당에서였다. 그전에는 순채를 먹어본 적도 없었고 한번 본 적도 없었다. 우리 고향 사람들은 대부분 순채가 뭔지도 모를 것이다. 하지만 진소유秦少游의 시*를 보면 고우에 원래 순채가 있었다는 것을 알 수 있다. 시의 마지막 구절, '물가에 집을 짓고 사니 사슴 고기는 준비하지 못하였네'를 보면 진소유가 당시 고우에 집을 짓고 살았고 소동파에게 고우의 특산물인 순채를 보낸 것이 나온다. 언제 고우에 가게 되면 순채가 있는지를 좀 살펴봐야겠다.

명나라 때 산곡散曲 시인이었던 왕반王磐은 우리 고향 출신이다. 왕반의 자字는 홍점鴻漸이고 호는 서루西樓다. 그의 산곡 작품으로는 〈서루악부西樓樂府〉가 있다. 왕반은 당시 명성이 높아 산곡의 대가인 진대성陳大聲과 함께 '남쪽의 가왕'으로 불렸으며 화가이기도 했다. 고우에는 '왕서루가 딸을 시집 보내면? 그림만 많고 은자는

* 진소유의 시, 이순강법어 조해기첨(以藕姜法魚 糟蟹寄贍). 순채, 생강, 말린 생선, 그리고 게장을 보내며…….

맛 좋은 삶

적네*라는 헐후어도 전해져 내려온다. 왕서루의 저작 중에서 특별하다고 할 수 있는 것이 바로《야채보野菜譜》다.《야채보》에는 52가지의 나물이 수록되어 있다. 여기에 수록된 나물들 중에 내가 알고 있는 나물은 민들레, 쑥부쟁이, 개사철쑥, 구기자순, 살갈퀴, 물쑥, 냉이, 쇠비름, 명아주 같은 것들이다. 강남 사람들은 쑥부쟁이를 귀하게 여긴다. 어릴 적에 주작인의 책《고향적야채故鄉的野菜》에서 '냉이나물아, 쑥부쟁이야, 우리 언니, 뒷집으로, 시집간다네'라는 노래를 보았다. 이 노래가 그립다. 사실 쑥부쟁이는 내 고향에서 많이 먹는 나물이 아니었는데도 말이다. 명아주는 '회조灰條'라고 부르는데, 회조의 '가지, 조條' 자는 올바른 표기가 아니다. 원래 '명아주 조藋' 자를 써야 하는데 사람들이 그냥 '가지 조條' 자를 쓰는 것이다. 우리 고향에서는 명아주를 먹지 않는다. 내가 처음 명아주를 먹어본 것은 산동이 고향인 친구의 집에서였다. 명아주에 묽은 밀가루 풀을 묻혀서 찜통에 쪄낸 다음 마늘 양념장에 찍어 먹었는데 아주 별미였다. 그 후에는 곤명의 황투포黃土坡 제1중학교에서 학생들을 가르칠 때 명아주를 베어다가 볶아 먹었다. 학교가 제때 봉급을 주지 못해서 자주 끼니를 굶던 때다. 그리고 북경에 있는 조어대釣魚臺 국빈관 담벼락에서도 명아주를 뜯어다가 볶아 먹은 적이 있다. 연하고 맛도 좋은 명아주가 허리를 한 번씩 굽힐 때마다 한

---

* 그림만 많고 은자는 적네. 왕서루가여아(王西樓嫁女兒), 화다은자소(畵多銀子少). 그림을 뜻하는 화(畵)와 말을 뜻하는 화(話)의 중국어는 발음이 같다. 그림이 많다는 것은 즉 말이 많다는 것이다. 말이 많고 은자는 적어 실속이 없음을 뜻한다.

무더기씩 뜯어졌다. 명아주를 이리저리 뜯어 가방에 넣고 있었는데 경비가 그걸 보고는 내가 시한폭탄이라도 땅에다 묻는다고 생각했는지 "뭐 하시는 겁니까?"라고 물었다. 내가 가방을 열어 명아주를 한 움큼 꺼내 보여주니 더 말하지 않고 그냥 가버렸다. 명아주는 약간 시금털털한 맛이 나는데, 나는 그 맛이 좋다. 왕서루의《야채보》를 보면 내가 먹어 보지 못했을 뿐 아니라 듣지도 보지도 못한 나물, 예를 들면, '제비 몰래 먹는 나물'이라든지 '번들번들 기름나물' 같은 나물들이 소개되어 있다.

《야채보》는 나물의 모양을 그림으로 먼저 보여주고 그림 밑에 나물의 생장, 제철, 요리 방법 등을 간단하게 설명한다. 글의 마지막에는 모두 요곡謠曲과 비슷한 민요 같은 시로 마무리하였는데 시의 제목이 나물 이름이어서 읽는 사람의 흥미를 유발한다. 하지만 시의 내용은 민초들의 고통을 노래하고 있다.

가래나물 큰 눈은 해마다 바라보네
봄에 심은 곡식이 가을에 여물기를
물에 잠긴 들판과 떠내려간 초가지붕
가래나물 큰 눈이 근심하던 몇몇 해
지치기도 하련만 어찌하여 너는 떠나지 않는가

〈가래나물, 안자채眼子菜〉

고양이 귀 고양이 귀 내 노래를 들어라

맛 좋은 삶

논밭에 넘친 큰물에 곳간의 쥐구멍도 비었구나

고양이야 고양이야 이 일을 어찌할고

〈고양이 귀, 묘이타 猫耳朶〉

물냉이 가득한 강가에 푸른 강물 흘러가네

강가에서 나물 캐는 아이가 우네

부모님을 여의고 어린 동생 달래며 집을 보는데

양식 찾아 집 떠난 오라비 언제 돌아오려나

〈물냉이, 강제 江薺〉

엄마 찾는 아이 쑥은 뿌리가 질기기도 하네

뜯어지는가 싶으면 다시 엉겨 붙는 것을

어제도 보지 않았던가

팔려가는 뱃전에서 엄마 찾는 아이가 울며 매달리는 것을

〈엄마 찾는 아이 쑥, 포낭호 抱娘蒿〉

이런 시를 읽으면 마음 속 깊은 곳에서 코끝이 시큰해지는 감정이 올라온다. 내 고향은 본래 가난한 곳이라 기근이 흔했다. 주로 홍수로 피해를 보았는데 나도 어릴 적에 집이 허물어지고, 사람이 죽고, 여자와 아이들이 팔려 나가는 것을 보았다. 하지만 지금은 치수 관리 체계가 많이 개선되어서 큰 홍수가 난다고 해도 왕서루의 시에 나오는 비극적인 일들은 더는 일어나지 않는다. 그저 기쁘고

안심이 된다. 과거에 배고픔을 면하려고 캐서 먹었던 나물은 이제 고향 사람들이 별미로 찾아 먹는 음식이 되었다. 아, 내 고향, 내 고향의 나물이여!

여덟 번째.

책, 음식을 이야기하다

사람들은 먹는 이야기를 좋아한다
정신회찬精神會餐은 사람들이 즐겨 찾는 대화의 주제이다
사람들은 맛있는 음식에 대해서 이야기하고
그 이야기를 들으면서
맛있는 음식을 먹는 것처럼 음식 이야기를 즐긴다

먹는 자유에 대하여。
《흘적자유吃的自由》 서문

    중국에는 음식이야기 책이 많다. 구체적인 요리 방법을 설명하는 책도 있는데 독자들은 이런 책을 보고 그대로 따라서 음식을 만들어 볼 수도 있다. 예를 들면 소동파는 돼지머리 삶는 법에 대해서 물은 적게 하고, 약한 불로 '충분히 익혀야' 하며, 반드시 '행락杏酪'을 끼얹으라고 했다. 물론 이 '행락'이라는 것이 어떤 음식인지 정확하게 알 수는 없지만 신맛이 나는 과즙이 아니었을까? 신맛은 느끼함을 없애준다. 서양 사람들도 스테이크나 생선을 구울 때 레몬즙을 짜 넣는다. 이와 같은 맥락으로 응용하여 만들어 볼 수 있다. 그리고 소동파가 이야기했던 '옥삼갱玉糝羹'은 산양 고기를 넣고 끓인 쌀죽에 불과하다. 생각해 보면 맛이 나쁘지 않을 것 같고 만드는 것도 그다지 복잡하지 않을 것 같아 해 볼만 하다. 중국 음식은 예로부터 국과 탕을 중시했다. '새신부는 시집온 지 삼일 째 되는 날 손을 씻고 국을 끓인다'는 말에도 있듯이 '국을 끓이는 것'이지 '고기를 볶는 것'이 아니다. 남송 시대부터 전해져 내려오는 '송씨 아주머니의 생선국**' 역시 국이다. 내 생각에는 '송씨 아주머니의 생선국'이 지금 넝파나 상해 사람들이 먹는 조기 국과 비슷한 음식이었을 것 같다. 《수호지》에서 임충林沖의 제자가 한 말에도 '재료를 잘 섞어 만든 맛있는 즙액'이란 말이 나오는데 이 '즙액' 역시 국의 일종이다. 국과 탕은 원래 만들기가 번거로운 음식이 아니다. 하지만 《음선정요飮膳正要》에 나오는 '당나귀가죽탕'은 결코 요리사가 편하게 만들 수 있는 음식이 아니다. 당나귀가죽탕은 당나귀 가죽과 초과草果를 조금 넣어 만드는데, 통째로 벗겨낸 당나귀 한 마리의 가죽을 자르지 않고 부드럽게 삶아 내려면 아주 오랫동안 불 위에서 삶아야 했을 테니 말이다. 《음선정요》은 요리사가 아닌 고위 관리가 쓴 책으로 관원들의 감수를 거쳐 만든 당시에 아주 중요시 했던 궁정 요리 책이라 할 수 있다. 당나귀가죽탕도 원대의 황제에게 바치는 음식이지만 만드는 방법에 있어서는 형식을 엄격히 따지지 않았다. 당나귀 가죽에다가 초과를 조금 더해 끓인 것인데 과연 맛이 있었겠는가? 아마도 원대의 황제는 대식가이면서 아주 거

---

* 송씨 아주머니의 생선국(송수어갱, 宋嫂魚羹). 육수에 미리 쪄서 가시를 발라낸 생선살과 죽순, 버섯 등 갖은 채소를 넣고 전분을 풀어 걸쭉하게 끓인 국.

친 입맛을 가졌을 것이다. 《음선정요》에는 음식의 종류만 나열되어 있고 만드는 방법은 나와 있지 않으니 그 이유를 정확하게 집어 말하기는 어렵지만 말이다. 중국의 음식 이야기 책들 중에서 비교적 잘 저술된 책을 말해 보라고 하면 나는 《수원식단》을 꼽는다. 원자재는 참으로 음식을 제대로 먹을 줄 아는 사람이었다. 그 자신이 직접 요리를 하지는 않았지만 어떤 음식을 먹고 나서 괜찮다 싶으면 그 요리법을 기억해 두었다가 음식을 총체적으로 포괄하는 요리의 '원리'를 이야기해 준다. 예를 들면 '채소볶음에는 고기기름을 써야 하고 고기 볶음에는 채소기름을 써야 한다' 라든지 '맛을 낼 수 있는 재료는 그 맛을 충분히 살려야 하지만 맛을 내지 못하는 재료들은 그 맛이 두드러지면 안 된다'와 같은 말은 음식에 대한 그의 높은 식견을 보여준다. 부중사符中士 선생은 《흘적자유》에서 복어 요리와 곰 발바닥 요리에 대해서 이야기하는데 어디에서 듣고 쓴 것이 아니라 모두 자신이 직접 먹어 보고 쓴 이야기다. 그래서 사실적이고 재미가 있다.

　나는 음식 이야기 책을 좋아한다.

　《흘적자유》라는 책은 단순히 음식의 종류나 요리 방법을 소개하는 책들과는 다르다. 부중사 선생은 음식을 하나의 문화 현상으로 보고 직접 맛보고 느낀 음식의 모든 것을 그대로 이야기한다. 그래서 음식에 들어가는 모든 양념과 재료들을 더욱 폭넓고 심도 있게 다루고 있다.

　《흘적자유》는 또한 풍부한 지식을 전달한다. 이 책을 보면 왜 스님이 고기를 먹지 않는지에 대해 알 수 있다. 왜 스님은 고기를 먹지 않는가? 고기를 먹는 스님도 있지 않는가?《금병매》를 보면 서문경에게 최음제인 춘약春藥를 준 호승은 "소승은 술도, 고기도 다 좋습니다"라고 말한다. 호승은 외지에서 흘러 들어온 땡중이라 당연히 멋대로 하는 것이지만, 고기를 먹는 중국의 스님으로 정말 유명한 사람은《수호전》에 나오는 노지심魯智深이다. 내 소설《수계受戒》에도 절의 불단 앞에서 돼지를 도살하고 그 고기를 먹는 스님 이야기가 나오는데 이것은 내가 직접 본 것이다. 그냥 지어낸 이야기가 아니고 말이다. 하지만 대부분의 스님은 고기를 먹지 않는다. 적어도 사람들 앞에서는 그렇다. 나는 스님이 왜 고기를 먹지 않는지 계속 궁금했지만 이것에 대해 알아보지 못했다. 그런데《홀적자유》를 보고 비로소 그것이 소연蕭衍(양무제梁武帝)이 내린 금령에서 시작되었음을 알았다. 소연에 대해서는 잘 알지 못하지만 소연을 본 적은 있다. 소주의 녹직甪直의 한 절에서 흙으로 만든 나한상羅漢像을 보았다. 나한들이 들쑥날쑥하게 결가부좌를 하고 있는데, 정중앙에 가사 장삼을 수垂하고 있는 나한이 바로 소연이라고 한다. 노신의 소설에 나오는 '양오제梁五弟'처럼 이렇다 할 특징은 보이지 않았다. 양무제가 불교의 계율을 엄격하게 지키고 승려가 되기 위해서 절에 세 번이나 들어갔다는 것은 나도 알고 있었지만 양무제가 살생을 금하기 위해서 육식을 금하는 법령을 내린 것은 이 책을 읽기 전에는 몰랐던 사실이다. 소연은 농민들을 핍박하고 농민 봉기를 여러 차례 진압하였으면서도 정작 불교를 광신

하고 스님들에게 고기까지 먹지 못하게 하였다니, 성격이 이렇게 복잡하고 이상한 사람은 연구 대상으로서 충분히 가치가 있다. 부중사 선생이 시간이 있을 때 소연이 엄격하게 육식을 금한다는 조령의 '원본'을 포함해서 좀 더 많은 자료를 가지고 연구해 봐도 좋을 것이다.

부중사 선생은 공부차功夫茶에 대해서도 풍부한 자료를 바탕으로 이야기한다. 나는 오룡차나 철관음鐵觀音 같은 복건차福建茶를 아주 좋아하는데 무이산의 대홍포大紅袍는 차나무가 몇 그루 되지 않아 구하기가 어려웠고 소홍포小紅袍는 마셔 보았다. 나는 공부차 다기에 대한 엄격한 법도를 잘 몰라서 그저 고급 찻주전자나 찻잔을 보기만 하면 '좋은 차에는 좋은 찻잔' 이라는 생각으로 모아 놓는다. 장대張岱가 쓴 산문, 〈민로자차閔老子茶〉를 보면 '국영 도요지와 여주汝州의 도요지의 찻잔은 모두 정교하다'라고 말하는데, 이 '모두'라는 말 자체에서 이미 찻잔이 한 세트로 되어 있지 않음을 알 수 있다. 《홍루몽》에도 농취암攏翠庵에서 묘옥妙玉이 내온 찻잔은 세트가 아닌 각양각색의 찻잔이었다. 부중사 선생은 '옥서외玉書碨' 차맷돌, '맹신관孟臣罐' 찻주전자, 그리고 차를 달이는 풍로와 '약심구若深甌' 찻잔을 '차를 만드는 네 가지 보물' 이라고 한다. '네 가지 보물' 역시 원래부터 세트로 만든 것이 아니고 '네 가지 보물' 이라는 이름으로 각기 다른 다기를 '한 세트'로 묶은 것이라고 말할 수 있을 것이다. 중국에는 예부터 전해 내려오는 다기에 대한 책이 거의 없기 때문에 이런 이야기는 누군가가 꼭 써야 하는 이야기였고 그런 점에서 부중사 선생의 글은 의미가 깊다.

부중사 선생은 〈노과〉*에 대해 이야기하면서 글의 끝 부분에 이렇게 적어 놓았다.

개성이 소멸되고 강제로 혼합되는 '노과' 문화는 과연 좋은 것일까? 좋지 않다면 왜 그렇게도 많은 사람들이 노과를 좋아하는 것인가? 아무리 생각해도 잘 모르겠다.

나는 슬며시 미소 짓지 않을 수 없었다. 부중사 선생은 무엇을 모르겠다는 것인가? 그는 알고 있다. 잘 알고 있으면서 북경 사람들이 하는 말처럼 '뿌연 물 속을 들여다 보기 위해서 가만히 놔두는 것'이다. 일부러 다 들추어 내고 낱낱이 밝히는 것이 오히려 좋지 않다. 하지만 이런 노과 문화뿐 아니라 문학에 대해서도 자신의 생각만을 강요하려 하는 사람들이 있다. 그래도 모든 사람이 주류를 따라갈 필요는 없다. 그 어떤 것에 대해서도 모두의 의견이 하나로 합쳐질 필요는 없는 것이다.

《훌적자유》는 이제 곧 독자들 앞에 나서게 될 것이다. 나는 음식 이야기 책을 즐겨 읽는 사람이고, 원래 집에서도 요리 담당이었지만, 재작년부터 기력이 달려 우리 집 부엌의 '국자'를 딸에게 넘겨

---

* 노과(爐鍋), '노(爐)'는 중국의 조리 방식 중의 하나다. 노과는 채소, 고기, 두부, 계란 등 재료의 구분 없이 여러 가지 재료를 혼합해서 한 솥에 끓여 내는 방식으로 만들며 양념의 종류와 지역에 따라 다양한 종류가 있다.

맛 좋은 삶

주게 되었다. 집사람의 말에 따르면 나는 이제 '퇴직한 주방장'이다. 그저 이렇게 잡다한 이야기를 풀어 놓으며 독자들에게 김중사 선생의 놀라운 음식 이야기 책,《홀적자유》를 소개한다.

학자가 음식을 이야기하다。
《학자담흘學者談吃》서문

학자가 음식을 말하다. 이 책은 제목에서 약간의 풍자적인 느낌이 난다. 학자란 먹을 줄 아는 사람들이고 먹는 이야기를 잘 하는 사람들이다. 중국의 음식예술은 아주 오래전에 시작했지만 그 긴 세월 동안 계속해서 발전해 올 수 있었던 이유는 바로 학자들의 저술과 관련이 있다. 현존하는 음식과 요리법에 대한 고서는 모두 학자들이 직접 쓴 것이다. 그러나 학자들은 대부분 빈곤했기 때문에 그들이 먹는 이야기를 즐긴다고 해도 먹는 음식들은 그리 많지 않았다.

항일전쟁 이전에는 학자들이 비교적 부유하게 생활했다. 대학

교수 한 달 월급은 삼사백 원元 정도 되었고 주방이 별도로 딸린 집에서 사는 교수도 있었다. 하지만 항일전쟁 이후 학자들의 생활은 순식간에 빈곤의 나락으로 떨어졌다. 내가 아는 몇몇 학자는 모두 항일전쟁 이후에 알게 된 사람들이다. 내가 공부한 서남연합대학에는 훌륭한 교수가 많이 있었지만 모두 뱃속에 학문만 담을 줄 알았지 기름기라곤 담을 줄 모르는 사람들이었다. 곤명의 유명한 음식들, 예를 들면 정기를 보양할 수 있는 기과찜닭이나, 동월루의 가물치구이, 영시춘의 닭기름구이, 신아반점新亞飯店의 족발튀김, 소서문의 마가우육관의 소고기, 용도가의 계종버섯간장조림 같은 것은 그들에게 잘해야 한 번, 겨우 먹을 수 있는 음식이었다. 하지만 대학생들은 돈이 조금 생기면(당시 대학생들은 대부분 중·고등학생을 가르치는 가정교사로 일하거나 회계일을 봐주는 아르바이트를 하곤 했는데, 어쩌다 얄팍한 돈봉투가 수중에 들어오는 날이 있다.) 친구들 서너 명을 모아서 한 끼 밥 먹는 데 다 써버린다. 교수들은 처자식이 있는 한 가정의 가장이라서 월급 봉투에 있는 돈을 한 번에 몽땅 털어 맛있는 음식을 사먹는다는 것을 생각지도 못하지만 대학생들은 그런 부담에서 자유로웠다. 서남연합대학의 유명한 교수들 중에 '이운거사二雲居士'라는 별명을 가진 교수가 있었다. 운남 지역의 운토雲土아편과 운퇴雲腿햄을 좋아한다고 해서 붙인 별명이라는데 사실인지는 잘 모르겠다. 대서문 봉저가에 있는 곤명식당 안으로 거침없이 들어와서 엉덩이를 붙이고 앉아마자 '엽전햄편육' 한 접시를 시키는 사람은 보통 마바리꾼이지 교수는 아니었기 때문이다. 교수는 그저 마바리꾼이 엽전함편육 한 접시를 시키는 것을 바라보는 사람이었다. 당립암唐立庵 선생님께선 간파버섯을 좋아하셨다. 간파버섯은 그리 비싸지 않았지만 고추를 넣고 볶을 때 반드시 돼지고기도 살코기로 넣어야 하고 장마가 끝나면 간파버섯도 더 이상 나오지 않기 때문에 당 선생님도 자주 드시지는 못했다. 심종문 선생님은 미선 쌀국숫집을 자주 가셨다. 파금 선생님의 〈심종문 선생을 그리워하다〉에도 "나는 아직도 곤명의 허름한 쌀국숫집에서 그와 우연히 마주치곤 했던 것이 기억난다. 쌀국수 한 그릇에 토마토, 계란을 하나씩 먹으면 아주 만족스러운 저녁 식사였다."라는 이야기가 나온다. 심종문 선생님이 자주 가셨던 쌀국숫집은 바로 문림가에 있는 선생님 댁의 맞은편에 있었다. 나도 심 선생님과 함께 여러 번 가서 쌀국수를 먹었다. 문림가에는 미선 쌀국숫집 말고도 작은 규모의 소고기 전문 식당이 두 곳 더 있다. 서쪽의 소고기 전문 식당의 단골은 오우승吳雨僧 선생님이셨는데 거의 매일 가셨다. 식당 주인하고도 잘 아는 사이였는데 식당주인은 오 선생님을 아주 존경했다. 당시 물가가 놀랄 만큼 빠르게 오르고 있어서 소고기 전문 식당에서도 수시로 가격을 올려야 했는데, 한 번씩 가격을 조정할 때마다 식당 주인은 오 선생님께 동의를 구했다. 오 선생님은 식당 주인의 말을 다 듣고 난 후 가격을 올릴 만하다는 생각이 들면 붉은 종이 한 장에다가 해서체楷書體로 쓴 새로운 가격표를 만들어 주었다. 가난하다고 멋과 품위를 버릴 수는 없지 않은가! 식당 주인은 해서체의 가격표를 식당 벽에 붙였다.

운남대학에 곤곡*을 정기적으로 공연하는 곡사曲社가 설립되었다. 공연을 끝내고 나면 다 함께 이른바 '회식'을 하는데 그 '회식'이라는 것이 비취 호수 근처에 있는 작은 식당에서 호떡으로 한끼 먹는 것이 다였다. 비용은 각자 낸다. 보통 식사가 끝나기도 전에 누가 얼마를 내어야 하는지 계산이 끝나는데, 카운터에서 놀랄 정도로 빨리 계산이 끝나는 이유는 허보록許寶騄 선생님이 계산을 했기 때문이었다. 수론數論 전문가에게 이 정도 암산은 일도 아니지 않겠나! 허 선생님의 가문은 곤곡으로 알아주는 명문 세가다. 그는 규칙과 형식을 엄격하게 지켜 노래하기 때문에 이해하기가 어렵지 않다. 나는 이 책에 실린 유평백俞平伯 선생님의 글을 보고 비로소 허 선생님도 명필이었다는 것을 알았다. 곤명의 학자들은 이렇듯 청빈했고 중경重慶이나 성도成都의 학자들도 크게 다르지 않았다. 내가 관음사 현에 있는 제일 중학교에서 아이들을 가르치고 있을 때 김계화金啓華 선생님 자리를 보면 벽 쪽에 호소석胡小石 선생님이 직접 써서 선물해 주었다는 글이 붙어 있었다. 타유체의 느낌이 나는 시였는데 그 내용은 다 잊어 버렸지만, 앞부분은 광문선생**이 어떠어떠하였고 하는 내용이었고 지금 기억나는 것은 '매일매일 끼니마다 근대'라는 구절이다. 근대는 볶아 먹거나 국을 끓여 먹는다. 북방에서는 근두채根頭菜라고 하는데 맛이 나쁘지 않다.

---

* 곤곡(崑曲). 중국 전통 희곡들 중에서 가장 오래된 형태로 세계문화유산에 등재되어 있다. 소주의 곤산(崑山)에서 발원했고 곤극(崑劇), 곤강(崑腔), 곤산강(崑山腔)으로도 부른다.

** 광문선생(廣文先生). 두보의 친구인 정건(鄭虔), 혹은 유학을 가르치는 청빈한 관리들을 가리킨다.

하지만 끼니마다 근대를 먹는다면 입에서 저절로 육두문자 섞인 욕설이 튀어나오지 않겠는가?

항일전쟁이 끝나자 대학도 평화로워졌다. 나는 북경대학의 북대홍루北大紅樓에서 반년 동안 얹혀 살았는데 가끔 학자들을 만나보면 그들은 여전히 먹는 것에 대해서 거의 신경을 쓰지 않았다. 생활은 전쟁 때보다 나아졌는데도 말이다. 학교 아주 가까운 곳에 담가채談家菜가 있었지만 나는 교수들이 담가채에 상어 지느러미 요리를 포함한 만찬을 예약해서 실컷 먹었다는 얘기를 들어본 적이 없다. 북경대학의 근처에는 송공부협도松公府夾道 모퉁이에 사천 식당이 하나 있었다. 이 책에는 이일맹李一氓 동지의 글에 허천운許倩雲, 진서방陳書舫이 자주 간 식당이고 작은 식당이지만 음식이 다 맛있었다고 나와 있다. 이일맹 동지는 이 집 음식이 성도의 현지 식당보다 더 맛있다고 했는데 나는 사천이 고향이 아닌지라 맛을 비교할 수는 없다. 하지만 이 집의 어향*돼지고기볶음, 돼지고기피망볶음, 두반장생선조림 외에도 김치가 특별하게 맛있었던 것은 나도 기억이 난다. 그리고 가격도 그리 비싸지 않았다. 땅딸막한 식당 주인이 카운터를 보고 그의 아들이 주방에서 요리를 했는데 나중에 무슨 일 때문인지 두 부자의 사이가 틀어졌다. 조교들도 오고 강사들도 많이 왔지만 교수들은 가끔씩 오는 식당이었다. 북경 대학 근처의 사천 식당은 이 식당 외에 두 곳이 더 있었다. 둘

---

* 어향(魚香)양념. 사천 음식의 전통 양념 중 하나로 삭힌 고추김치, 파, 마늘, 설탕, 생강, 간장 등으로 만든다.

맛 좋은 삶

다 아주 작은 식당이었고 호떡이나 '계란모자 채소볶음' 혹은 '초가지붕 채소볶음'이라고 부르는 음식이 있었다(시금치와 당면을 같이 볶아서 그 위에다 얇은 계란 지단을 덮어 놓은 것이다.). 대학 근처의 식당에서 어떤 채소를 쓰는지 보면 대체로 학자들과 학자에 준하는 사람들의 생활수준을 알 수 있다.

한때 교수, 강사, 조교들이 갑자기 부자가 된 적이 있었다. 국민당 정부의 화폐 개혁으로 이전의 법폐法幣가 금원권金元券으로 바뀌니 하루 아침에 월급이 열 배로 늘어난 셈이 된 것이다. 그래서 우리는 거의 매일 저녁 동안시장에 갔다. 삼륭森隆이나 오방재五芳齋 식당에서 먹은 것은 몇 번 안 되고 주로 소조육蘇造肉수육(돼지고기를 사인沙仁, 육두구肉豆蔲 등 한방 재료를 넣어서 삶은 것이다. 손님이 직접 고기를 고르면 주방장이 고기를 건져서 잘라준다.)이나 황종강黃宗江이《미식수필美食隨筆》에서 말하는 언혜주言慧珠가 사주었다는 소내장수육이나 양내장탕을 먹었다. 동안 시장의 소내장수육은 정말 최고다. 고기가 쫄깃하고 부드러워서 천엽, 곱창, 어떤 부위든 다 맛있다. 양내장탕의 탕국물은 눈처럼 하얀색이다. 하지만 좋은 풍경은 오래 가지 않는다더니 딱 한 달짜리 풍경이었다. 금원권 가치가 떨어지면서 다시 예전처럼 채소볶음을 먹을 수밖에 없었다.

교수들은 보통 집에서 밥을 먹고 식당에는 거의 가지 않는다. 가끔 친구들과 저녁 약속이 생겨도 집으로 불러 함께 밥을 먹는다. 교수 부인들은 대부분 요리를 할 줄 알았다. 내 스승인 심종문 선생님의 부인, 장조화 사모님은 곤곡으로 유명한 장 씨 집안의 네 딸 중 셋째 딸이었는데 요리를 할 줄 알았다. 장조화 사모님의 팔보통오리튀김은 겉은 바삭하고 속은 부드러워 정말 맛이 있었다. 겉의 오리 껍질이 어디 한 군데도 터지지 않았고, 오리 뱃속에 채워 넣은 찹쌀 재료들이 밖으로 나오지 않으면서, 겉의 오리 고기도 너무 무르지 않게 잘 익었다. 참으로 걸작이었다. 하지만 이런 요리를 매번 하시는 것은 아니고 보통은 집에서 흔히 먹는 음식을 요리해 주셨다. 장씨 집안의 넷째 딸인 장충화張充和는 아주 다재다능한 사람으로 글씨를 쓰면 명필이고, 노래를 부르면 곤곡 최고의 가수였다. 내가 곤명에서 〈사범思凡〉을 배울 때 그녀가 〈수토受吐〉에서 불렀던 '강腔'*을 듣고 그녀의 '강腔'으로 노래를 배웠다. 한곳에 머무르지 않고 끊임없이 변화하는 곡조를 섬세하고도 매끄럽게 표현하는 '강腔'이었다. 장충화는 산곡도 잘 지었고 요리도 잘했다. 그녀가 만든 음식들은 대부분 잊어 버렸지만 '십향채十香菜'는 또렷이 기억에 남는다. 십향채란 원래 소주 사람들이 설을 쇨 때 집에서 해 먹는 열 가지의 짠지채볶음인데 충화가 만든 십향채는 짠지를 아주 극도로 가늘게 채를 썰어서 냉동해 놓은 것이다. 기름진 고기 요리를 배불리 먹은 후에 상에 올리는데 한 젓가락 집어 먹으면 입안에 남아 있던 고기 요리의 맛을 다시 한 번 음미할 수 있다.

해방 후 북경시 문화예술연합회에서 몇 년 동안 일을 했다. 그때

---

* 강(腔). 중국 전통 희곡 음악의 곡조를 의미한다. 희곡, 지역에 따라 다르고 같은 곡이라도 부류에 따라 달라지므로 천차만별이다.

맛 좋은 삶

발간한 잡지가 〈북경문예北京文藝〉와 〈설설창창設設唱唱〉이다. 매달 조금씩 편집비를 받았는데 편집비를 받으면 먹는 데에 다 써버렸다. 그 몇 년 동안 북경의 유명한 식당이란 식당은 전부 찾아가서 먹어 보았다. 예약을 해서 한 상 차려 먹는 경우는 드물었고 대부분은 그때그때 주문해서 먹었다. 음식을 주문하는 사람은 노사 선생님이었고 주문표에 받아 적는 사람은 왕아평王亞平 동지였다. 한번은 노사 선생님이 주문을 마친 후에 음식들 중 하나를 취소하자고 하자 아평 동지는 붓을 들어 취소할 음식의 이름에다 나선형의 꼬리를 그려 넣었다. 종업원이 주문표를 받아 들고 한참을 들여다보더니 "이게 무슨 뜻입니까?" 하고 물어보았다. 아평이 책 편집 일을 너무 많이 하다 보니 식당의 음식 주문표에도 교정부호로 '삭제' 표시를 한 것이었다!

노사 선생님은 손님 접대를 좋아했다. 매년 두 번씩 문화예술연합회 간부들을 집으로 초대하여 술을 대접해 주셨는데 한번은 국화꽃이 필 때 국화를 보러 오라고 하시고, 또 한번은 섣달 이십삼일 선생님 생신에 밥을 먹으러 오라고 하신다. 선생님 생신상은 모두 정통 북경 음식들로만 차려져서 정말 특색이 있었다. 특히 조기 참깨장찌개가 기억난다. 그 전에도 그 후에도 먹어 보지 못했다. 여덟 치 정도 되는 신선한 조기가 한 마리씩 가지런히 밑 바닥이 편평한 찌개 그릇의 탕국물 속에 놓여 있었다. 이렇게 편평한 바닥에 직각으로 떨어지는 모양이 아니고 둥글고 속이 깊은 그릇이었다면 조기 허리가 구부러지거나 부러져서 살이 다 흐트러졌을 것이다.

노사 선생님의 부인 호혈청胡絜青 사모님은 '겨자배추김치'를 잘 만드셨다. 내 생각에는 '천하제일'이다. 한번은 손님이 들고 온 '합자채* 찬합'도 상에 놓여 있었다. 합자채 찬합이 사라진 지 이미 오래인데 그 손님은 어느 '합자포'에서 주문한 것인지 모르겠다. 찬합 속의 칸막이에 조각 무늬가 새겨져 있고, 주홍색 옻칠을 한 둥그런 모양의 찬합도 이제는 찾아보기 어려운데 말이다.

학자들 중에는 요리를 할 줄 안다고 하는 사람이 적지 않지만 모두 본인이 자신 있게 선보일 수 있는 최고 요리는 한두 가지 정도다. 학자들 중에서 정말 요리에 관심이 있고 진지하게 연구한 사람이라 하면 북경의 왕세양王世襄이다. 그에게 요리는 즐거운 취미 생활이다. 어쩌다 친구들이 세양에게 집으로 와서 요리 좀 해 달라고 부탁을 하면 그는 주재료뿐만 아니라 간장, 맛술까지 전부 자신의 것을 가지고 온다고 한다. 한번은 세양과 친구들 몇 명이 한 집에 모여 밥을 먹는데 각자 자신 있는 요리를 한 가지씩 선보이기로 했다고 한다. 재료도 각자 가지고 와서 친구들 앞에서 직접 만드는 과정도 보여 주기로 했는데 그때 세양은 파 한 다발을 가지고 와서 '파조림'을 선보였다. 황영옥의 말에 따르면 세양의 파조림 앞에 다른 친구들의 산해진미가 모두 무릎을 꿇었다고 하는데 과연 이것이 사실인지 모르겠다. 사실이 아니라면 거짓을 말한 죄를 황영옥

---

* 합자채(盒子菜). 북경 전통 포장 음식이다. 생고기를 파는 합자포(盒子鋪)에서 조리한 돼지, 닭, 오리 등 차가운 고기 요리를 찬합에 넣어 집까지 배달해 준다. 여러 단으로 되어 있는 찬합에는 각각 오복장수를 비는 내용의 그림이 그려져 있다.

맛 좋은 삶

에게 물을 것이다!

요리를 하는 것은 아주 유쾌한 일이다. 요리 시간이 넉넉하고 재료도 잘 갖춰진 상태에서 몇몇 사람이 모여 함께 먹을 음식을 요리한다면 말이다. 특히 온종일 책상 앞에 붙어 앉아 있는 사람들에게는 서서 하는 요리가 몸을 움직일 수 있어 좋다. 요리를 하려면 먼저 재료를 사러 나가야 한다. 재료를 사는 것이 요리 구상의 첫 번째 단계다. 먼저 시장에 어떤 재료들이 있나 보고, 무슨 요리를 할지 정한 다음, 그 요리에 필요한 다른 재료들을 생각해서 사 온다. 집에서 무슨 요리를 할지 미리 정한 다음에 시장에 가면 필요한 재료들이 없을 수도 있기 때문이다. 갓김치에 겨울 죽순을 넣고 볶아 먹어야겠다 생각하고 시장에 갔는데 겨울 죽순이 없고 막 나온 완두 콩깍지가 있다면 '대본을 다시 수정하는 것'이 좋다. 시장에서 장을 보는 것도 어느 정도 운동이 된다. 나는 시장을 돌아다니며 구경하는 것을 아주 좋아한다. 백화점을 돌며 진열된 상품을 보고 좋아하는 사람도 있고, 서점에서 서가를 돌며 책 보는 것을 즐기는 사람도 있지만 나는 그것보다 시장 바닥을 돌며 구경하는 것이 훨씬 좋다. 푸닥거리는 오리와 닭, 신선한 해산물과 해초, 짙푸른 오이, 새빨간 고추, 시끌벅적하고 발 디딜 틈도 없이 사람들로 북적대는 시장에서 나는 살아 움직이는 삶의 기쁨을 느낀다.

"학자들이 만든 요리는 무슨 특색이 있는가?"라고 물으면 대답하기가 쉽지 않다. 하지만 학자들의 요리는 비교적 본연의 맛을 담고 있다고 말할 수 있을 것 같다. 화려한 장식도 없고, 전분으로 온통 끈적하게 만들지도 않고, 번들번들한 기름칠도 하지 않은 소박하고 담백한 음식, 이것이 보통 식당의 음식과 다른 점이라고 할 수 있다. 북경에는 방선 식당의 '궁정 음식'도 있고, 담가채 식당의 '반병년潘炳年생선찜' 같은 '관원官員 음식'도 있는데, 학자들이 만든 음식은 뭐라고 불러야 할 것인가? 그냥 '학자 음식'이라고 부르자니 뭔가 부자연스러운 것 같아 학자들이 만든 음식에 어울릴만한 여러 가지 이름을 적어가면서 적당한 이름을 찾아보았다. 그 결과 '명사名士 음식'이 탄생했다. '파조림'을 명사 음식으로 부르는 것에 왕세양 동지가 동의할는지 모르겠다.

《학자담흘》의 편집자가 책을 소개해 달라고 하는데 나는 또 이렇게 머뭇거리며 이런저런 잡다한 이야기로 학자들의 음식 이야기를 독자들에게 소개한다.

맛 좋은 삶

작가가 음식을 이야기하다。
《지미집知味集》편집 후기

《지미집》의 편집을 끝냈다. 이 책과 관련이 있을 수도, 없을 수도 있는 몇 마디 말을 덧붙인다.

《지미집》은 참으로 가치가 있는 책이다. 이 책에 수록된 글들은 문장과 스타일이 각기 다르다. 어떤 글은 노작가의 연륜이 드러나고 어떤 글은 재기발랄한 문학적 재능을 뽐낸다. 모두 잘 읽힌다. 다만 책의 제목을 정하는 데 조금 부족한 면이 있지 않았나 싶다. '음식을 먹지 않는 사람은 없지만 그 음식의 진정한 맛을 아는 사람은 극히 드물다.'라는 말처럼 음식의 맛을 아는 것도 쉽지 않고 그맛을 말로 설명하는 것은 훨씬 더 어렵다. 포도를 먹어본 적이 없는 사람이 포도가 무슨 맛이냐고 물어본다면 '고욤 열매와 비슷한 맛'이라고 대답할 수도 있을 것이다. 하지만 내가 보기에는 포도의 맛은 고욤 열매의 맛과 비슷하지 않다. '천리호千里湖의 물로 순채국을 만들면 소금과 양념은 하지 않아도 된다'라는 말은 북방 지역의 우유죽*과는 아무 상관이 없는 말이다. 평생 해산물을 먹어 본 적 없는 산촌 사람들 앞에서 바다를 보고 고향으로 돌아온 사람이 아무리 맛 좋은 해산물에 대해서 이야기를 한다 한들 제대로 이해할 리 없다. 나도 예전에 복건에서 꼬막을 아주 맛있게 먹은 적이 있었다. 그래서 다른 사람들에게 이 맛을 좀 알려 주고 싶었는데, '아주 연하고 맛있다', '양념장 없이 먹었는데도 다섯 가지 맛이 다 난다', 그리고 또 '먹어도 먹어도 또 먹고 싶어지고 물리지가 않는다'라고 설명할 수밖에 없었다. 나는 꽤 음식과 맛에 대해서 설명할 줄 안다고 자부하는 사람이었는데도 말이다. 그래도 사람들은 먹는 이야기를 좋아한다. '정신회찬精神會餐'은 사람들이 즐겨 찾는 대화의 주제이다. 사람들은 맛있는 음식에 대해서 이야기하고 그 이야기를 들으면서 맛있는 음식을 먹는 것처럼 음식 이야기를 즐긴다. 하지만 '정신회찬'은 그야말로 정신일 뿐이라 어떤 음식에 대한 기억이나 상상을 불러일으키는 것일 뿐 먹는 이야기는 정말 먹은 것과는 다르다. 한편의 글을 맛있게 읽는 것과 맛있는 음식을 한 접시 먹는 것과는 결국 다른 것이지만 (만약에 같다면 새로 개업하는 출판사는

---

* 우유죽(락酪). 우유를 끓여 반응고체로 만든 유제품. 북방의 소수민족의 음식이 시초이며, 원, 명, 청대의 궁정 간식이었다.

맛 좋은 삶

많아지고 식당은 점점 줄어들 것이다.)《지미집》의 글들은 그 음식을 아직 먹어 보지 못한 사람들이 머릿속에 그 맛을 떠올려 구미가 당기도록 하는 데 효과적으로 쓰였다. 그리고 실제로 요리를 잘하는 작가들이 자신들의 요리 비법을 독자들에게 소개하는 글도, 많지는 않지만, 몇 편이 담겨 있다. 독자들은 그런 글들을 통해 음식을 따라 만들어 볼 수도 있고 음식 만들 때 유용한 몇 가지 요령을 터득할 수도 있을 것이다. 예를 들어 나한재처럼 다양한 재료로 볶음 요리를 할 때는 각 재료들을 따로 볶은 다음에 다시 한 번 볶아내야 한다. 만약 표고버섯, 겨울 죽순, 감자, 은행……, 이 모든 재료를 한꺼번에 넣고 볶는다면 다 익은 것, 설익은 것, 너무 오래 익혀서 뭉그러진 것까지 엉망진창이 되기 때문이다. 요리는 실제로 만들어 보고 경험해 봐야 한다. 몇 번 실패를 하고 나서야 비로소 알게 되는 것들이 있다. 이 책을 보고 몇 가지 요리를 배웠다고 생각할 수 있지만 실제로 만들어보면 또 잘 안 되고 어려울 수도 있다.《지미집》은 요리법을 설명하는 요리책이 아니라 작가들이 먹는 이야기를 하는 산문집일 수밖에 없다.《지미집》이 독자들에게 음식에 관한 수필 문학 작품이 되기를 바란다.

작가들에게 원고를 받고 보니 분량이 너무 적다는 생각이 든다. 중국은 음식의 대국인데 이렇게 몇 편 안 되는 이야기를 가지고 책을 만들다니, 괘일루만掛一漏萬이라 하겠다. 더구나 중국의 유명한 음식이나 고급 요리에 관한 이야기보다는 작가들이 먹어본 평범한 음식들에 대한 이야기만 있지 않은가! 최고급 요리에 대한 글은 왕세양 작가의 '재강생선살볶음' 한 편이 있다. '중국 8대 요리'에 대한 것도 상해 요리에 속하는 소주 요리, 소방채蘇幇菜에 관한 글 한 편뿐이다. 상해 요리를 제외한 나머지 중국의 8대 요리는 모두 공평하게 이 책에서 다루지 않는다. 곽달霍達의 '양고기훠궈'는 최고급까지는 아니고 중급 정도의 음식이라고 할 수 있다(물론 그녀의 문장은 최고급이다.). 두부에 관한 이야기가 많은데 두부는 정말 맛있는 음식이고, 두부만 따로 모아 책을 엮어도 될 만큼 가치가 있는 음식이기 때문이다. 하지만 이 책에서 이야기하고 있는 두부와 이 책에서 다루지 못한 수많은 훌륭한 요리들을 같이 놓고 비교하는 것은 어려운 일이다. 그 이유는 첫째, 유명한 고급 요리는 글로 쓰기가 어렵기 때문이다. 산동의 '파 해삼조림'은 파 향은 진하게 코를 찌르는데 파는 보이지 않는다. 소주의 송학루의 '두부유 삼겹살 조림'은 고기가 두부처럼 부드럽다. 사천의 장차 오리구이는 오리 고기가 아주 연하고 부드럽고 장차의 차향이 좋았다. 진강의 웅어 요리는……. 진강의 웅어 요리는 그저 맛있다! 유명한 고급 요리는 이렇게 말할 수밖에 없다. 할 이야기가 마땅치 않아 글로 쓰기 어렵다. 둘째, 유명한 고급 요리들은 오늘날의 유행에 맞지 않는다. 만약에 유명한 고급 요리를 좀 더 자세하게 여러 방면에서 설명을 하고 사람들의 머릿속에 그와 비슷한 자신의 경험을 떠올리게 한다면, 완벽하지는 않더라도 비슷하게나마 그 음식을 이해시킬 수 있을지 모른다. 하지만 그렇다 하더라도 "누가 요즘 이런 음식을 먹는다고?"라고 말하며 외면할 수도 있다. 그리고 유명한 고급 요리는 이런 음식을 먹지 못하는 사람들에게 그동안 자신이 곤궁하게 살아왔음을 새삼 깨닫게 할 수도 있다. 우리 작가란 사람들은 여전히 가난하게 산다. 작가라는 이름으로 살아가는 사람들 중에 그 누가 뇌물로 쓸 정도로 비싼 납작 전어를 사 먹을 수 있겠는가? 유명한 고급 요리의 재료들은 이미 뒷거래를 위한 수단이 되어 사는 사람은 먹지 못하고 먹는 사람은 사지 않는 음식이 되어 버렸다. 음식 뇌물을 받은 사람이 제대로 먹을 줄 모르는 사람이라면 아무렇게나 먹어 버릴 것이고, 설령 먹을 줄 아는 사람이 받아서 제대로 먹었다 해도 글로 남길 수 있는 재주가 없다면 아무 소용이 없다. 그래서 작가는 두부에 대해서 쓸 수밖에 없다.

'지금 중국의 음식 예술은 어떠한가?'라는 질문에 혹자는 위기에 직면했다고 말한다. 나는 이 말을 아주 근거 없는 말이라고 생각하지 않는다. '무슨 무슨 음식이 이제 없어졌다', '무슨 무슨 음식의 맛이 예전과 다르다'라는 말이 나오는 이유는 무엇인가? 원인은 아주 많다. 첫째, 예전과 같은 식재료가 없기 때문이다. 몇 년 전에 내가 곤명에 가서 기과찜닭을 먹었는데 밍밍하기만 하고 아무 맛이 없었다. 또 다리건너쌀국수를 먹어 보았지만 이것도 아무 맛이 없었다. 그래서 물어보았더니 예전에 기과찜닭에 썼던 무정 장계닭(무정의 특산품, 난소를 제거한 암닭)을 이제는 팔지 않는다고 한다. 다리건너쌀국수도 원래는 무정장계닭으로 탕국물을 내어 만든 것이다. 그래서 이번엔 무정에 가서 기과찜닭을 먹어 보았다. 그런데 무정에도 '무정장계닭'은 없었다! 북경에서 '광계 光鷄 닭'이라고 파는 닭도 모두 인공사육한 '서장계西裝鷄닭'이나 '화도육계華都肉鷄닭'이다. 어떻게 요리해도 맛이 없다. 괜히 힘들게 요리한 공력만 아까워진다. 예전에 북경의 담가채에서 식사를 하려면 며칠 전에 예약을 해야 했다. 담가채의 요리들은 모두 조리하는 데 시간이 오래 걸리는 음식들이라서 주문하자마자 바로 만들어 낼 수가 없기 때문이다. 장대천張大千은 새눈치로 싱건탕을 만드는 데 14일이 걸린다고 했다. 원래 안휘 요리를 먹으려면 기다릴 줄 알아야 한다지만, 요즘 사람들이 과연 생선탕 한 그릇을 먹자고 14일을 기다릴 수 있겠는가? 예전에 진강편육은 살코기와 비계를 잘 섞어 만든 것으로 아주 탄탄했다. 요즘 편육이라고 만들어져 있는 것들은 모두 흐느적거리기만 하고 도무지 반듯한 모양으로 썰어낼 수가 없다. 아마도 간수에 담가서 누르는 시간이 부족해서 그런 것 같다. 회양 일대의 사자머리완자는 고기를 다질 때 반드시 '세절조참'의 방법을 지켜서 만든다. 먼저 살코기와 비계를 반반씩 섞어서 석류알 크기만큼 썰어낸 다음에 칼로 듬성듬성 성기게 썰듯이 다진다. 지금은 이것저것 전부 모아서 믹서기에 넣고 갈아버리는데, 이렇게 하면 더 부드럽고 맛있을 것 같지만 실제로는 전혀 그렇지 않다. 그리고 식당 경영과 요리에 대한 사상에도 문제가 있다. 예전에 식당들을 보면 모두 단골 손님이 있었다. 그들은 심지어 앉는 자리까지 고정되어 있었다. 음식이 뭔가 잘못된 것 같으면 바로 그 자리에서 지적을 해 준다. 요즘 대도시에는 일하러 온 사람이 많아 식당에서도 모두 바쁘게 밥만 먹고 가버린다. 식당에서는 또다시

맛 좋은 삶

찾아올 손님이 아니라고 생각해서 무도 대충 씻어서 넣고 양념을 빼먹기도 하면서 음식을 성의 없이 건성으로 만든다. 하지만 요즘 큰 식당의 유명한 주방장들은 '새로운 요리'를 만들기 위해서 노력한다. 이것은 아주 바람직한 일이다. 음식은 원래 끊임없이 새롭게 만들어져야 한다. 우리가 지금에 와서 다시 소 한 마리를 청동기 솥에다 넣고 삶아 먹는 시대로 돌아갈 수는 없지 않은가?《몽량록》이나《동경몽화록》에 나오는 송대의 음식을 보면 요리법이 지금에 비하면 훨씬 더 간단했다. 하지만 색, 향, 맛에 새로운 노력이 더해져 많은 새로운 요리가 탄생했기 때문에 지금에 와서 본래 어떤 음식이었으며 그 본질이 무엇인지 이러쿵저러쿵 말이 많은 것이다. 하지만 '음식공예'라고 부르는 요리에 대해서는 '새로운 음식'이라고 해도 이야기가 달라진다. 음식공예도 고대부터 있던 것이다. 진晉나라 사람들이 계란에 조각을 해서 먹은 것도 음식 공예라고 할 수 있으니 말이다. 송대의 여자 주방장은 채소와 고기를 가지고 커다란 접시 위에 왕유王維의 그림인 '망천도輞川圖'를 그대로 만들어냈다고 한다. 진정한 공예품이라 할 수 있을 것이다. 하지만 계란 껍데기에 조각을 했든 망천도를 만들었든 음식으로는 큰 의미가 없다. 계란 껍데기에다가 꽃을 조각했다고 해서 먹을 때 계란 맛 외에 다른 것이 있는가? 게다가 망천도는 먹을 수조차 없게 만들어진 음식이다. 만약에 왕유가 이 사실을 알았다면 "망천도가 어쩌다가 먹는 것이 되었는가?" 하며 고개를 가로저었을 것이다. 지금 자주 보이는 음식 공예품은 닭고기, 돼지허파, 오이, 산사山楂 양갱, 앵두, 통조림 완두콩 같은 것으로 용, 봉황, 학 같은 것을 번지르르하게 만들어 놓지만 실속이 없다. 계용 고기를 오므려서 타원형으로 만들어 놓고 꼬리를 붙인 다음 금붕어라고 하는데 보고 있노라면 정말이지 구역질이 난다. 상식이 있는 사람으로서 커다란 접시 위에 구름다리까지 만들어 놓은 음식 공예품을 도저히 이해할 수 없다. 음식 위에 형형색색의 전구까지 불을 밝혀 놓는 걸 보면 도대체 뭐 하는 짓들인지! 중국 요리업계는 정말이지 문제가 있다. 전통을 계승하고 발휘하려면 중국의 음식공예는 좀 더 건강하고 바른 길을 찾아서 대중과 소통하여 뜻을 같이 해야 할 것이다. 이것 또한 민족 문화 선양의 한 단계다. 또한 작가들은 이 방면에서 좀더 노력하여 더 많은 글을 써야 한다. 그래서 《지미집》은 1집에서 그치지 말고, 2집, 3집, 계속해서 나와야 할 것이다. 그런데 책을 출판해 줄 출판사를 찾을 일이 큰일이긴 하다. 어허, 이것 참!

맛좋은삶

중국 독자들이 사랑하는 미식의 경전

왕증기汪曾祺 선생은 무엇이든 새로운 음식을 보면 일단 먹어봐야 직성이 풀리는 왕성한 호기심과 식탐을 가진 중국의 대표 문학가다.《맛 좋은 삶》은 왕증기 선생이 중국의 동서남북을 종횡하고 고대와 현대를 넘나들며 수집한 다양한 음식과 삶의 이야기를 모은 산문집으로 세상의 미식가들이 주목하는 '왕미汪迷(왕증기의 팬)'를 대거 양산한 미식의 경전이다. 왕미 열풍을 몰고 온《맛 좋은 삶》에 대한 독자들의 사랑은 단지 미식에 대한 시대적인 유행이 아니라 학계와 문단에서 인정하는 순수 문학의 권위에서 비롯된다. 《맛 좋은 삶》에는 국어 교과서에 수록되어 있는 '단오절과 오리알 절임'을 비롯하여 각 지역의 전통 문화와 민간 예술이 빛나는 아름다운 산문 38편이 들어 있다.

새로운 미식의 유행, 소박하고 건강한 중국 음식

《맛 좋은 삶》속에 나오는 음식들은 제비집이나 상어지느러미 같은 진귀한 식재료로 만든 고급 음식이 아니다. 모두 나물, 두부, 무 같은 소박한 재료로 만드는 평범한 음식들이다. 최근 들어 훠궈, 마라탕 같은 자극적인 매운 맛의 중국 요리들이 유행하기 시작했지만, 한국에서 중국 음식은 여전히 기름지고 화려한 중화요리의 범주에 머물러 있다.《맛 좋은 삶》은 중국어를 모르는 독자들도 중국의 건강한 음식들을 새롭게 발견하고 함께 맛있는 이야기를 나눌 수 있도록 그동안 무분별하게 사용되었던 음식 이름의 번역 체계를 정리하고 중국어 독음과 한자의 사용을 최소화하였다. 요리 실력이 좋은 독자라면《맛 좋은 삶》을 보고 '두부건채탕'이나 '개미잡채'를 만들어 식탁에 새로운 '맛'과 '재미'를 더할 수 있을 것이다.

중국을 이해하는 법, 음식과 문화를 맛보다

왕증기 선생은 중국을 알고 싶다면 입맛을 좀 더 폭넓고 잡스럽게 만들 필요가 있다고 조언한다. 그래야 '남쪽은 달고, 북쪽은 짜며, 동쪽은 맵고 서쪽은 시다'는 중국의 모든 음식을 맛볼 수 있고, 넓은 대륙의 곳곳에 살고 있는 사람들과 그들의 문화를 이해할 수 있기 때문이라고 한다.

이웃나라 중국은 수천 년 동안 우리와 역사를 함께해 왔지만 여전히 궁금한 나라다. 《맛 좋은 삶》은 매년 양국을 오가며 한중 우호 협력과 경제문화 교류에 공헌하고 있는 250만 중국통中國通들에게는 중국에 대한 이해의 수준을 한층 더 높일 수 있는 재미있는 참고서가 되고 일반 독자들에게는 중국의 맛있는 음식과 사람들의 삶에 더욱 관심을 갖게 하는 새로운 입문서가 될 것이다.

맛 좋은 삶, 참으로 재미있는 것

북경의 왕부정王府井 서점에서 《맛 좋은 삶》을 만났을 때 '삶이란 참으로 재미있는 것'이라는 왕증기 선생의 인생 철학이 마음에 와 닿았다. 지치고 힘들다고 느낄 때 '삶이란 지치고 힘든 것이니 너처럼 나도 힘들다'라는 공감의 위로보다 '본래 삶이란 이렇게 재미있는 것이니 너의 삶도 분명 재미있을 것이다'라는 격려의 말이 더 큰 힘이 되었다.

번역가에게 《맛 좋은 삶》은 고된 작업의 시간이 아니었다. 북경에서 나와 함께했던 친구들과 동료들을 떠올리고 아침 출근길에 사먹는 뜨끈한 콩물과 유조튀김빵의 맛을 다시 음미할 수 있는 즐거운 시간이었다.

2020년은 중국 문학계의 거장인 왕증기 선생의 탄생 100주년을 기념하는 해다. 《맛 좋은 삶》의 한국어판 출간을 통해 한국의 독자들에게도 맛있는 음식과 삶의 이야기를 전하게 되어 기쁘다.

그리고 중국 대륙의 곳곳을 누비며 수많은 사람과 '맛 좋은 삶'을 나누었던 나의 친구, 고故 한방희의 영전에도 책을 놓고 이 기쁜 소식을 알린다.

2020년 여름. 윤지영

맛 좋은 삶

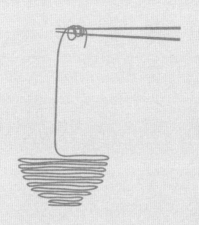

맛 좋은 삶

초판 1쇄 인쇄 | 2020년 9월 1일
초판 1쇄 발행 | 2020년 9월 8일

지은이 | 왕증기
옮긴이 | 윤지영
펴낸곳 | 도서출판 슈몽
주   소 | 제주특별자치도 서귀포시 대정읍 에듀시티로 23, 103-301
전   화 | 064)901-8153
이메일 | master@shumong.com
홈페이지 | www.shumong.com

디자인 | 김희연
인쇄·제본 | (주)삼신문화

출판등록 | 2017년 6월 15일 제651-2017-000029호

ISBN 979-11-971371-8-1 (03820)